利用通道抠选婚纱

竹筒效果设计

制作逐帧动画"下雨了"

剪贴蒙版的使用

基本调色命令——色阶调整

制作翻页卡片

雨的印记

燕山月似弓

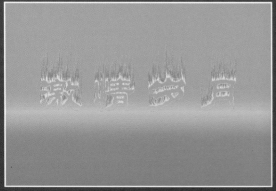

制作火焰字

利用通道合成图像

调整层的使用

更换服饰

USM锐化滤镜效果

减淡工具组的使用

黑白照片上色

电脑美容

抽出滤镜抠图

图像的无缝对接

解析图层样式——投影的使用

解析图层样式——光泽的使用

移花接木

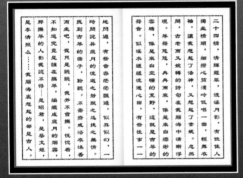

古书效果设计

制作爆炸效果文字

制作电视扫描线效果

邮票制作

习题——吊饰制作

21 世纪全国应用型本科计算机案例型规划教材

Photoshop CS3 案例教程

主　编　李建芳

北京大学出版社
PEKING UNIVERSITY PRESS

内 容 简 介

　　Adobe 公司的 Photoshop CS3 是一款功能强大的图形图像处理软件,是当今平面设计领域最流行、最优秀的软件之一。本书按照循序渐进的方式,由浅入深地介绍 Photoshop CS3 的常用工具和命令的使用方法,内容全面。全书共分 9 章,主要讲述了 Photoshop CS3 中文件的基本操作,基本工具的使用,颜色处理,图层、滤镜、路径、蒙版、通道和动作的使用。

　　本书的最大特点就是将软件操作技术融入到精彩有趣的实例制作中,而且提供了书中有关操作的所有素材。本书主要面向全国各高等院校相关专业的学生,也可以作为电脑美术设计领域的培训教材及广大平面设计人员的参考书籍。

图书在版编目(CIP)数据

Photoshop CS3 案例教程/李建芳主编. —北京:北京大学出版社,2009.1
(21 世纪全国应用型本科计算机案例型规划教材)
ISBN 978-7-301-14506-7

Ⅰ. P… Ⅱ. 李… Ⅲ. 图形软件,Photoshop CS3—高等学校—教材 Ⅳ. TP391.41

中国版本图书馆 CIP 数据核字(2008)第 181447 号

书　　　　名:Photoshop CS3 案例教程
著作责任者:李建芳　主编
策 划 编 辑:李　虎　孙哲伟
责 任 编 辑:孙哲伟
标 准 书 号:ISBN 978-7-301-14506-7/TP・0987
出　版　者:北京大学出版社
地　　　址:北京市海淀区成府路 205 号　　100871
网　　　址:http://www.pup.cn　http://www.pup6.com
电　　　话:邮购部 62752015　发行部 62750672　编辑部 62750667　出版部 62754962
电 子 邮 箱:pup_6@126.com
印　刷　者:北京大学印刷厂
发　行　者:北京大学出版社
经　销　者:新华书店
　　　　　　787 毫米×1092 毫米　16 开本　20.5 印张　彩插 4　471 千字
　　　　　　2009 年 1 月第 1 版　　2009 年 1 月第 1 次印刷
定　　　价:34.00 元

21世纪全国应用型本科计算机案例型规划教材

专家编审委员会

(按姓名拼音顺序)

信息技术的案例型教材建设

(代丛书序)

刘瑞挺

北京大学出版社第六事业部在 2005 年组织编写了《21 世纪全国应用型本科计算机系列实用规划教材》，至今已出版了 50 多种。这些教材出版后，在全国高校引起热烈反响，可谓初战告捷。这使北京大学出版社的计算机教材市场规模迅速扩大，编辑队伍茁壮成长，经济效益明显增强，与各类高校师生的关系更加密切。

2008 年 1 月北京大学出版社第六事业部在北京召开了"21 世纪全国应用型本科计算机案例型教材建设和教学研讨会"。这次会议为编写案例型教材做了深入的探讨和具体的部署，制定了详细的编写目的、丛书特色、内容要求和风格规范。在内容上强调面向应用、能力驱动、精选案例、严把质量；在风格上力求文字精练、脉络清晰、图表明快、版式新颖。这次会议吹响了提高教材质量第二战役的进军号。

案例型教材真能提高教学的质量吗？

是的。著名法国哲学家、数学家勒内·笛卡儿(Rene Descartes，1596—1650)说得好："由一个例子的考察，我们可以抽出一条规律。(From the consideration of an example we can form a rule.)"事实上，他发明的直角坐标系，正是通过生活实例而得到的灵感。据说是在 1619 年夏天，笛卡儿因病住进医院。中午他躺在病床上，苦苦思索一个数学问题时，忽然看到天花板上有一只苍蝇飞来飞去。当时天花板是用木条做成正方形的格子。笛卡儿发现，要说出这只苍蝇在天花板上的位置，只需说出苍蝇在天花板上的第几行和第几列。当苍蝇落在第四行、第五列的那个正方形时，可以用(4，5)来表示这个位置……由此他联想到可用类似的办法来描述一个点在平面上的位置。他高兴地跳下床，喊着"我找到了，找到了"，然而不小心把国际象棋撒了一地。当他的目光落到棋盘上时，又兴奋地一拍大腿："对，对，就是这个图"。笛卡儿锲而不舍的毅力，苦思冥想的钻研，使他开创了解析几何的新纪元。千百年来，代数与几何，井水不犯河水。17 世纪后，数学突飞猛进的发展，在很大程度上归功于笛卡儿坐标系和解析几何学的创立。

这个故事，听起来与阿基米德在浴池洗澡而发现浮力原理，牛顿在苹果树下遇到苹果落到头上而发现万有引力定律，确有异曲同工之妙。这就证明，一个好的例子往往能激发灵感，由特殊到一般，联想出普遍的规律，即所谓的"一叶知秋"、"见微知著"的意思。

回顾计算机发明的历史，每一台机器、每一颗芯片、每一种操作系统、每一类编程语言、每一个算法、每一套软件、每一款外部设备，无不像闪光的珍珠串在一起。每个案例都闪烁着智慧的火花，是创新思想不竭的源泉。在计算机科学技术领域，这样的案例就像大海岸边的贝壳，俯拾皆是。

事实上，案例研究(Case Study)是现代科学广泛使用的一种方法。Case 包含的意义很广：包括 Example 例子，Instance 事例、示例，Actual State 实际状况，Circumstance 情况、事件、境遇，甚至 Project 项目、工程等。

我们知道在计算机的科学术语中，很多是直接来自日常生活的。例如 Computer 一词早在 1646 年就出现于古代英文字典中，但当时它的意义不是"计算机"而是"计算工人"，即专门从事简单计算的工人。同理，Printer 当时也是"印刷工人"而不是"打印机"。正是由于这些"计算工人"和"印刷工人"常出现计算错误和印刷错误，才激发查尔斯·巴贝奇(Charles Babbage，1791—1871)设计了差分机和分析机，这是最早的专用计算机和通用计算机。这位英国剑桥大学数学教授、机械设计专家、经济学家和哲学家是国际公认的"计算机之父"。

20 世纪 40 年代，人们还用 Calculator 表示计算机器。到电子计算机出现后，才用 Computer 表示计算机。此外，硬件(Hardware)和软件(Software)来自销售人员。总线(Bus)就是公共汽车或大巴，故障和排除故障源自格瑞斯·霍普(Grace Hopper，1906—1992)发现的"飞蛾子"(Bug)和"抓蛾子"或"抓虫子"(Debug)。其他如鼠标、菜单……不胜枚举。至于哲学家进餐问题，理发师睡觉问题更是操作系统文化中脍炙人口的经典。

以计算机为核心的信息技术，从一开始就与应用紧密结合。例如，ENIAC 用于弹道曲线的计算，ARPANET 用于资源共享以及核战争时的可靠通信。即使是非常抽象的图灵机模型，也受到二战时图灵博士破译纳粹密码工作的影响。

在信息技术中，既有许多成功的案例，也有不少失败的案例；既有先成功而后失败的案例，也有先失败而后成功的案例。好好研究它们的成功经验和失败教训，对于编写案例型教材有重要的意义。

我国正在实现中华民族的伟大复兴，教育是民族振兴的基石。改革开放 30 年来，我国高等教育在数量上、规模上已有相当的发展。当前的重要任务是提高培养人才的质量，必须从学科知识的灌输转变为素质与能力的培养。应当指出，大学课堂在高新技术的武装下，利用 PPT 进行的"高速灌输"、"翻页宣科"有愈演愈烈的趋势，我们不能容忍用"技术"绑架教学，而是让教学工作乘信息技术的东风自由地飞翔。

本系列教材的编写，以学生就业所需的专业知识和操作技能为着眼点，在适度的基础知识与理论体系覆盖下，突出应用型、技能型教学的实用性和可操作性，强化案例教学。本套教材将会有机融入大量最新的示例、实例以及操作性较强的案例，力求提高教材的趣味性和实用性，打破传统教材自身知识框架的封闭性，强化实际操作的训练，使本系列教材做到"教师易教，学生乐学，技能实用"。有了广阔的应用背景，再造计算机案例型教材就有了基础。

我相信北京大学出版社在全国各地高校教师的积极支持下，精心设计，严格把关，一定能够建设出一批符合计算机应用型人才培养模式的、以案例型为创新点和兴奋点的精品教材，并且通过一体化设计、实现多种媒体有机结合的立体化教材，为各门计算机课程配齐电子教案、学习指导、习题解答、课程设计等辅导资料。让我们用锲而不舍的毅力，勤奋好学的钻研，向着共同的目标努力吧！

刘瑞挺教授　本系列教材编写指导委员会主任、全国高等院校计算机基础教育研究会副会长、中国计算机学会普及工作委员会顾问、教育部考试中心全国计算机应用技术证书考试委员会副主任、全国计算机等级考试顾问。曾任教育部理科计算机科学教学指导委员会委员、中国计算机学会教育培训委员会副主任。PC Magazine《个人电脑》总编辑、CHIP《新电脑》总顾问、清华大学《计算机教育》总策划。

前　　言

　　Adobe 公司推出的 Photoshop 是一款功能强大的图形图像处理软件，是当今最流行、最优秀、最专业的平面设计软件之一；广泛应用于平面广告设计、数字相片处理、Web 图形制作和影像后期处理等领域；对人们的工作和生活已经产生了和正在产生着巨大的影响。"凡自然不能使之完美者，艺术使之完美"，相信朋友们在使用本书的过程中，能够体会到这一点。

　　对于 Photoshop 初学者和普通用户而言，花费很大精力阅读一本大部头的 Photoshop 开发指南或大全之类的书，还不如"轻松"学习一本操作性强、有适当理论指导并且实用、有趣、易懂的入门教程。本书正是本着这种思想编写的，它涵盖了 Photoshop 的所有核心功能。

　　本书按照循序渐进的方式，由浅入深地介绍了 Photoshop CS3 的常用工具和命令的使用方法与技巧，具体内容如下：

　　第 1 章　Photoshop 入门。主要介绍了有关图形图像处理的一些基本概念和 Photoshop 的一些基本操作。

　　第 2 章　基本工具。主要讲述了 Photoshop CS3 的工具箱中基本工具的使用方法和一些应用案例。

　　第 3 章　色彩调整。主要讲述了色彩的一些最基本的常识、颜色模式的概念、颜色模式的转换、颜色调整的常用方法及相关的一些应用案例。

　　第 4 章　图层。主要讲述了图层的概念、图层的基本操作、图层的混合模式、图层样式以及相关的一些应用案例。

　　第 5 章　滤镜。主要讲述了滤镜的实质、各类滤镜的使用方法以及滤镜的一些应用案例。

　　第 6 章　路径。主要讲述了路径的概念、路径的基本操作以及路径的具体应用。

　　第 7 章　蒙版。主要讲述了蒙版的概念、蒙版的基本操作以及蒙版的具体应用。

　　第 8 章　通道。主要讲述了通道的概念、通道的基本操作以及通道的具体应用。

　　第 9 章　动作。主要讲述了动作的概念、动作的基本操作以及动作的相关应用案例。

　　附录：习题答案。提供了前面各章概念题的答案和其中部分操作题的操作提示。

　　建议上述各章的学时比例分配如下。

各　　章	第 1 章	第 2 章	第 3 章	第 4 章	第 5 章	第 6 章	第 7 章	第 8 章	第 9 章
学时比例	2	6	4	6	4	4	4	4	2

　　本书内容比较全面，实践性和趣味性较强，既能反映软件的使用技术，又兼顾理论深度和视觉审美。同时，书中还提供有关操作的所有素材，有力地保证了操作的可行性。这本书汇集了作者多年来在 Photoshop 图像处理及相关领域的教学中所积累的丰富成果，其最

大特点就是将软件操作技术融入精彩有趣的实例制作中；使读者通过实际动手操作，迅速掌握 Photoshop 的核心功能。俗话说，"兴趣是最好的老师"，希望这本书能够成为朋友们学习和掌握 Photoshop 的好帮手。本书部分案例效果可参看书前彩色插页，所有素材可到 www.pup6.com 下载。

在本书的选材和编写上，作者倾注了大量的心血；同时，书中有些地方也借鉴了前辈和同仁们的一些好的创意，在此表示衷心的感谢。

本书主要面向全国各高等院校相关专业的学生，也可作为电脑美术设计领域的培训教材及广大平面设计人员的参考书籍。由于作者水平所限，书中错误和不当之处在所难免，恳请读者批评指正。

作　者

2008 年 8 月　于上海

目　　录

Photoshop 入门

1

教学要求

- 熟练掌握文件的打开、关闭、新建和保存等基本操作。
- 熟练掌握使用 Photoshop 拾色器选色的基本方法。
- 掌握 Photoshop 界面元素的显示与隐藏方法，熟悉窗口界面的组成。
- 掌握使用【历史记录】面板撤销与恢复操作的方法及历史记录步数的设定方法。
- 掌握缩放工具、抓手工具、【导航器】面板的用法。
- 了解位图、矢量图和分辨率的概念。
- 了解图形图像的常用文件格式。
- 了解图像的屏幕显示模式。

教学难点

位图与矢量图的概念。

1.1 重 要 概 念

准确理解和把握有关图像处理的一些基本概念,对正确使用 Photoshop 及相关工具软件是至关重要的。只有真正理解了这些概念,才能在设计中将自己的创意更好地表现出来。

1.1.1 位图与矢量图

数字图像分为两种类型:位图与矢量图。在实际应用中,两者为互补关系,各有优势。只有相互配合,取长补短,才能达到最佳表现效果。

1. 位图

位图也称为点阵图、光栅图或栅格图,由一系列像素点阵列组成。像素是构成位图图像的基本单位,每个像素都被分配一个特定的位置和颜色值。位图图像中所包含的像素越多,其分辨率越高,画面内容可以表现得更细腻,但文件所占用的存储量也就越大。位图缩放时将造成画面的模糊与变形,如图 1.1 所示。

(a) 原图   (b) 放大后的局部

图 1.1 位图

数码相机、数码摄像机、扫描仪等设备和一些图形图像处理软件(如 Photoshop、Corel PHOTO-PAINT、Windows 的绘图程序等)都可以产生位图。

2. 矢量图

矢量图就是利用矢量描述的图。图中各元素(这些元素称为对象)的形状、大小都是借助数学公式表示的,同时调用调色板表现色彩。矢量图形与分辨率无关,缩放多少倍都不会造成画面的模糊和变形,如图 1.2 所示。

(a) 原图   (b) 放大后的局部

图 1.2 矢量图

能够生成矢量图的常用软件有 CorelDRAW、Illustrator、Flash、AutoCAD、3ds max 等。

当图形图像比较简单时，矢量图所占用的存储空间较小，而位图文件则较大。位图图像擅长表现细腻柔和、过渡自然的色彩，内容更趋真实，如风景照、人物照等。矢量图比较容易对画面中的对象进行移动、缩放、旋转和扭曲等变换，更适合绘制漫画、卡通画和进行各种图形设计(字体设计、图案设计、标志设计、服装设计等)。

1.1.2 分辨率

1. 图像分辨率

图像分辨率指图像每单位长度上的像素点数，通常以 Pixels/Inch(像素/英寸，ppi)或 pixels/cm(像素/厘米)等为单位。图像分辨率的高低反映的是图像中存储信息的多少，分辨率越高，图像质量越好。

2. 显示器分辨率

显示器分辨率指显示器每单位长度上能够显示的像素点数，通常以"点/英寸"(dpi)为单位。显示器的分辨率取决于显示器的大小及其显示区域的像素设置情况，通常为 96dpi 或 72dpi。

理解了显示器分辨率和图像分辨率的概念后，就可以解释图像在屏幕上的显示尺寸为什么常常不等于其打印尺寸的原因了。图像在屏幕上显示时，图像中的像素将转化为显示器像素。因此，当图像分辨率高于显示器分辨率时，图像的屏幕显示尺寸将大于其打印尺寸。

3. 打印分辨率

打印分辨率指打印机每单位长度上能够产生的墨点数，通常以 dpi 为单位。一般激光打印机的分辨率为 600～1200dpi，多数喷墨打印机的分辨率为 300～720dpi。

4. 扫描分辨率

扫描仪在扫描图像时，将源图像划分为大量的网格，然后在每一网格里取一个样本点，以其颜色值表示该网格内所有点的颜色值。按上述方法在源图像每单位长度上能够取到的样本点数称为扫描分辨率，以 dpi 为单位。扫描分辨率越高，扫描得到的数字图像的质量越好。扫描仪的分辨率有光学分辨率和输出分辨率两种，购买时主要考虑的是光学分辨率。

5. 位分辨率

字节(byte)是计算机存储的基本单位，一个字节由 8 个二进制位(bit)组成。位分辨率指计算机采用多少个二进制位表示像素点的颜色值，也称为位深。位分辨率越高，能够表示的颜色种类越多，图像色彩越丰富。

对于 RGB 图像来说，24 位(红、绿、蓝 3 种原色各 8 位，能够表示 2^{24} 种颜色)以上称为真彩色。自然界里肉眼能够分辨出的各种色光的颜色都可以用真彩色表示出来。

1.1.3 图像文件格式

一般来说，不同的图像压缩编码方式决定数字图像的不同文件格式。了解不同的图像文件格式，对于选择有效的方式保存图像，对提高图像质量具有重要意义。

- **PSD 格式**：是 Photoshop 的基本文件格式，能够存储图层、通道、蒙版、路径和颜色模式等各种图像属性，是一种非压缩的原始文件格式。PSD 文件容量非常大，可以保留所有的原始信息。对于尚未编辑完成的图像，选用 PSD 格式保存是最佳的选择。

- **JPEG(JPG)格式**：是目前广泛使用的位图图像格式之一，属于有损压缩，压缩率较高，文件容量小，但图像质量较高。该格式支持 24 位真彩色，适合保存色彩丰富、内容细腻的图像，如人物照、风景照等。JPEG(JPG)格式是目前网上主流图像格式之一。

- **GIF 格式**：是无损压缩格式，分静态和动态两种，是当前广泛使用的位图图像格式之一，最多支持 8 位即 256 种彩色，适合保存色彩和线条比较简单的图像，如卡通画、漫画等(该类图像保存成 GIF 格式将使数据量得到有效压缩，而图像质量无明显降低)。GIF 格式支持透明色，支持颜色交错技术，是目前网上主流图像格式之一。

- **PNG 格式**：PNG 是 Portable Network Graphic(可移植网络图形图像)的缩写，是专门针对网络使用而开发的一种无损压缩图形图像格式。PNG 格式支持透明色，但与 GIF 格式不同的是，PNG 格式支持矢量元素，支持的颜色多达 32 位，支持消除锯齿边缘的功能，因此可以在不失真的情况下压缩保存图形图像。PNG 格式还支持 1～16 位的图像 Alpha 通道。PNG 格式的发展前景非常广阔，被认为是未来 Web 图形图像的主流格式。

常见的图形图像文件格式还有 BMP、TIFF、WMF、TGA、PCX、PDF 等。

1.2 初识 Photoshop CS3

Photoshop 是美国 Adobe 公司推出的专业图形图像处理软件，广泛应用于影像后期处理、平面设计、数字相片修饰、Web 图形制作、多媒体产品设计等领域，是当之无愧的图像处理大师。

启动 Photoshop CS3 简体中文版，其窗口界面如图 1.3 所示。

图 1.3 Photoshop CS3 界面组成

1. 选项栏

选项栏主要用于设置当前工具的基本参数，因此其显示内容随所选工具的不同而变化。

2. 工具箱

工具箱汇集了 Photoshop CS3 的 22 组基本工具以及选色按钮、编辑模式按钮和显示模式按钮。光标移到工具或按钮上停顿片刻，将弹出工具名称提示框。若某个工具按钮的右下角有一个黑色三角标志，则表示此处还隐藏着其他工具，在该工具按钮上右击或按住左键停顿片刻，将展开该组工具，以选择被隐藏的其他工具。

3. 浮动面板

浮动面板是 Photoshop CS3 的又一重要组成部分。各浮动面板允许随意组合，形成多个面板组。通过【窗口】菜单可以控制各浮动面板的显示与隐藏。另外，【窗口】|【工作区】|【复位调板位置】命令是一个有用的命令，当各浮动面板的默认组合被打破，或工具箱、选项栏和浮动面板的默认位置被改动，或程序窗口的大小改变后，使用该命令可以使窗口界面快速复位。

(1)【导航器】面板：用于精确调整图像的显示比例，并在预览窗口的帮助下迅速而准确地查看图像的不同区域。

(2)【历史记录】面板：用于记录用户对图像的每一步操作。

(3)【图层】面板：用于对图层进行有效的组织和管理。详见本书第 4 章。

(4)【通道】面板：用于对通道进行有效的组织和管理。详见本书第 8 章。

(5)【路径】面板：用于对路径和当前矢量蒙版进行有效的组织和管理。详见本书第 6 章。

(6)【动作】面板：用于对动作进行有效的组织和管理。详见本书第 9 章。

(7)【字符】面板与【段落】面板：用于详细设置字符或段落的格式。

此外，还有【信息】面板、【直方图】面板、【颜色】面板、【色板】面板、【样式】面板等。

1.3　Photoshop 基本操作

1.3.1　图像浏览

图像浏览操作包括图像缩放、图像拖移、设置屏幕显示模式等，涉及的工具有缩放工具、抓手工具、【导航器】面板和屏幕显示模式按钮等。

1. 缩放工具

缩放工具用于缩放图像的显示尺寸，改变图像的显示比例。其选项栏的参数如下。

- 按钮：放大按钮。选中该按钮，在图像窗口中每单击一次，图像以一定比例放大。该选项为默认选项。
- 按钮：缩小按钮。选中该按钮，在图像窗口中每单击一次，图像以一定比例缩小。
- 【调整窗口大小以满屏显示】：勾选该复选框，当缩放图像时，图像窗口将适应

图像的大小一起缩放。

- 【缩放所有窗口】：当有多幅图像打开时，可使用该参数缩放所有图像。
- 【实际像素】：单击该按钮，当前图像以实际像素大小(100%的比例)显示。
- 【适合屏幕】：单击该按钮，当前图像在工作区中以最大比例显示全部内容。
- 【打印尺寸】：单击该按钮，当前图像按打印尺寸大小显示。当图像分辨率与显示器分辨率相等时，【打印尺寸】与【实际像素】的作用相同。

提示　选择🔍按钮时，按住Alt键不放，可切换到🔍按钮；选择🔍按钮时，按住Alt键不放，可切换到🔍按钮。

2. 抓手工具🖐

当图像窗口出现滚动条时，可用抓手工具拖移图像，以查看被隐藏的图像。其选项栏的参数如下。

【滚动所有窗口】：当打开多幅图像时，勾选该复选框，可使用抓手工具拖移所有存在滚动条的窗口中的图像。

其他参数与缩放工具的相同。

重要提示　①在工具箱上双击缩放工具，图像以"实际像素"方式显示；双击抓手工具，图像以"适合屏幕"方式显示。②在使用其他工具时，按住空格键不放，可切换到抓手工具；松开空格键，重新切换回原来的工具。③使用放大工具🔍在图像上拖移，框选局部图像(图 1.4)，可使该部分图像放大到满窗口显示。

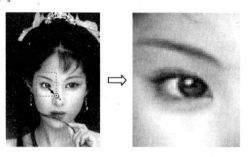

图 1.4　框选放大图像局部

3. 【导航器】面板

【导航器】面板如图 1.5 所示。各组成元素的作用如下。

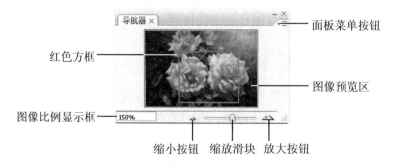

图 1.5　【导航器】面板

- 图像预览区与红色方框：图像预览区显示完整的图像预览图。红色方框内标出当前图像窗口中显示的内容。当图像窗口出现滚动条时，在图像预览区拖移红色方框，可以查看图像的任何部分(特别是被隐藏的部分)。
- 放大按钮：单击该按钮，图像显示比例放大一级。
- 缩小按钮：单击该按钮，图像显示比例缩小一级。
- 缩放滑块：向左拖移滑块，图像缩小；向右拖移滑块，图像放大。
- 图像比例显示框：在框内输入一定的百分比数值，按 Enter 键，可以精确改变图像的显示比例。

4. 屏幕显示模式按钮

屏幕显示模式按钮用于切换图像的屏幕显示方式，有标准屏幕模式、最大化屏幕模式、带有菜单栏的全屏模式和全屏模式 4 种，如图 1.6 所示。默认显示模式为标准屏幕模式。

(a) 标准屏幕模式

(b) 最大化屏幕模式

(c) 带有菜单栏的全屏模式

(d) 全屏模式

图 1.6 图像的屏幕显示模式

在全屏模式下，按 Tab 键，可进一步隐藏各浮动面板、菜单栏和工具箱。再次按 Tab 键，返回全屏模式。

提示 在全屏模式下，如果按 Tab 键不能隐藏各浮动面板、菜单栏和工具箱，可在工具箱中切换当前工具，再按 Tab 键即可。

1.3.2 选取颜色

Photoshop 的选色工具包括工具箱底部的选色按钮(图 1.7)、颜色面板和色板面板。下面重点讲解 Photoshop 选色按钮的使用。

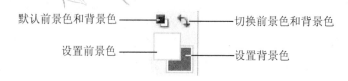

图 1.7　Photoshop 选色按钮

- 【设置前景色】按钮：用于设置前景色的颜色。
- 【设置背景色】按钮：用于设置背景色的颜色。
- 【默认前景色和背景色】按钮：单击该按钮，可将前景和背景色设置为系统默认的黑色与白色。
- 【切换前景色和背景色】按钮：单击该按钮，可将前景色与背景色对换过来。

使用【拾色器】对话框设置前景色或背景色的一般方法如下。

(1) 单击【设置前景色】或【设置背景色】按钮，打开【拾色器】对话框，如图 1.8 所示。

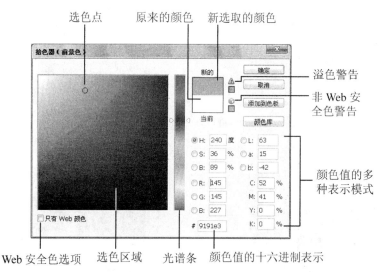

图 1.8　【拾色器】对话框

(2) 在光谱条上单击，或上下拖移白色三角滑块，选择某种色相。

(3) 在选色区某位置单击(进一步确定颜色的亮度和饱和度)，确定最终要选取的颜色。

(4) 单击【确定】按钮，颜色选择完毕，【设置前景色】或【设置背景色】按钮上指示出上述选取的颜色。

每种颜色都有一定的颜色值。借助【拾色器】对话框可使用以下方法之一精确选取某种颜色。

(1) 在【拾色器】对话框右下角，RGB、CMYK、HSB 与 Lab 分别表示不同的颜色模式(可参阅本书第 3 章)。直接将指定的一组数值输入上述某一种颜色模式框中，单击【确定】按钮。

(2) 在"颜色值的十六进制表示"框中输入颜色的十六进制数值(注意，此时不要选择【只有 Web 颜色】复选框)，单击【确定】按钮。

当【拾色器】对话框中出现"溢色警告"图标时，表示当前选取的颜色无法正确打印。单击该图标，Photoshop 用一种相近的、能够正常打印的颜色取代当前选色。

在【拾色器】对话框中，若勾选【只有 Web 颜色】复选框(图 1.9)，选色区域被分割成很多区块，每个区块中任意点的颜色都是相同的，这时通过【拾色器】对话框仅能选取 216 种颜色，这些颜色都能在浏览器上正常显示，称为网络安全色。

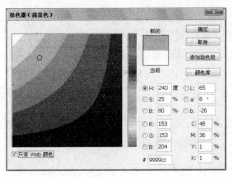

图 1.9　选择 Web 安全色

1.3.3　文件基本操作

1. 新建文件

选择【文件】|【新建】命令或按 Ctrl+N 组合键，弹出【新建】对话框，如图 1.10 所示。

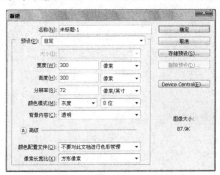

图 1.10　【新建】对话框

- 名称：输入新建图像的文件名。
- 预设：选择是采用自定义方式还是固定文件格式设置新建图像的宽度和高度。

提示　【预设】下拉列表的底部列出的是Photoshop窗口中当前打开的图像的文件名。选择某个文件名，所建立的新文件的宽度与高度将与该文件一致。

- 宽度与高度：设置新建图像的宽度与高度值。

重要提示　设置图像的宽度和高度时，一定要注意单位的选择。千万不要出现 400 厘米之类的尺寸(这样的选择会使计算机的反应很慢)。

- 分辨率：设置新建图像的图像分辨率。
- 颜色模式：选择新建图像的颜色模式(关于颜色模式，可参阅本书第 3 章)。

提示　如果所创建的图像用于网页显示，一般应选择RGB模式,分辨率选用72ppi或96ppi。若用于实际印刷，颜色模式应采用CMYK，分辨率则应视情况而定。书籍封面、招贴画要使用300ppi左右的分辨率，而更高质量的纸张印刷可采用350ppi以上的分辨率。

● 背景内容：选择新建图像的背景色，有白色、透明色和背景色 3 种选择。默认设置下，Photoshop 采用灰白相间的方格图案代表透明色。背景色指工具箱上【设置背景色】按钮所表示的颜色。

单击【高级】选项左侧的圆形按钮，展开对话框的高级选项设置区域。

● 颜色配置文件：选择新建图像的色彩配置方式。

● 像素长宽比：选择新建图像预览时像素的长宽比例。

提示 像素(picture element, pixel)是组成位图图像的最小单位。像素具有位置和位深(颜色深度)两个基本属性。除了一些特殊标准之外，像素都是正方形的。由于图像由方形像素组成，所以图像必须是方形的。

设置好上述参数后，单击【确定】按钮，新文件创建完成。

2. 编辑文件

新文件创建好之后，就可以使用 Photoshop 的基本工具和菜单命令对其进行编辑处理了。也可以打开已经存在的图像文件，对其进行编辑修改。

3. 保存文件

选择【文件】|【存储为】命令，打开【存储为】对话框。

图 1.11 【JPEG 选项】对话框

在【保存在】列表框中选择存储位置；在【文件名】文本框中输入文件主名；在【格式】列表框中选择文件的类型，若选择 PSD 格式，单击【保存】按钮即可，若选择 JPEG 格式，单击【保存】按钮，将弹出如图 1.11 所示的【JPEG 选项】对话框。

1)【图像选项】栏

为了确定不同用途的图像的存储质量，可从【品质】下拉列表框中选择优化选项(低、中、高、最佳)，或左右拖动【品质】滑块，或在【品质】文本框中输入数值(1～4 为低，5～7 为中，8～9 为高，10～12 为最佳)。品质越高，文件占用的存储量越大。

提示 一般来说，若图像用于印刷，应设置尽量高的质量；若图像用在网络上，则设置中等左右的质量即可。基本原则是在满足Web图像质量要求的前提下，尽量降低文件的存储大小，以加快图像的下载速度。另外，制作Web图像时，最好选用【文件】|【存储为Web和设备所用格式】命令存储图像。

2)【格式选项】栏

● 【基线("标准")】：使用大多数 Web 浏览器都识别的格式。

● 【基线已优化】：获得优化的颜色和稍小的文件存储空间。

● 【连续】：在图像下载过程中显示一系列越来越详细的扫描效果(可以指定扫描次数)。

并不是所有 Web 浏览器都支持"基线已优化"和"连续"的 JPEG 图像。

单击【确定】按钮，将 JPEG 格式的图像保存在指定位置。

1.3.4　操作的撤销与恢复

撤销与恢复操作的方法有两种。

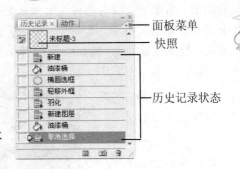

- 调用【编辑】菜单中的【前进】、【后退】、【重做】、【还原】命令。
- 使用【历史记录】面板。

下面重点介绍【历史记录】面板(图 1.12)的基本使用方法。

图 1.12 【历史记录】面板

1. 撤销与恢复操作

在历史记录状态区，向前单击某一条操作记录，可撤销该项记录后面的所有操作；向后单击某一条操作记录，可恢复该项记录及其前面的所有操作。

选择某一条操作记录，单击【删除当前状态】按钮，在弹出的警告框中单击【是】按钮，默认设置下将撤销并删除该项记录及其后面的所有操作记录。

重要提示 单击【历史记录】面板右上角的【面板菜单】按钮，在弹出的面板菜单中选择【历史记录选项】，打开【历史记录选项】对话框，勾选【允许非线性历史记录】复选框，单击【确定】按钮。进行上述设置后，可单独删除【历史记录】面板中某一条记录，而不影响后面的操作。

2. 设置历史记录步数

选择【编辑】|【首选项】|【性能】命令，打开【首选项】对话框，通过其中的历史记录状态选项可以修改历史记录的撤销与恢复步数。在 Photoshop CS3 中，【历史记录】面板最多可记录 1000 步操作。

3. 创建快照

"快照"可将某个特定历史记录状态下的图像内容暂时存放于内存中。即使相关操作由于被撤销、删除或其他原因已经不存在了，"快照"依旧存在。因此，使用"快照"能够有效地恢复图像。

单击【历史记录】面板右下角的【创建新快照】按钮，可为当前历史记录状态下的图像内容创建快照。【删除当前状态】按钮也可用于删除快照。

提示 单击【历史记录】面板右下角的【从当前状态创建新文档】按钮，可从当前历史状态或快照创建新图像。

1.4　本章案例——简单的操作，迷人的效果

下面通过几个案例讲解 Photoshop CS3 的一些基础操作。

1.4.1　图像查看

1. 案例说明

本例使用缩放工具、抓手工具、【导航器】面板和屏幕显示模式按钮查看如图 1.13 所示

的图像。图像的缩放与拖移是非常重要且使用频率很高的操作。虽说掌握 Photoshop 软件并不是一件很容易的事，但是只要从基础操作开始学习，一步一个脚印地坚持下去，过不了多久，肯定能够迈入 Photoshop 的神圣殿堂。下面就从"查看图像"开始 Photoshop 的学习。

图 1.13　雨后的月季

2.　操作步骤

(1)　启动 Photoshop CS3，选择【文件】|【打开】命令，打开图像"素材 01\雨后的月季.JPG"。

(2)　使用缩放工具将图像放大到 200%。

(3)　使用抓手工具或【导航器】面板查看被隐藏的图像。

(4)　使用【导航器】面板将图像缩小到 60%。

(5)　双击缩放工具，将图像显示比例快速切换到 100%。

(6)　在不同的屏幕显示模式下查看图像。

(7)　选择【文件】|【关闭】命令，或单击图像窗口右上角的【关闭】按钮，关闭文件。如果浏览过程中不经意改动了图像，关闭时将出现询问是否保存改动的警告框，单击【否】按钮，不保存改动。

1.4.2　美丽的新娘

1.　案例说明

"蒹葭苍苍，白露为霜。所谓伊人，在水一方。"是距离之遥造就了朦胧之美。案例"美丽的新娘"通过使用颜色选取和渐变工具，制作一幅具有朦胧美的图像。

2.　操作步骤

(1)　打开图像"素材 01\婚纱.JPG"，单击【图层】面板右下角的【创建新图层】按钮，新建图层 1，如图 1.14 所示。

图 1.14　创建新图层

(2) 将前景色设置为纯红色(#FF0000)。

(3) 选择渐变工具 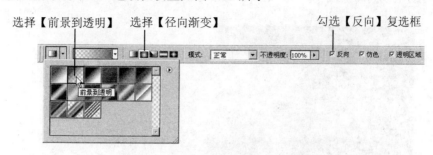，选项栏设置如图 1.15 所示。

图 1.15　设置渐变工具的选项栏参数

(4) 由图像中的 A 点向 B 点拖移鼠标(图 1.16)，创建渐变。结果产生如图 1.17 所示的效果。

图 1.16　创建渐变

图 1.17　渐变效果

(5) 将改动后的图像存储为 JPEG 格式(选择【最佳】品质)，关闭素材图像，不保存改动。

重要提示　希望读者一定要提前预习第 4 章图层基本概念和图层基础操作(选择图层、新建图层、删除图层、复制图层、调整图层顺序、合并图层等)，这对实例中操作的理解及 Photoshop 入门会有很大的帮助。

1.4.3　雨的印记

1. 案例说明

Kiss the rain(雨的印记/吻雨)是一首经典的轻钢琴曲,曲调优美动人。下面使用 Photoshop 的文字工具、图层复制等操作和富有诗意的图片素材,设计一幅意境非常好的作品。该作品名字也叫"雨的印记"。

2. 操作步骤

(1) 打开"素材 01"文件夹下的"雨后.JPG"和"昆虫.PSD"图像。

(2) 选择图像"昆虫.PSD",在【图层】面板上将图层 2 拖移到图像"雨后.JPG"的窗

口中，如图 1.18 所示。此时，"昆虫.PSD"的图层 2 中的图像被复制到"雨后.JPG"中，且被放置到自动生成的图层 1 中("雨后.JPG"自动变成当前图像)，如图 1.19 所示。

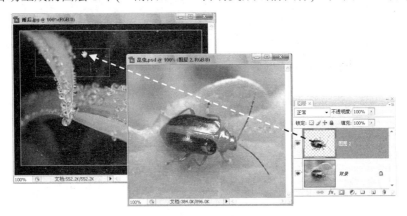

图 1.18　复制图层

图 1.19　"雨后.JPG"中自动生成的新图层

(3) 选择【编辑】|【变换】|【水平翻转】命令，将图中"小虫"左右镜像。

(4) 选择【编辑】|【自由变换】命令(或按 Ctrl+T 组合键)，"小虫"的周围出现自由变换控制框。

(5) 按住 Shift 键不放，使用鼠标向内拖移控制框 4 个角上的任意一个控制点(图 1.20)，适当成比例缩小"小虫"。

(6) 将光标放置在变换控制框的外面，当光标变成弯曲的双向箭头(图 1.21)时按住左键顺时针拖移控制框，将"小虫"旋转到适当角度，按 Enter 键确认变换。

图 1.20　缩小"小虫"

图 1.21　旋转"小虫"

(7) 选择移动工具 ，将"小虫"移动到合适的位置，如图 1.22 所示。

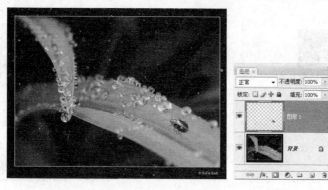

图 1.22　移动"小虫"

(8) 使用横排文字工具在图像中创建文本"雨の印记"(此时自动生成文本图层)。为了突出主题和增强艺术效果，将"雨"的字号设置得大一些，如图 1.23 所示。

(9) 将结果以"雨的印记.JPG"为名保存起来。

(10) 关闭所有图像窗口，不保存修改。

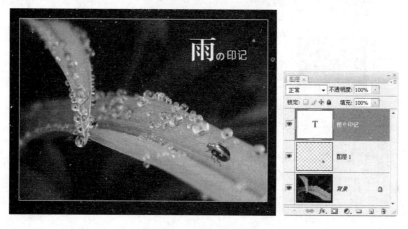

图 1.23　创建文本

1.4.4　把灯点亮

1.　案例说明

本例使用滤镜创建迷人的灯光效果，由此可以体会到 Photoshop CS 滤镜的强大功能。

2.　操作步骤

(1) 打开图像"素材 01\建筑.JPG"。

(2) 选择【滤镜】|【渲染】|【镜头光晕】命令，打开【镜头光晕】对话框。参数设置如图 1.24(a)所示，单击【确定】按钮，图像效果如图 1.24(b)所示。

提示　在【镜头光晕】对话框的【光晕中心】预览区中，单击或拖移鼠标可改变光晕中心的位置。

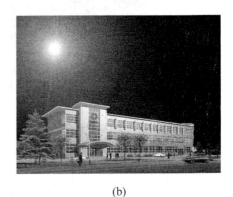

(a)   (b)

图 1.24　添加第一次滤镜效果

(3) 选择【滤镜】|【渲染】|【镜头光晕】命令，在图像上添加第二次滤镜效果。参数设置及图像效果如图 1.25 所示。

图 1.25　添加第二次滤镜效果

(4) 依次类推，继续在图像上添加第三次和第四次滤镜效果。每一次都要改变光晕中心的位置，并适当降低亮度。图像最终效果如图 1.26 所示。

图 1.26　最终效果

(5) 按要求保存图像。

(6) 关闭素材图像，不保存改动。

1.5　小　　结

本章主要讲述了有关图形图像处理的一些基本概念、Photoshop CS3 的窗口组成和一些基本操作。通过一些简单而精彩的案例，一方面使得本章的理论部分学有所用，让读者初步适应了 Photoshop CS3 的图像处理环境；另一方面激发了读者对该软件的浓厚兴趣，为后面各章的学习做好准备。

本章提前用到的超出本章理论范围的知识点有：

(1) 图层概念与基础操作(参照第 4 章相关部分，希望尽快熟悉这部分内容)。

(2) 图层的缩放、旋转与移动(非常重要的操作，重点掌握，后面还要多次用到)。

(3) 图层模式(参照第 4 章相关部分，暂做了解，无需掌握)。

(4) 渐变工具的使用(参照第 2 章相关部分，暂做了解，无需掌握)。

(5) 文字工具的使用(参照第 2 章相关部分，暂做了解，无需掌握)。

(6) 油漆桶工具的使用(参照第 2 章相关部分，可提前掌握，后面还要多次用到)。

(7) 镜头光晕滤镜、半调图案滤镜的使用(参照第 5 章相关部分，暂做了解，无需掌握)。

1.6　习　　题

一、选择题

1. Photoshop 是由美国的＿＿＿＿＿＿公司出品的一款功能强大的图像处理软件。

   A．Corel　　　B．Macromedia　　　C．Microsoft　　　D．Adobe

2. Photoshop 的功能非常强大，使用它处理的图形图像主要是＿＿＿＿＿＿。

   A．位图　　　B．剪贴画　　　C．矢量图　　　D．卡通画

3. 下列描述不属于位图特点的是＿＿＿＿＿＿。

   A．由数学公式来描述图中各元素的形状和大小

   B．适合表现含有大量细节的画面，比如风景照、人物照等

   C．图像内容会因为放大而出现马赛克现象

   D．与分辨率有关

4. 位图与矢量图比较，其优越之处在于＿＿＿＿＿＿。

   A．对图像放大或缩小，图像内容不会出现模糊现象

   B．容易对画面上的对象进行移动、缩放、旋转和扭曲等变换

   C．适合表现含有大量细节的画面

   D．一般来说，位图文件比矢量图文件要小

5. "目前广泛使用的位图图像格式之一，属于有损压缩，压缩率较高，文件容量小，但图像质量较高；支持真彩色，适合保存色彩丰富、内容细腻的图像；是目前网上主流图

像格式之一。"是_____格式图像文件的特点。

     A. JPEG(JPG)   B. GIF   C. BMP   D. PSD

二、填空题

1. 图像每单位长度上的像素点数称为_____，单位通常采用"像素/英寸"。

2. _____指计算机采用多少个二进制位表示像素点的颜色值，也称为位深。

3. _____格式是 Photoshop 的基本文件格式，能够存储图层、通道、蒙版、路径和颜色模式等各种图像属性，是一种非压缩的原始文件格式。

4. 在【拾色器】对话框中，若勾选【只有 Web 颜色】复选框，通过【拾色器】对话框仅能选取 216 种颜色。这些颜色都能在浏览器上正常显示，称为_____。

三、简答题

1. 什么是位图？什么是矢量图？两者的关系如何？

2. 简述图像分辨率的定义。它与显示器分辨率和打印分辨率有何区别？

3. Photoshop 的主要用途有哪些？

四、操作题

1. 新建一幅 400×300 像素、72 像素/英寸、RGB 颜色模式、白色背景的图像。将前景色设置为蓝色(颜色值#0000FF)，背景色设置为白色。使用【滤镜】|【渲染】|【云彩】滤镜在图像上创建蓝天白云效果。

2. 利用"练习\明星照.JPG"(图 1.27)设计制作如图 1.28 所示的白色网点效果。

    图 1.27 原图   图 1.28 效果图

操作提示：

(1) 将前景色设置为白色，背景色设置为黑色。

(2) 打开素材图像，新建图层 1，并填充白色。

(3) 添加【滤镜】|【素描】|【半调图案】滤镜(大小为 1，对比度为 5，图案类型为"网点")。

(4) 在【图层】面板上将图层 1 的混合模式由"正常"改为"滤色"。

基本工具

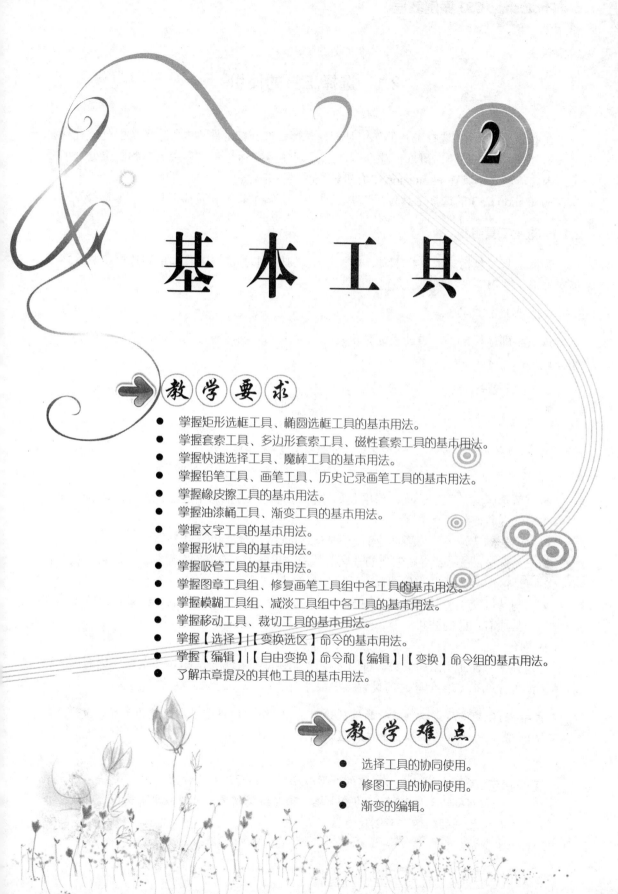

教学要求

- 掌握矩形选框工具、椭圆选框工具的基本用法。
- 掌握套索工具、多边形套索工具、磁性套索工具的基本用法。
- 掌握快速选择工具、魔棒工具的基本用法。
- 掌握铅笔工具、画笔工具、历史记录画笔工具的基本用法。
- 掌握橡皮擦工具的基本用法。
- 掌握油漆桶工具、渐变工具的基本用法。
- 掌握文字工具的基本用法。
- 掌握形状工具的基本用法。
- 掌握吸管工具的基本用法。
- 掌握图章工具组、修复画笔工具组中各工具的基本用法。
- 掌握模糊工具组、减淡工具组中各工具的基本用法。
- 掌握移动工具、裁切工具的基本用法。
- 掌握【选择】|【变换选区】命令的基本用法。
- 掌握【编辑】|【自由变换】命令和【编辑】|【变换】命令组的基本用法。
- 了解本章提及的其他工具的基本用法。

教学难点

- 选择工具的协同使用。
- 修图工具的协同使用。
- 渐变的编辑。

2.1 选择工具的使用

在 Photoshop 中，选择工具的作用是创建选区，选择部分图像。数字图像的处理往往是局部的处理，首先需要在局部创建选区。选区创建得准确与否，直接关系到图像处理的质量，因此，选择工具在 Photoshop 中有着特别重要的地位。

Photoshop CS3 的选择工具包括选框工具组、套索工具组和魔棒工具、快速选择工具。

2.1.1 选框工具组

选框工具组包括矩形选框工具、椭圆选框工具、单行选框工具和单列选框工具，用于创建方形、圆形等形状规则的几何选区。

1. 矩形选框工具 □

按住左键拖移鼠标，通过确定对角线的长度和方向创建矩形选区。其选项栏的参数如图 2.1 所示。

图 2.1　矩形选框工具的选项栏

1) 选区运算

- 新选区 □：默认选项，作用是创建新的选区。若图像中已经存在选区，新创建的选区将取代原有选区。
- 添加到选区 □：将新创建的选区与原有选区进行求和(并集)运算。
- 从选区减去 □：将新创建的选区与原有选区进行减法(差集)运算。其结果是从原有选区中减去新选区与原有选区的公共部分。
- 与选区交叉 □：将新创建的选区与原有选区进行交集运算。其结果是保留新选区与原有选区的公共部分。

2) 羽化

这是一个有趣而实用的参数，可用来创建渐隐的边缘过渡效果(试一试对羽化的选区进行填色)，但必须在选区创建之前设置该参数才有效。

提示　羽化的实质是以创建时的选区边界为中心，以所设置的羽化值为半径，在选区边界内外形成一个渐变的选择区域。

重要提示　当羽化值较大而创建的选区较小时，由于选框无法显示(选区还是存在的)，将弹出如图2.2所示的警告框。除非特殊需要，一般应取消选区，并设置合适的羽化值重新创建选区。

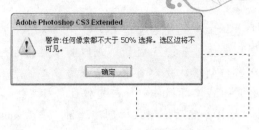

图 2.2　选区异常警告框

3) 消除锯齿

其作用是平滑选区的边缘。在选择工具中，该选项仅对椭圆选框工具、套索工具组和魔棒工具有效。

4) 样式

● 正常：默认选项，通过拖移鼠标随意指定选区的大小。

● 固定比例：按指定的长宽比通过拖移鼠标创建选区。

● 固定大小：按指定的具体长度和宽度值(单位是像素)，通过单击鼠标创建选区。如果想改变度量单位，可通过右击【长度】或【宽度】数值框选择。

5) 调整边缘

调整边缘是 Photoshop CS3 的新增功能，用于动态地对现有选区的边缘进行更加细微的调整，如边缘的范围、对比度、平滑度和羽化度等，还可以对选区的大小进行扩展或收缩，如图 2.3 所示。

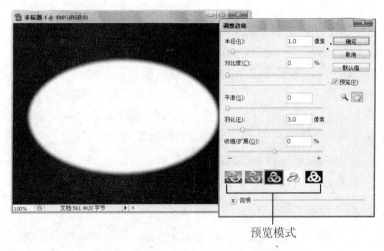

预览模式

图 2.3　设置【调整边缘】对话框参数

2. 椭圆选框工具

按住左键拖移鼠标，创建椭圆形选区。其选项栏参数的作用与矩形选框工具类似。

3. 单行选框工具与单列选框工具

单行选框工具用来创建高度为一个像素，宽度与当前图像的像素宽度相等的选区。

单列选框工具用来创建宽度为一个像素，高度与当前图像的像素高度相等的选区。

由于选区的大小已确定，使用单行选框工具与单列选框工具创建选区时，只要在图像中某点单击即可。

重要提示　利用矩形选框工具或椭圆选框工具创建选区时，若按住Shift键，可创建正方形或圆形选区；若按住Alt键，则以首次单击点为中心创建选区；若同时按住Shift键与Alt键，则以首次单击点为中心创建正方形或圆形选区。特别要注意的是，在实际操作中，应先按住鼠标左键，再按键盘功能键(Shift、Alt或Shift+Alt)，然后拖移鼠标创建选区，最后先松开鼠标左键，再松开键盘功能键，选区创建完毕。

2.1.2 套索工具组

套索工具组包括套索工具、多边形套索工具和磁性套索工具，用于创建形状不规则的选区。

1. 套索工具

套索工具用于创建手绘的选区，其使用方法像铅笔一样随意，用法如下。

(1) 选择套索工具，设置选项栏参数。

(2) 在待选对象的边缘按住左键拖移圈选待选对象，当光标回到起始点时(此时光标旁边将出现一个小圆圈)松开左键可闭合选区；若光标未回到起始点便松开左键，起点与终点将以直线段相连，形成闭合选区。

套索工具适合选择与背景颜色对比不强烈且边缘复杂的对象。

2. 多边形套索工具

多边形套索工具用于创建多边形选区，用法如下。

(1) 选择多边形套索工具，设置选项栏参数。

(2) 在待选对象的边缘某拐点上单击，确定选区的第一个紧固点；将光标移动到相临拐点上再次单击，确定选区的第二个紧固点；依此操作下去。当光标回到起始点时(此时光标旁边将出现一个小圆圈)单击可闭合选区；当光标未回到起始点时，双击可闭合选区。

多边形套索工具适合选择边界由直线段围成的对象。

重要提示　在使用多边形套索工具创建选区时，按住Shift键可以确定水平、竖直或方向为45°角的倍数的直线段选区边界。

3. 磁性套索工具

磁性套索工具特别适用于快速选择与背景颜色对比强烈且边缘复杂的对象。其特有的选项栏参数如下。

- 【宽度】：指定检测宽度，单位为像素。磁性套索工具只检测从指针开始指定距离内的边缘。
- 【对比度】：指定磁性套索工具跟踪对象边缘的灵敏度，取值范围为1%～100%。较高的数值只检测指定距离内对比强烈的边缘；较低的数值可检测到低对比度的边缘。
- 【频率】：指定磁性套索工具产生紧固点的频度，取值范围为0～100。较高的频率将在所选对象的边界上产生更多的紧固点。
- 【绘图板压力】：该参数针对使用光笔绘图板的用户。选择该按钮，增大光笔压力将导致边缘宽度减小。

磁性套索工具的一般使用方法如下。

(1) 选择磁性套索工具，根据需要设置选项栏参数。

(2) 在待选对象的边缘单击，确定第一个紧固点。

(3) 沿着待选对象的边缘移动(或拖移)鼠标，创建选区。在此过程中，磁性套索工具定期将紧固点添加到选区边界上。

(4) 若选区边界没有与待选对象的边缘对齐，可在待选对象的边缘的适当位置单击，手动添加紧固点，然后继续移动(或拖动)鼠标选择对象。

(5) 当光标回到起始点时(此时光标旁边将出现一个小圆圈)单击可闭合选区；当光标未回到起始点时双击可闭合选区，但起点与终点将以直线段连接。

重要提示 使用磁性套索工具选择对象时，若待选对象的边缘比较清晰，可设置较大的【宽度】值和更高的【对比度】值，然后大致地跟踪待选对象的边缘即可快速创建选区。若待选对象的边缘比较模糊，则最好使用较小的【宽度】值和较低的【对比度】值，这样将更准确地跟踪待选对象的边缘以创建选区。

2.1.3 魔棒工具

魔棒工具适用于快速选择颜色相近的区域。其一般使用方法如下。

(1) 选择魔棒工具，根据需要设置选项栏参数。

(2) 在待选的图像区域内单击某一点。

魔棒工具的选项栏上除了【选区运算】按钮、【消除锯齿】复选框外，还有以下参数。

- 【容差】：用于设置颜色值的差别程度，取值范围为 0～255，系统默认值为 32。使用魔棒工具选择图像时，其他像素点与单击点的颜色值进行比较，只有差别在【容差】范围内的像素才被选中。一般来说，容差越大，所选中的像素越多。容差为 255 时，将选中整个图像。

- 【连续】：勾选该复选框，只有【容差】范围内的所有相邻像素被选中；否则，将选中【容差】范围内的所有像素。如图 2.4 所示，使用魔棒工具在图像的白色背景区域单击，若事先没有勾选【连续】复选框，则创建图 2.4(a)所示的选区(飞机上部分区域被选中)；否则，将创建图 2.4(b)所示的选区(此时反转选区，即可选中图中的飞机)。

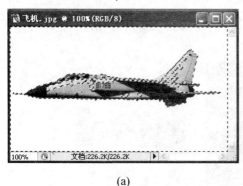

(a)

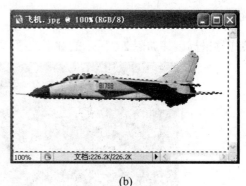

(b)

图 2.4 【连续】参数的应用

- 【对所有图层取样】：勾选该复选框，魔棒工具将从所有可见图层中创建选区；否则，仅从当前图层中创建选区。

2.1.4 快速选择工具

快速选择工具是 Photoshop CS3 的新增工具，它以涂抹的方式"画"出不规则的选区，能够快速选择多个颜色相近的区域。该工具比魔棒工具的功能更强大，使用也更方便快捷。其选项栏如图 2.5 所示。

图 2.5 快速选择工具的选项栏

- 【画笔】：用于设置快速选择工具的笔触大小、硬度和间距等属性。
- 【自动增强】：勾选该复选框，可自动加强选区的边缘。

其余选项与其他选择工具对应的选项作用相同。

当待选区域和其他区域分界处的颜色差别较大时，使用快速选择工具创建的选区比较准确。另外，当要选择的区域较大时，应设置较大的笔触涂抹；当要选择的区域较小时，应改用小的笔触涂抹。

2.1.5 案例

下面通过两个案例讲解选择工具的实际应用。

案例一：燕山月似弓

1. 案例说明

"露似珍珠月似弓"的美妙意境想必大家还记忆犹新。案例"燕山月似弓"通过椭圆选框工具的使用及选区的移动与缩放，再现了一幕栩栩如生的月夜美景。

2. 操作步骤

(1) 打开"素材 02\夜幕降临.JPG"，选择椭圆选框工具(选项栏采用默认设置)，按住 Shift 键拖移鼠标创建如图 2.6 所示的圆形选区(羽化值为 0)。

图 2.6 创建未羽化的圆形选区

(2) 在【图层】面板上单击【创建新图层】按钮，新建图层 1。

(3) 将前景色设置为浅黄色(颜色值# FFFFCC)。使用油漆桶工具在选区内单击填充颜色，如图 2.7 所示。

图 2.7　新建图层 1 并在选区内填色

(4) 选择【选择】|【修改】|【羽化】命令，将选区羽化 5 个像素左右。

重要提示　前面已经说过，选择工具选项栏上的羽化参数必须在选区创建之前设置才有效。对于已经创建好的选区，若需要羽化，可以通过选择【选择】|【修改】|【羽化】命令实现。

(5) 选择【选择】|【修改】|【扩展】命令，将羽化后的选区扩展 7 个像素左右，如图 2.8 所示。

(6) 使用方向键将选区移动到如图 2.9 所示的位置(移动选区时，千万不要选择移动工具)。

图 2.8　羽化和扩展选区　　　　　　　　　　　图 2.9　移动选区

(7) 按 Delete 键删除图层 1 中选区内的像素，如图 2.10 所示。

图 2.10　删除当前层选区内的像素

(8) 选择【选择】|【取消选择】命令(或按 Ctrl+D 组合键)，月牙儿效果制作完成，如图 2.11 所示。

(9) 存储文件。

图 2.11 "燕山月似弓"效果图

重要提示 选区的移动一般采用下列两种方法之一。

(1) 使用键盘方向键。按一下方向键移动1个像素的距离，可用于微调选区。按住Shift键按一下方向键移动10个像素的距离。使用此方法移动选区时，千万不要选择移动工具。

(2) 使用鼠标。操作方法如下。

① 首先选择一种选择工具(选框工具、套索工具、魔棒工具等)。

② 在选项栏上选中【新选区】按钮。

③ 将光标移动到选区内，按住左键拖移选区。

案例二：莫愁湖畔留个影

1. 案例说明

即使穷其一生，也很难游遍世上所有的美景胜地，这着实让人伤感。案例"莫愁湖畔留个影"介绍了如何利用套索工具、魔棒工具和选区的运算、图像的缩放等操作初步"实现"这种愿望的方法。

2. 操作步骤

(1) 打开"素材 02"文件夹下的"风景 2-01.JPG"、"艺术签名.gif"和"女孩 2-01.jpg"。

(2) 选择套索工具，在选项栏上选择【添加到选区】按钮，将羽化值设为 0，并勾选【消除锯齿】复选框。

(3) 选择"女孩.jpg"，使用缩放工具将图像放大到 300%。在图中待选人物的边缘某处按住左键沿着边缘拖移鼠标，开始圈选人物，如图 2.12 所示。

(4) 在使用套索工具圈选对象的过程中，可拖移鼠标使光标经待选区域的内部返回起始点，并松开鼠标左键，暂时闭合选区，如图 2.13 所示。

(5) 从图 2.14 所示的 A 点按住左键向右沿人物边缘拖移鼠标，继续加选人物。

(6) 手疲劳时，可沿图 2.15 所示的路径拖移鼠标，从原有选区的内部返回 A 点，并松开左键，闭合新选区。此时新选区添加到原有选区中。

(7) 仿照第(5)、(6)步的操作继续加选图像，直到选中整个人物。

图 2.12　开始创建选区

图 2.13　暂时闭合选区

图 2.14　继续选择图像

图 2.15　添加选区

重要提示　以下是套索工具的一些使用技巧。

- 在加选图像的过程中，按住空格键不放可切换到抓手工具，将图像拖移到图像的隐藏区域(图2.16)。松开空格键，可返回到套索工具。
- 在选择图像的过程中，若不小心使选区边界偏离了所选对象边缘(如图2.17所示，从B点开始出现明显偏离)，可拖移鼠标返回B点(图2.18)。在不松开左键的情况下，按住Delete键不放，直到撤销B点后的偏离曲线为止。然后重新拖移鼠标加选图像。

图 2.16　显示未选区域

图 2.17　选区边界偏离对象边缘

- 在加选窗口边界附近的图像时(图2.19)，将光标从起始点C沿图像边缘拖移到窗口边界处的D点后，可从窗口外部绕到右边E点，再沿图像边缘向上拖移光标，到 F 点后通过原有选区内部返回 C 点，松开左键，完成窗口边界图像的加选。

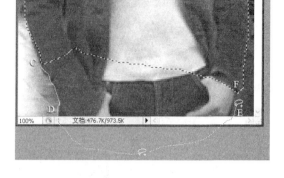

图 2.18　拖移鼠标返回 B 点　　　　　　图 2.19　选择窗口边界附近的图像

(8) 选中图中的人物后，使用缩放工具进一步放大图像。通过抓手工具拖移，检查所选图像的边界，如图 2.20 所示。将多选的部分从选区减掉，将漏选的部分加选到选区。修补后的选区如图 2.21 所示。

多选的区域 ——

漏选的区域 ——

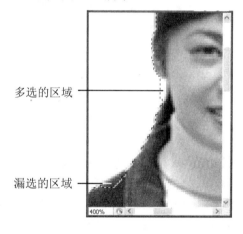

图 2.20　检查选区边界的准确度　　　　　　图 2.21　修补后的选区

(9) 选择【编辑】|【拷贝】命令(或按 Ctrl + C 组合键)选择图像"风景 2-01.JPG"。选择【编辑】|【粘贴】命令(或按 Ctrl + V 组合键)将"人物"复制到"风景 2-01.JPG"中。

(10) 选择【编辑】|【变换】|【水平翻转】命令将"人物"左右镜像。

(11) 选择【编辑】|【自由变换】命令(或按 Ctrl+T 组合键)，按住 Shift 键不放，使用鼠标向内拖移控制框 4 个角上的任意一个控制点(图 2.22)，适当成比例缩小"人物"，按 Enter 键确认变换。

(12) 选择移动工具，将"人物"移动到合适的位置。

(13) 选择图像"艺术签名.gif"。选择魔棒工具(选项栏上不选【连续】复选框)，单击"艺术签名.gif"的白色背景，选择【选择】|【反向】命令，将"文字"选中。

(14) 按照步骤(9)的方法，将"文字"复制到"风景 2-01.JPG"中，并移动到适当位置，如图 2.23 所示。

(15) 将合成后的图像存储起来。

图 2.22　成比例缩放图像

图 2.23　复制"艺术签名"

2.2　绘画与填充工具的使用

绘画与填充工具包括笔类工具组、橡皮擦工具组、填充工具组、形状工具组、文字工具组和吸管工具组。使用这些工具能够最直接、最方便地修改或创建图像，如绘制线条、擦除颜色、填充颜色、绘制各种形状、创建文字、吸取颜色等。

2.2.1　笔类工具组

笔类工具组包括画笔工具、铅笔工具、历史记录画笔工具、历史记录艺术画笔工具和颜色替换工具等，用于模仿现实生活中笔类工具的使用方法和技巧，绘制各种笔画效果、撤销图像局部修改等。

1. 画笔工具

1）设置画笔参数

选择画笔工具，其选项栏的参数如图 2.24 所示。

图 2.24　画笔工具的选项栏

- 【画笔】：单击打开画笔预设选取器(图 2.25)，从中选择预设的画笔笔尖形状，并可更改预设画笔笔尖的大小和硬度。
- 【模式】：设置画笔模式，使当前画笔颜色以指定的颜色混合模式应用到图像上，默认选项为"正常"。
- 【不透明度】：设置画笔的不透明度，取值范围为 0%～100%。
- 【流量】：设置画笔的颜色涂抹速度，取值范围为 0%～100%。
- "喷枪"：选择该按钮，将画笔当作喷枪使用，可以通过缓慢地拖移鼠标或按住左键不放以积聚、扩散喷洒颜色。

● "切换画笔调板" ：单击该按钮，打开【画笔】面板(图 2.26)，从中选择预设画笔或创建自定义画笔。也可以通过选择【窗口】|【画笔】命令打开【画笔】面板。【画笔】面板的参数设置如下。

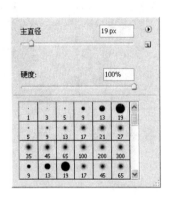

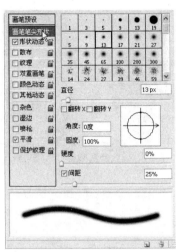

图 2.25　画笔预设选取器　　　　　　　　图 2.26　【画笔】面板

✓ 　【画笔预设】：用于显示预设画笔列表框。通过列表框可选择预设画笔的笔尖形状，更改画笔笔尖的大小。【画笔】面板底部为预览区，显示选择的预设画笔或自定义画笔的应用效果。

✓ 　【画笔笔尖形状】：用于设置画笔笔尖形状的详细参数，包括形状、大小、翻转、角度、圆度、硬度和间距等，如图 2.26 所示。

✓ 　【形状动态】：通过画笔笔尖的大小抖动、最小直径、角度抖动、圆度抖动、最小圆度和翻转等选项，指定绘画过程中笔尖形状的动态变化情况。

✓ 　【散布】：用于设置绘制的画笔中笔迹的数目和位置。

✓ 　【纹理】：使用某种图案作为笔尖形状，绘制纹理效果的画笔。

✓ 　【双重画笔】：使用两个笔尖创建画笔笔迹。首先在【画笔】面板的【画笔笔尖形状】选项部分设置主画笔；然后在【画笔】面板的【双重画笔】选项部分设置辅助画笔。

✓ 　【颜色动态】：用于设置绘画过程中画笔颜色的动态变化。

✓ 　【其他动态】：通过不透明度和流量抖动，设置绘画过程中画笔颜色的变化。

✓ 　【杂色】：使绘画产生颗粒状溶解效果。对于软边界画笔和透明度较低的画笔，效果更明显。

✓ 　【湿边】：在画笔的边缘增大油彩量，产生类似水彩画的效果。

✓ 　【喷枪】：使画笔产生喷枪的效果，与选项栏中的 ∠ 按钮功能相对应。

✓ 　【平滑】：使绘制的线条产生更平滑的曲线效果。

✓ 　【保护纹理】：使所有的纹理画笔采用相同的图案和缩放比例。

2) 自定义画笔

"自定义画笔"功能可以将选定的图像定义为画笔笔尖，创建有趣的效果，操作如下。

(1) 打开"素材 02/梦露.JPG"。

(2) 选择要定义为画笔的图像，如图 2.27 所示。

(3) 选择【编辑】|【定义画笔预设】命令，弹出【画笔名称】对话框。

(4) 在对话框中输入画笔的名称，单击【确定】按钮。

(5) 在画笔预设选取器中选择定义好的画笔，如图 2.28 所示。

图 2.27　创建图像选区　　　　　　图 2.28　选择定义好的画笔

(6) 设置前景色，在新建图像(或已经打开的图像)上单击绘画。

(7) 不断改变前景色，即可绘制出各种色调的图像，如图 2.29 所示。

图 2.29　自定义画笔效果

3) 载入特殊形状的画笔

使用画笔预设选取器不仅可以选择标准的圆形画笔笔尖(有软笔和硬笔之分)，还可以选择多种特殊形状的画笔(如五角星、雪花、小草、枫叶、十字灯光等)。

在默认设置下，画笔预设选取器中并未显示出 Photoshop CS 自带的所有特殊形状的画笔。载入其他特殊形状画笔的方法如下。

(1) 单击画笔预设选取器右上角的三角按钮 ⊙，展开选取器菜单。

(2) 从菜单底部一栏中选择特殊形状画笔组的名称(如书法画笔、混合画笔等)，弹出如图 2.30 所示的对话框。

(3) 单击【确定】按钮，新画笔将取代画笔预设选取器中的原有画笔。

(4) 单击【追加】按钮，新画笔将追加在画笔预设选取器中原有画笔的后面。

图 2.30   载入画笔

在图 2.31 所示画面中，"树叶"与"小草"就是使用特殊形状的画笔绘制的。

图 2.31   使用特殊形状的画笔绘画

提示 在画笔预设选取器面板菜单中，使用【复位画笔】命令可将其中的画笔恢复为初始状态，使用【删除画笔】命令可将选中的画笔从画笔预设选取器中删除。

2. 铅笔工具

铅笔工具的主要作用是使用前景色绘制随意的硬边线条，其参数设置及用法与画笔工具类似。

提示 在铅笔工具的选项栏上勾选【自动抹掉】复选框，使用铅笔工具绘画时，若起始点像素的颜色与当前前景色相同，则使用当前背景色绘画。否则仍使用当前前景色绘画。

3. 颜色替换工具

颜色替换工具用于将前景色快速替换图像中的特定颜色，其选项栏的参数如图 2.32 所示。

图 2.32   颜色替换工具的选项栏

- 【画笔】：用于设置画笔笔尖的大小、硬度、间距、角度、圆度等参数。
- 【模式】：设置画笔模式，使当前画笔颜色以指定的颜色混合模式应用到图像上。默认选项为"颜色"，仅影响图像的色调与饱和度，不改变亮度。
- 【取样】：包含"连续"、"一次"和"背景色板"3 个选项，用于确定

颜色取样的方式。"连续"选项使工具在拖移过程中不断地对颜色取样。"一次"选项将首次单击点的颜色作为取样颜色。"背景色板"选项只替换包含当前背景色的像素区域。所谓"取样颜色",即图像中能够被前景色替换的区域的颜色。

- 【限制】:有"不连续"、"连续"和"查找边缘"3 个选项。"不连续"选项替换图像中与"取样颜色"匹配的任何位置的颜色。"连续"选项仅替换与"取样颜色"位置邻近的连续区域内的颜色。"查找边缘"选项类似"连续"选项,只是能够更好地保留被替换区域的轮廓。

- 【容差】:用于确定图像的颜色与"取样颜色"接近到什么程度时才能被替换。较低的取值下,只有与"取样颜色"比较接近的颜色才能被替换;较高的取值能够替换更广范围内的颜色。

- 【消除锯齿】:勾选该复选框,可以使图像中颜色被替换的区域获得更平滑的边缘。

下面举例说明颜色替换工具的用法。

(1) 打开"素材 02/女孩 2-02.jpg",如图 2.33(a)所示。

(2) 将前景色设置为纯蓝色。

(3) 选择颜色替换工具,设置画笔大小为 20px,硬度为 100%,模式为"颜色",取样为"一次",限制为"查找边缘",容差为 30%。

(4) 在图片中人物的外套部分拖移,将外套的颜色替换为蓝色,如图 2.33(b)所示。

(a)　　　　　　　　　　　　　　　　　　(b)

图 2.33　原始图像与颜色替换后的图像

4. 历史记录画笔工具

历史记录画笔工具用于将选定的历史记录状态或某一快照状态绘制到当前图层,其选项栏的参数设置与画笔工具相同。下面举例说明历史记录画笔工具的用法。

(1) 打开"素材 02/电影画面 2-01.jpg",如图 2.34 所示。

(2) 按 Ctrl+A 组合键,全选背景层图像。

(3) 选择【编辑】|【自由变换】命令(同时按住 Alt+Shift 组合键),将选区内图像缩小,不要取消选区,如图 2.35 所示。

(4) 选择【编辑】|【描边】命令,在背景层将选区进行一个像素的黑色描边,并取消选区。

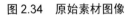

图 2.34　原始素材图像

图 2.35　缩小选区内图像

(5) 新建图层 1。使用矩形选框工具创建如图 2.36 所示的选区。

(6) 在图层 1 将选区进行一个像素的黑色描边，并取消选区，如图 2.37 所示。

图 2.36　再次创建选区

图 2.37　在图层 1 描边

(7) 选择历史记录画笔工具，设置画笔笔尖大小为 20px，其他选项默认。

(8) 在【历史记录】面板上单击"自由变换"记录左侧的▢按钮，按钮中显示🖌图标。

(9) 选择背景层。使用历史记录画笔工具在图像中沿内侧黑色边框拖移，将其擦除，如图 2.38 所示。

图 2.38　在背景层恢复历史记录

(10) 在【图层】面板菜单中选择【拼合图像】命令，将图层 1 与背景层合并。

(11) 选择【滤镜】|【纹理】|【纹理化】命令，打开【纹理化】对话框，采用默认参数，单击【确定】按钮，如图 2.39 所示。

(12) 新建图层 1。使用矩形选框工具创建如图 2.40 所示的选区。

(13) 选择【选择】|【反向】命令，将选区反转。

(14) 在【历史记录】面板上单击"拼合图像"记录左侧的▢按钮，按钮中显示🖌图标。

图 2.39　在背景层应用滤镜　　　　　　图 2.40　创建矩形选区

(15) 选择图层 1。使用历史记录画笔工具在选区内拖移，在图层 1 恢复图像。取消选区，如图 2.41 所示(最终效果可参考"素材 02/恢复历史记录.PSD")。

图 2.41　在图层 1 恢复添加滤镜前的状态

5. 历史记录艺术画笔工具

使用指定的历史记录状态或快照状态，利用色彩上不断变化的笔画簇，以风格化描边的方式进行绘画，同时颜色迅速向四周沉积扩散，达到印象派绘画的效果。

选择历史记录艺术画笔工具，其选项栏如图 2.42 所示。其中【画笔】、【不透明度】选项的设置与画笔工具相同。

图 2.42　历史记录艺术画笔工具的选项栏

- 【模式】：类似画笔工具的对应选项。不同的模式影响笔画样式和笔画沉积速度。
- 【样式】：用于确定笔画簇中各个笔画的大小和形状。包括"绷紧短"、"绷紧中"、"绷紧长"等多种不同的模式。
- 【区域】：指定绘画描边覆盖的区域大小。值越大，覆盖的区域越大，描边的数量也越多。取值范围为 0～500 像素。分辨率高的图像需要设置更大的值。
- 【容差】：限定允许绘画的区域。较低的容差允许用户在所有图像上绘画；较高的容差将绘画限制在与选定历史状态或快照状态的颜色有明显差异的区域上。

下面举例说明历史记录艺术画笔工具的基本用法。

(1) 打开"素材 02/女孩 2-03.jpg"，如图 2.43(a)所示。

(2) 新建图层 1，用油漆桶工具填充白色。

(3) 选择历史记录艺术画笔工具，设置画笔笔尖大小为 3px，模式为"正常"，样式为"绷紧短"，区域为 50px，容差为 0%。

(4) 在图层 1 中沿斜线方向拖移鼠标绘画，得到如图 2.43(b)所示的效果。

(5) 在【历史记录】面板中，将操作撤销到"油漆桶"目录。

(6) 将历史记录艺术画笔工具选项栏中的画笔笔尖大小增大到 5px，其他选项不变。

(7) 在图层 1 中绘画，得到如图 2.43(c)所示的效果。

  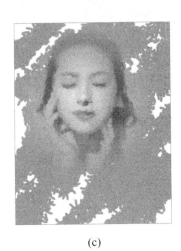

(a)　　　　　　　　　　(b)　　　　　　　　　　(c)

图 2.43　使用历史记录艺术画笔工具绘画

2.2.2　橡皮擦工具组

橡皮擦工具组包括橡皮擦工具、背景橡皮擦工具和魔术橡皮擦工具，主要用于擦除图像的颜色。

1. 橡皮擦工具

橡皮擦工具在不同类型的图层上擦除图像时，结果是不同的。

(1) 在背景图层上擦除时，被擦除区域的颜色被当前背景色取代。

(2) 在普通图层上擦除时，可将图像擦除为透明色。

(3) 在透明区域被锁定的图层(参照本书第 4 章相关内容)上擦除时，将包含像素的区域擦除为当前背景色。

选择橡皮擦工具，其选项栏如图 2.44 所示。其中多数选项的设置与画笔工具相同。

图 2.44　橡皮擦工具的选项栏

● 【模式】：设置擦除模式，有"画笔"、"铅笔"和"块"3 种。

● 【抹到历史记录】：将图像擦除到指定的历史记录状态或某个快照状态。

2. 背景橡皮擦工具

无论在普通图层还是在背景图层上，使用背景橡皮擦工具都可将图像擦除到透明。同时，在背景图层上擦除时，背景图层还将转化为普通图层。

背景橡皮擦工具的选项栏如图 2.45 所示，其中参数大多与颜色替换工具类似。

图 2.45　背景橡皮擦工具的选项栏

【保护前景色】：勾选该复选框，可禁止擦除与当前前景色匹配的区域。

3. 魔术橡皮擦工具

使用魔术橡皮擦工具可擦除指定容差范围内的像素，其选项栏如图 2.46 所示，其中参数大多与魔棒工具类似。

图 2.46　魔术橡皮擦工具的选项栏

【消除锯齿】：勾选该复选框，可使擦除区域的边缘更平滑。

与橡皮擦工具、背景橡皮擦工具的某些功能类似，魔术橡皮擦工具也有以下特点。

(1) 在背景图层上擦除的同时，背景图层转化为普通图层。

(2) 在透明区域被锁定的图层上擦除时，将包含像素的区域擦除为当前背景色。

2.2.3　填充工具组

填充工具组包括油漆桶工具和渐变工具，用于填充单色、图案或过渡色。

1. 油漆桶工具

油漆桶工具用于填充单色(当前前景色)或图案，其选项栏如图 2.47 所示。

填充类型

图 2.47　油漆桶工具的选项栏

- 【填充类型】：包括"前景"和"图案"两种。选择"前景"(默认选项)，使用当前前景色填充图像；选择"图案"，可从右侧的图案选取器(图 2.48)中选择某种预设图案或自定义图案进行填充。

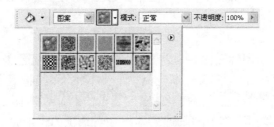

图 2.48　图案选取器

- 【模式】：指定填充内容以何种颜色混合模式应用到要填充的图像上。
- 【不透明度】：设置填充颜色或图案的不透明度。

- 【容差】：控制填充范围。容差越大，填充范围越广。取值范围为 0～255，系统默认值为 32。【容差】用于设置待填充像素的颜色与单击点颜色的相似程度。
- 【消除锯齿】：勾选该复选框，可使填充区域的边缘更平滑。
- 【连续的】：默认选项，作用是将填充区域限定在与单击点颜色匹配的相邻区域内。
- 【所有图层】：勾选该复选框，将基于所有可见图层的合并图像填充到当前层。

下面举例说明利用油漆桶工具进行自定义图案填充的方法。

(1) 打开"素材 02/动物 2-01.jpg"，用矩形选框工具选择要定义的图案，如图 2.49 所示。

(2) 选择【编辑】|【定义图案】命令，在弹出的【图案名称】对话框中输入图案名称，单击【确定】按钮。

(3) 新建 400×300 像素、分辨率为 72 像素/英寸、RGB 颜色模式的图像。

(4) 选择油漆桶工具，将【填充类型】设为"图案"，从右侧图案选取器的底部选择上述定义的图案。

(5) 在新图像窗口内单击，填充效果如图 2.50 所示。

图 2.49　自定义图案　　　　　　　　　　图 2.50　填充自定义图案

 重要提示　用于定义图案的选区必须为矩形选区，不能羽化，也不能圆角化，否则无法定义图案。

2. 渐变工具▇▇

渐变工具用于填充各种过渡色，其选项栏如图 2.51 所示。

图 2.51　渐变工具的选项栏

- ▇▇▇▇：单击图标右侧的 ⬇ 按钮，可打开【预设渐变色】面板(图 2.52)，从中选择所需渐变色(光标指向某一渐变色，停顿片刻，系统将提示该渐变色的名称)。单击图标左侧的 ▇▇▇▇，则打开【渐变编辑器】对话框(图 2.53)，可对当前选择的渐变色进行编辑或定义新的渐变色。其中各选项的作用如下。
  - ✓ 【预设】：提供 Photoshop CS 预设的渐变填色类型(同【预设渐变色】面板)。
  - ✓ 【名称】：显示所选渐变色的名称，或命名新创建的渐变色。

图 2.52 【预设渐变色】面板

✓ 　【渐变类型】：包含"实底"(默认选项)和"杂色"两种。若选择"杂色"选项(图 2.53(b))，可根据指定的颜色生成随机分布的杂色渐变。本书重点讲解实底渐变的编辑与应用。

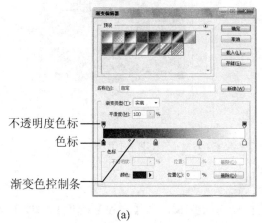

不透明度色标

色标

渐变色控制条

(a)

(b)

图 2.53 渐变编辑器

✓ 　【平滑度】：控制渐变的平滑程度。百分比数值越高，渐变效果越平滑。
✓ 　渐变色控制条：用于控制渐变填充中不同位置的颜色和不透明度。单击选择控制条上的不透明度色标(此时图标下方的三角形变黑)，从【色标】栏可修改该点的不透明度和位置(也可水平拖移不透明度色标改变其位置)。单击选择控制条下的色标(此时图标上方的三角形变黑)，从【色标】栏可修改该点的颜色和位置(也可水平拖移色标改变其位置)。在渐变色控制条的上方或下方单击，可添加不透明度色标或色标。选择不透明度色标或色标后，单击【删除】按钮可将其删除(控制条上仅有两个不透明度色标或色标时，是无法删除的)。

● 　　　　　：用于设置渐变种类。从左向右依次是线性渐变、径向渐变、角度渐变、对称渐变和菱形渐变。各按钮的图案反映了该类渐变效果的主要特征。
● 　【模式】：指定当前渐变色以何种颜色混合模式应用到图像上。
● 　【不透明度】：用于设置渐变填充的不透明度。
● 　【反向】：勾选该复选框，可反转渐变填充中的颜色顺序。
● 　【仿色】：勾选该复选框，可用递色法增加中间色调，形成更加平缓的过渡效果。
● 　【透明区域】：勾选该复选框，可使渐变中的不透明度设置生效。

下面举例说明渐变工具的基本用法。

(1) 打开"素材 02/蛋壳.jpg"，如图 2.54 所示。

(2) 将前景色设置为白色。

(3) 选择渐变工具█，在其选项栏上选择菱形渐变█(其他选项保持默认：模式为"正常"，不透明度为 100%，不选【反向】复选框，选择【仿色】和【透明区域】复选框)。

(4) 打开【预设渐变色】面板，选择"前景色到透明"渐变█。

(5) 在图像上拖移鼠标，形成菱形渐变效果。

(6) 改变光标拖移的方向和距离，在图像的不同位置创建多个渐变效果，如图 2.55 所示。

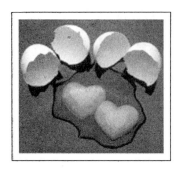 

图 2.54　素材图像　　　　　　　　　　图 2.55　菱形渐变效果

(7) 新建一个 400×300 像素、分辨率为 72 像素/英寸、RGB 颜色模式的图像。

(8) 使用椭圆选框工具创建一个圆形选区。

(9) 将前景色和背景色分别设置为白色和黑色。

(10) 选择渐变工具█，在其选项栏上选择径向渐变█，从【预设渐变色】面板中选择"前景色到背景色"渐变█(其他参数保持默认)。

(11) 从选区的左上角向右下角方向拖移鼠标(适当控制拖移距离)，创建径向渐变效果，如图 2.56 所示。取消选区。

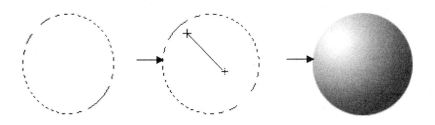

图 2.56　创建径向渐变

重要提示　请读者重新回顾第 1 章的案例"1.4.2　美丽的新娘"。

2.2.4　形状工具组

形状工具组包括矩形工具、圆角矩形工具、椭圆工具、多边形工具、直线工具和自定形状工具，用于创建形状图层、路径和填充图形。

本章主要讲解如何使用形状工具创建填充图形。

关于使用形状工具创建形状图层，可参阅本书第 7 章相关内容。

关于使用形状工具创建路径，可参阅本书第 6 章相关内容。

1. 直线工具 ＼

直线工具使用前景色绘制直线段或带箭头的直线段，其选项栏如图 2.57 所示。

图 2.57　直线工具的选项栏

1) 绘制任意长短和粗细的直线段

选择直线工具，在其选项栏上选择【填充像素】按钮，根据需要在【粗细】文本框中输入数值。在图像中通过拖移光标绘制直线段。按住 Shift 键可绘制水平、垂直或方向为 45°角的倍数的直线段。

2) 绘制任意长短和粗细的带箭头的直线段

选择直线工具，选择【填充像素】按钮，在【粗细】文本框内输入数值。在选项栏上单击【几何选项】按钮，打开【几何选项】面板，如图 2.58 所示。

● 【起点】：勾选该复选框，绘制起点带箭头的直线段。
● 【终点】：勾选该复选框，绘制终点带箭头的直线段。
● 【宽度】：设置箭头的宽度(其中数值为直线粗细的倍数)，如图 2.59 所示。

图 2.58　【几何选项】面板

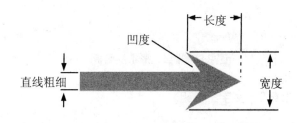

图 2.59　绘制带箭头的直线段

● 【长度】：设置箭头的长度(其中数值为直线粗细的倍数)。
● 【凹度】：设置箭头的凹度，取值范围为-50%～50%。正值表示内凹，负值表示外凸。

2. 规则多边形和椭圆工具

规则多边形和椭圆工具包括矩形工具 、圆角矩形工具 、多边形工具 和椭圆工具 。其用法如下。

(1) 选择规则多边形工具或椭圆工具，在选项栏上选择【填充像素】按钮。

(2) 若绘制圆角矩形，在选项栏上设置圆角半径。

(3) 若绘制多边形，在选项栏上设置边数。

(4) 设置前景色。在图像中拖移鼠标绘制图形。按住 Shift 键可绘制正的规则多边形和圆形。

3. 自定形状工具

Photoshop CS 的自定形状工具为用户提供了丰富多彩的图形资源。其用法如下。

(1) 选择自定形状工具，在选项栏上选择【填充像素】按钮。

(2) 在选项栏上单击【形状】选项右侧的三角按钮，打开【自定形状】面板，如图 2.60 所示。从中可选择多种形状。

(3) 单击【自定形状】面板右上角的三角按钮，打开面板菜单。从菜单底部可选择更多的形状(如动物、符号、自然、音乐等)添加到【自定形状】面板中。

(4) 设置前景色。在图像中拖移鼠标绘制自定形状。按住 Shift 键可按比例绘制自定形状，如图 2.61 所示。

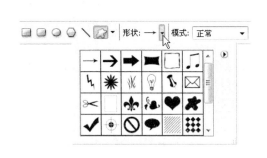

图 2.60 【自定形状】面板   图 2.61 绘制自定形状

2.2.5 文字工具组

图形、文字和色彩是平面设计的三要素。Photoshop CS 的文字工具组包括横排文字工具、直排文字工具、横排文字蒙版工具和直排文字蒙版工具，其功能非常强大。除了可以控制文字的字体、大小、颜色、行间距、字间距、段落样式等基本属性外，还可以创建变形文字，或直接对文字施加各种变换(缩放、旋转、透视、斜切、扭曲等)。

另外，文字工具更高级的应用还有：

- 创建路径文字(详见第 6 章)。
- 将文字转化为路径，以便根据需要随心所欲地进行字体设计(详见第 6 章)。

文字工具的选项栏如图 2.62 所示。

图 2.62 文字工具的选项栏

- 字体、样式、字号：设置文字的字体、样式和大小。其中样式对中文字体无效。

- 消除锯齿：提供了消除文字边缘锯齿的不同方法。
- 对齐：设置文字的对齐方式。
- 颜色：单击该颜色按钮打开【拾色器】对话框，选择文字颜色。
- 变形文字：选择文字层，单击该按钮，打开【变形文字】对话框，设置文字的变形方式。
- 字符/段落面板：单击该按钮打开【字符/段落】面板，从中更详细地设置文字或段落的格式。
- 取消：用于撤销文字的输入或修改，并退出文字编辑状态。
- 提交：用于确认文字的输入或修改，并退出文字编辑状态。

1. 横排文字工具 **T**

横排文字工具用于创建水平走向、从上向下分行的文字。

1) 创建横排文字

横排文字的创建方法有两种。

方法一：

(1) 选择横排文字工具，利用选项栏或【字符】面板设置字体、大小、颜色等基本参数。

(2) 在图像中单击，确定插入点(此时【图层】面板上生成文字图层)。

(3) 输入文字内容。按 Enter 键可向下换行。

(4) 单击【提交】按钮 ✓，文字创建完毕(若单击【取消】按钮 ⊘，则撤销文字的输入)。

方法二：

(1) 选择横排文字工具，在选项栏上设置文字基本参数。

(2) 在图像中拖移鼠标，确定文字输入框和插入点(此时【图层】面板上生成文字图层)。

(3) 输入文字内容，文字被限制在框内，到达框的边缘后自动换行(当然也可以按 Enter 键换行)。水平拖移输入框竖直边上的控制块，可改变行宽。这样创建的文字为段落文字。

(4) 单击【提交】按钮 ✓ 确认，或单击【取消】按钮 ⊘ 撤销输入。

2) 修改横排文字

双击文字图层(此时该层的所有文字被选中)，利用选项栏、【字符】面板或【段落】面板重新设置文字基本参数，最后单击 ✓ 按钮确认。

若要修改文字图层中的部分内容，可在选择文字图层和文字工具后，将指针移到对应字符上，按住左键拖移选择(图 2.63)，然后进行修改并提交。

图 2.63　修改文字图层的部分内容

Photoshop CS 的【字符】面板如图 2.64 所示。

- 字距微调：用于调整两个字符的间距。方法是将插入点放置在两个字符之间，然后从该框中选择或输入宽度数值。负值减小字距，正值加大字距。

- 基线偏移：调整文字与基线的距离。正值文字升高，负值文字降低。
- 比例间距调整：按指定的百分比数值减少字符周围的空间。数值越大，空间越小。
- 字距调整：统一调整所选文字的字符间距。负值减小字距，正值加大字距。
- 字体效果：创建不同的文字效果。单击不同的按钮，从左往右依次为加粗、倾斜、全部大写、小型大写、创建上标、创建下标、增加下画线、增加删除线。
- 语言：对所选文字进行有关连字符和拼写规则的语言设置。

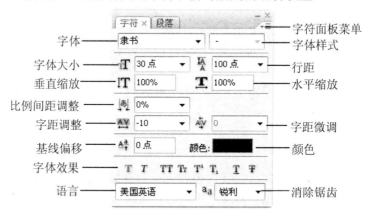

图 2.64 【字符】面板

Photoshop CS 的【段落】面板如图 2.65 所示。

- 对齐文字：对所选段落设置左对齐、居中对齐或右对齐，或对所选段落的最后一行设置左对齐、居中对齐、右对齐，或使段落文字全部对齐。
- 段落缩进：对选定段落设置缩进，包括左缩进、右缩进和首行缩进。
- 段前/段后间距：设置选中段落与前面段落和后面段落之间的距离。
- 连字：勾选该复选框，将在英文段落中自动使用连字功能。当一行的最后一个英文单词由于文字输入框的宽度不够而强行拆开，单词的后一部分换到下一行显示时，在换行的位置将自动出现连字符 "–"。

图 2.65 【段落】面板

2. 直排文字工具

直排文字工具用于创建竖直走向、从右向左分行的文字。用法与横排文字工具类似。

3. 横排文字蒙版工具

横排文字蒙版工具用来创建水平方向的文字选区，但不会生成文字图层。其用法如下。

(1) 选择横排文字蒙版工具，利用选项栏或【字符】面板设置文字基本参数。

(2) 在图像中单击(或拖移鼠标)，确定插入点(此时进入文字蒙版状态，图像被 50%不透明度的红色保护起来)。

(3) 输入文字内容。

(4) 若要修改文字属性，必须在提交之前进行。可拖移鼠标，选择要修改的内容，然后重新设置文字参数，也可对全部文字进行变形。

(5) 单击【提交】按钮 (此时退出文字蒙版状态，形成文字选区)。

(6) 编辑文字选区(描边、填色、添加滤镜等，但要避开文字层、形状层等)。

(7) 取消选区。

4. 直排文字蒙版工具

直排文字蒙版工具用于创建竖直走向、从右向左分行的文字选区。用法与横排文字蒙版工具类似。

下面举例说明文字工具的基本用法。

(1) 打开"素材 02/荷花 2-01.jpg"，如图 2.66 所示。

(2) 选择直排文字工具，设置选项栏参数：字体为隶书，字号为 18，颜色为白色。

(3) 在图像窗口右上角单击，并输入文字内容"月光如流水一般，静静地泻在这一片叶子和花上；"，按回车键换行，再输入内容"薄薄的轻雾浮起在荷塘里……"，如图 2.67 所示。

(4) 单击【提交】按钮 。文字创建完毕。

(5) 在【图层】面板上双击文字层，选择所有文字。打开【字符】面板，设置字距为 100，行距为 36。

(6) 单击【提交】按钮 。文字修改完毕。

(7) 使用移动工具调整文字的位置。

(8) 选择【图层】|【图层样式】|【投影】命令，打开【图层样式】对话框，采用默认参数，单击【确定】按钮，为文字添加投影效果，如图 2.67 所示。

图 2.66　素材图片

图 2.67　创建并编辑文字

2.2.6 吸管工具组

吸管工具组包括吸管工具、颜色取样器工具和度量工具等。

1. 吸管工具 🖋

吸管工具用于从当前层图像中取色。使用该工具在图像上单击，可将单击点或单击区域的颜色吸取为前景色；若按住 Alt 键单击，则将所取颜色设为背景色。吸管工具的选项栏如图 2.68 所示。

【取样大小】：用于设置所取颜色是单击点像素的颜色值还是单击区域内指定数量像素的平均颜色值。

2. 颜色取样器工具 🖋

使用颜色取样器工具可在图像中单击设置取样点(最多可设置 4 个)，并在【信息】面板中查看该点的颜色值。其选项栏如图 2.69 所示。

- 【取样大小】：与吸管工具的对应参数作用类似。
- 【清除】：单击该按钮，可删除所有取样点(按住 Alt 键单击某个取样点，可将单个取样点删除)。

图 2.68　吸管工具的选项栏　　　　图 2.69　颜色取样器工具的选项栏

3. 度量工具 📏

度量工具用来测量图像中任意两点间的距离和显示这两点的坐标值。操作要点如下。

(1) 选择度量工具，在图像上单击并拖移光标创建一条直线段。

(2) 在选项栏和【信息】面板上读取该直线段两个端点间的有关度量信息。

(3) 按住 Shift 键可将度量工具的拖移方向限制在 45°角的倍数方向上。

(4) 按住 Alt 键，可从现有度量线的一个端点开始拖移光标创建第二条度量线，两者形成一个量角器。选项栏和【信息】面板上将显示这两条直线的夹角。

度量工具的选项栏如图 2.70 所示。

图 2.70　度量工具的选项栏

- X 和 Y：显示当前度量线起始点的 X、Y 坐标值(图像窗口左上角为坐标原点，X 轴正方向水平向右，Y 轴正方向竖直向下)。
- W 和 H：显示度量线两端点间的水平距离和垂直距离。
- A：显示当前度量线(从起点到终点方向)与 X 轴所成的角度，或两条度量线的夹角。

- L1：显示度量线的长度。
- L2：使用量角器时，第二条度量线的长度。

下面举例说明度量工具的一个小应用：计算图像旋转角度。

(1) 打开"素材 02/童年 2-01.jpg"，如图 2.71 所示。这是一幅由杂志封面扫描得到的图像，角度有些倾斜。下面将其调整过来。

(2) 使用度量工具沿原图像边缘(或与原图像边缘平行的方向)拖移，创建一条测量线，如图 2.72 所示。此时选项栏显示出该直线与 X 轴所成的角度为 91.5°(或-91.5°)。

图 2.71　素材图片

图 2.72　绘制测量线

(3) 选择【图像】|【旋转画布】|【任意角度】命令，打开【旋转画布】对话框，如图 2.73 所示。在该对话框中，系统已自动设置好正确的旋转角度及旋转方向。

图 2.73　【旋转画布】对话框

(4) 采用默认设置，单击【确定】按钮。此时图像角度调整准确，如图 2.74 所示。

(5) 使用裁剪工具🔲裁除图像四周的黑色边界(图 2.75)，并重新保存图像。

图 2.74　旋转后的图像

图 2.75　裁除四周黑色边界

2.2.7 案例

下面通过几个案例讲解绘画与填充工具的实际应用。

案例一：制作邮票

1. 案例说明

【画笔】面板不仅适用于铅笔工具与画笔工具，对橡皮擦工具、图章工具、历史记录画笔工具、模糊工具组、减淡工具组等都是适用的。下面使用橡皮擦工具、画笔间距的调整等制作一枚小小的邮票。

2. 操作步骤

(1) 打开"素材 02\小熊猫.jpg"，如图 2.76(a)所示。

(2) 在【图层】面板上双击背景层缩览图，如图 2.76(b)所示，弹出【新建图层】对话框，单击【确定】按钮(此操作将背景层转化为普通层，从而解除锁定)。

(3) 选择【编辑】|【变换】|【缩放】命令，配合 Alt 键和 Shift 键将图层 0 缩小到如图 2.77 所示的大小。

(a)　　　　　　　　　　　　　　(b)

图 2.76　将背景层转化为普通层　　　　　　　　图 2.77　缩小图像

(4) 新建图层 1，将该层拖移到图层 0 的下面，填充黄色(#FFFF00)，如图 2.78 所示。

图 2.78　创建底色层

(5) 使用矩形选框工具创建如图 2.79 所示的选区。调整选区位置，使其上下、左右边框线与画面间距大致相等。

(6) 新建图层 2(该层位于图层 0 与图层 1 之间)，在该层选区内填充白色，然后取消选择，如图 2.80 所示。

图 2.79 创建选区

图 2.80 创建并编辑图层 2

(7) 选择橡皮擦工具，单击选项栏右侧的【切换画笔调板】按钮 ，打开【画笔】面板。选择【画笔笔尖形状】，设置画笔大小为 6px、硬度为 100%，间距为 132%(其他参数保持默认)。

(8) 确保选中图层 2。将光标放置在如图 2.81 所示的位置(圆形橡皮擦大半放在白色边界内，外面只留一点即可)。按住左键，并按住 Shift 键水平向右拖移光标(结果将邮票一边擦成锯齿状)，如图 2.82 所示。

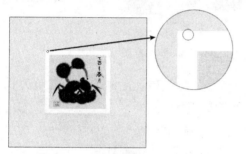
图 2.81 确定橡皮擦工具的位置

图 2.82 擦除白色边界

(9) 使用同样的方法擦除其他 3 个边界，如图 2.83 所示。

提示 在擦除邮票的白色边界时，尽量不要把 4 个角擦掉。为了避免这个问题，擦除每个边界时，应注意调整擦除的起始位置，真的无法避免时，还可以适当调整画笔的间距。保持邮票 4 个边角的存在，可增加邮票的整体美观性。

(10) 在邮票上书写"8 分"和"中国人民邮政"字样，如图 2.84 所示。

(11) 存储图像。

图 2.83 擦除其他 3 个边界

图 2.84 书写文字

案例二: 制作电视扫描线效果

1. 案例说明

本例通过油漆桶工具和【定义图案】命令制作电视扫描线效果。百叶窗的制作方法与此类似, 只要将图案中的线条绘制得粗一点即可。

2. 操作步骤

(1) 新建空白图像, 填充黑色背景。

(2) 新建图层, 使用铅笔工具绘制一个像素宽度的白色水平线, 如图 2.85 所示。

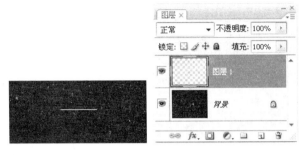

图 2.85　在新图层上绘制白色水平线

(3) 将图像放大到 1600%, 使用矩形选框工具创建如图 2.86 所示的选区(羽化值为 0)。

(4) 在【图层】面板上将黑色背景层隐藏(隐藏图层的操作可参阅第 4 章相关内容), 如图 2.87 所示。

图 2.86　创建矩形选区　　　　　图 2.87　隐藏背景层

(5) 选择【编辑】|【定义图案】命令, 在弹出的【图案名称】对话框中输入图案名称, 单击【确定】按钮。

(6) 打开 "素材 02\女孩 2-04.jpg", 并在素材图像中新建图层 1。

(7) 选择油漆桶工具, 在选项栏上将【填充类型】设为 "图案", 并从右侧图案选取器的底部选择上述定义的图案。

(8) 在素材图像窗口中单击, 为图层 1 填充自定义图案, 如图 2.88 所示。

(9) 存储图像。

图 2.88 填充自定义图案

案例三：制作"古书"造型

1．案例说明

本例主要使用渐变工具、文字工具等模仿翻开的古书效果，从中能够体会到 Photoshop CS 基本工具的强大功能。

2．操作步骤

(1) 新建 600×424 像素、72 像素/英寸、RGB 模式的图像，并将背景层填充为黑色。

(2) 新建图层 1，填充为浅黄色(# F3F3DD)。

(3) 选择【选择】|【全部】命令(或按 Ctrl + A 组合键)，全选画布。

(4) 选择【选择】|【变换选区】命令，显示【变换选区】控制框。将右边界中间控制块向左拖移，直到选区宽度变为原来的 50%，如图 2.89 所示。按 Enter 键确认。

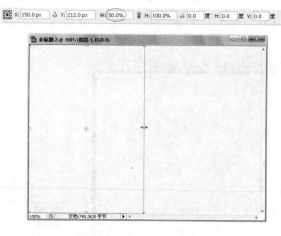

图 2.89 变换选区

(5) 选择渐变工具。打开【渐变编辑器】对话框，在【预设】栏中选择"前景到透明"渐变，并以此为模板在渐变色控制条上定义如图 2.90 所示的渐变。其中：

● 不透明度色标①：不透明度 100%，位置 0%。

● 不透明度色标②：不透明度 30%，位置 4%。

● 不透明度色标③：不透明度 0%，位置 15%。

- 色标④：颜色# D8D890，位置 0%。
- 色标⑤：颜色不限，位置 100%。

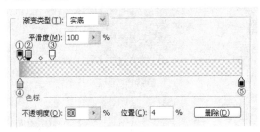

图 2.90　自定义渐变

（6）使用上述定义的渐变，在图层 1 的选区内做线性渐变(按住 Shift 键，从选区右边界水平拖移到左边界)。按 Ctrl + D 组合键取消选区，结果如图 2.91 所示。

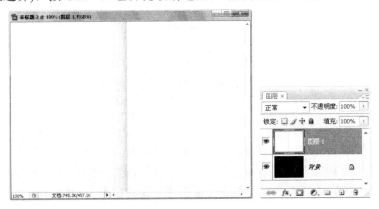

图 2.91　在图层 1 选区内填充自定义渐变

（7）选择【编辑】|【自由变换】命令，配合 Alt 键和 Shift 键将图层 1 缩放到如图 2.92 所示的大小。

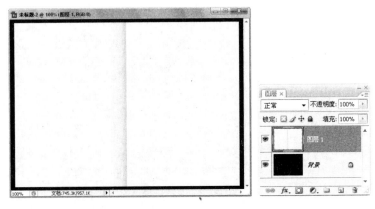

图 2.92　缩小图层 1

（8）创建如图 2.93 所示的矩形选区。在背景层的选区内填充蓝色(# 333399)，形成书的封面。取消选区。

图 2.93　制作封面

（9）打开"素材 02\素材 2-01.psd"，将其图层 0 复制到"古书"图像中，并放置在图层 1 的上面。适当缩放，调整位置，如图 2.94 所示。

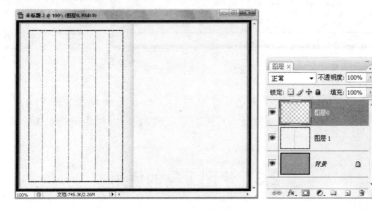

图 2.94　复制素材图像的图层 0

（10）确保选中图层 0。选择移动工具，按住 Alt 键，在图像窗口中向右拖移复制黑色方格线，放置到如图 2.95 所示的位置。

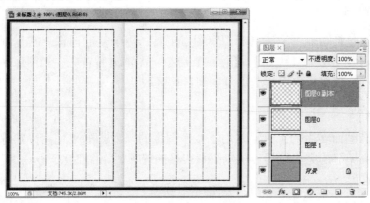

图 2.95　复制图层 0

（11）用记事本程序打开文本文件"素材 02\文本 2-01.txt"，复制其中的全部文字内容。

（12）回到 Photoshop CS 窗口，选择图层 0 副本。选择直排文字工具，在图像中单击，按 Ctrl+V 组合键将文字粘贴过来。

(13) 使用【字符】面板调整文字参数：字体为隶书，字号为 20，颜色为黑色，行间距为 35 左右，字间距为 100，其他参数默认。

(14) 将文字进行分行等处理，并移动到如图 2.96 所示的位置(后面多余的文字可删除)。

(15) 存储图像。

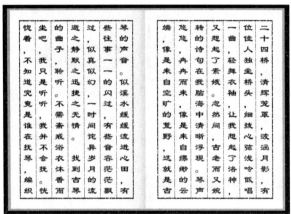

图 2.96　创建并编辑文字

提示　在本例最后文字的处理中，可在中间加空白行，并调整空白行的行间距。若感觉这种方法比较麻烦，最好的办法就是采用两个文本层进行处理。

2.3　修图工具的使用

Photoshop CS 的修图工具包括图章工具组、修复画笔工具组、模糊工具组和减淡工具组，其功能非常强大，常用于数字相片的修饰，以获得更加完美的效果。

2.3.1　图章工具组

图章工具组包括仿制图章工具和图案图章工具，用于复制图像。其复制的方式完全不同于【编辑】|【拷贝】与【编辑】|【粘贴】命令。图章工具首先在源图像中以特定的方式取样，然后通过拖移鼠标将取样数据复制到目标区域。

1. 仿制图章工具

这是一个有趣而实用的工具，常用于数字图像的修复。如果使用得熟练，修复效果甚至可以达到天衣无缝的完美境界。仿制图章工具的选项栏如图 2.97 所示。

图 2.97　仿制图章工具的选项栏

- 【对齐】：勾选该复选框，复制图像时无论一次起笔还是多次起笔都是使用同一个取样点和原始样本数据。否则，每次停止并再次开始拖移鼠标时都是重新从原取样点开始复制，并且使用最新的样本数据。

● 【样本】：确定从哪些可见图层进行取样，包括"当前图层"(默认选项)、"当前和下方图层"和"所有图层"3 个选项。

● ![按钮]按钮：选择该按钮，可忽略调整层对被取样图层的影响。关于调整层，可参阅本书第 7 章相关内容。

下面举例说明仿制图章工具的基本用法。

(1) 打开"素材 02\小鸟 2-01.jpg"，如图 2.98 所示。

(2) 选择仿制图章工具，设置画笔大小为 17px，勾选【对齐】复选框，其他选项默认。

(3) 将光标移动到取样点(比如右侧小鸟的眼睛部位)，按住 Alt 键单击取样。

(4) 松开 Alt 键，将光标移动到图像的其他区域(若存在多个图层，也可切换到其他图层，当然也可以选择其他图像的某个图层)，按住左键拖移，开始复制图像(注意源图像数据的十字取样点，适当控制光标拖移的范围)，如图 2.99 所示。

当前取样点　当前拖移位置

图 2.98　素材图像　　　　　　　　　　图 2.99　复制样本

(5) 如果想更好地定位，可选择【窗口】|【仿制源】命令，打开【仿制源】面板(图 2.100)，勾选【显示叠加】复选框，并适当设置【不透明度】，然后在图像中移动光标，很容易确定一个开始按键复制的合适位置，如图 2.101 所示。

图 2.100　【仿制源】面板　　　　　　　图 2.101　定位后拖移鼠标复制

(6) 由于在选项栏上勾选了【对齐】复选框，中途可松开鼠标按键暂时停止复制。然后再次按住左键，继续拖移复制，直到将整个小鸟复制出来，如图 2.102 所示。

(7) 取消选择【对齐】复选框，按住左键拖移，再次复制样本数据。中间不要停止，直到复制出整个小鸟，如图 2.103 所示。

图 2.102　复制出第一只小鸟　　　　　　　图 2.103　复制出第二只小鸟

提示　【仿制源】面板是 Photoshop CS3 的新增功能，它与仿制图章工具配合使用可以定义多个采样点(就好像 Word 有多个剪贴板内容一样)，并提供每个采样点的具体坐标，还可以对采样图像进行重叠预览、缩放、旋转等操作。比如，在上述步骤(4)和步骤(7)中，很难确定从什么位置开始按键复制才能使小鸟的腿刚好站立在横杆上，使用【仿制源】面板的【显示叠加】复选框就能很好地解决这个问题。

2. 图案图章工具

图案图章工具可以使用图案选取器中提供的预设图案或自定义图案进行绘画，其选项栏如图 2.104 所示。其中大多选项与仿制图章工具类似。

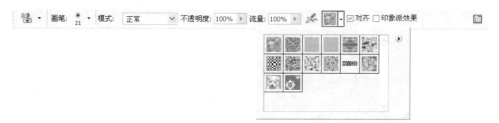

图 2.104　图案图章工具的选项栏

【印象派效果】：勾选该复选框，能够产生具有印象派绘画风格的图案效果。

图案图章工具的操作要点如下。

(1) 选择图案图章工具，从选项栏上选择合适的画笔大小。

(2) 打开图案选取器，选择预设图案或自定义图案(关于图案的定义方法，可参考本章 2.2.3 节填充工具组)。

(3) 在图像中拖移鼠标，使用选取的图案绘画，如图 2.105 所示。

图 2.105　使用图案图章工具绘画

2.3.2　修复画笔工具组

修复画笔工具组包括污点修复画笔工具、修复画笔工具、修补工具和红眼工具，主要用于图像的修复或修补。

1. 修复画笔工具

修复画笔工具用于修复图像中的瑕疵或复制局部对象。与仿制图章工具类似，该工具可将从图像或图案取样得到的样本，以绘画的方式应用于目标图像。不仅如此，修复画笔工具还能够将样本像素的纹理、光照、透明度和阴影等属性与所修复的图像进行匹配，使修复后的像素自然融入图像的其余部分。修复画笔工具的选项栏如图 2.106 所示。

图 2.106　修复画笔工具的选项栏

【源】：选择样本像素，有【取样】和【图案】两种选择。

● 【取样】：从当前图像取样。操作方式与仿制图章工具相同。

● 【图案】：选择该单选按钮后，可单击右侧的三角按钮，打开图案选取器，从中选择预设图案或自定义图案作为取样像素。

其他选项与仿制图章工具的对应选项类似。

修复画笔工具的基本用法如下。

(1) 打开"素材 02\风景 2-02.jpg"。

(2) 选择修复画笔工具，在选项栏上设置画笔大小为 73px、硬度为 0%，选择【取样】单选按钮，其他选项保持默认。

(3) 将光标移动到远处的小船上，如图 2.107 所示，按住 Alt 键单击取样。

(4) 松开 Alt 键，将光标移动到图像的其他区域(若存在多个图层，可切换到其他图层，也可以选择其他图像的某个图层)。单击或拖移复制图像(注意源图像数据的十字取样点，适当控制光标拖移的范围，也可配合【仿制源】面板进行复制)，结果如图 2.108 所示。

图 2.107　素材图片

图 2.108　修复效果

(5) 在选项栏上选择【图案】单选按钮，从图案选取器中选择"分子"图案，如图 2.109 所示。

(6) 在图像中拖移鼠标，复制图案，可得到如图 2.110 所示的效果。

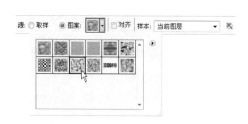

图 2.109　选取图案　　　　　　　　图 2.110　图案复制效果

2. 污点修复画笔工具

污点修复画笔工具可以快速清除图像中的污点和其他不理想部分，其使用方式与修复画笔工具类似：使用图像或图案中的样本像素进行绘画，并将样本像素的纹理、光照、透明度和阴影与所修复的像素相匹配。与修复画笔工具不同，污点修复画笔工具不要求指定样本点，它能够自动从所修饰区域的周围取样。

污点修复画笔工具的选项栏如图 2.111 所示。

图 2.111　污点修复画笔工具的选项栏

【类型】：选择样本像素的类型，有【近似匹配】和【创建纹理】两种选择。

● 　【近似匹配】：使用选区边缘周围的像素修补选定的区域。如果此选项的修复效果不能令人满意，也可在撤销修复操作后尝试使用【创建纹理】选项。

● 　【创建纹理】：使用选区中的所有像素创建一个用于修复该区域的纹理。如果纹理不起作用，可尝试再次拖过该区域。

其他选项与修复画笔工具的对应选项类似。

污点修复画笔工具的基本用法如下。

(1) 打开"素材 02\红唇.jpg"，如图 2.112 所示。

(2) 选择污点修复画笔工具，在选项栏上设置画笔大小为 14px、硬度为 0%，选择【近似匹配】单选按钮，其他选项保持默认。

(3) 将光标覆盖在面部的黑点上(使黑点位于圆圈光标的中心)，单击修复，结果如图 2.113 所示。

图 2.112　素材图像　　　　　　　　图 2.113　修复后的图像

提示　使用污点修复画笔工具时应注意以下两点：①所选画笔大小应该比要修复的区域稍大一点，这样，只需在要修复的区域上单击一次即可修复整个区域，且修复效果比较好；②如果要修复较大面积的图像，或需要更大程度地控制取样像素，最好使用修复画笔工具，而不是污点修复画笔工具。

3. 修补工具

修补工具可用于通过使用其他区域的像素或图案中的像素来修复选中的区域。和修复画笔工具一样，修补工具可将样本像素的纹理、光照和阴影等信息与源像素进行匹配。修补工具的选项栏如图 2.114 所示。

图 2.114　修补工具的选项栏

- 选区运算按钮：与选择工具的对应选项的用法相同。
- 【修补】：包括【源】和【目标】两种使用补丁的方式。
  - ✓ 【源】：用目标像素修补选区内像素。先选择需要修复的区域，再将选区边框拖移到要取样的目标区域上。
  - ✓ 【目标】：用选区内像素修补目标区域的像素。先选择要取样的区域，再将选区边框拖移到需要修复的目标区域上。
- 【透明】：将取样区域或选定图案以透明方式应用到要修复的区域上。
- 【使用图案】：单击右侧的三角按钮，打开图案选取器，从中选择预设图案或自定义图案作为取样像素，修补到当前选区内。

1) 修补工具的基本用法(一)

(1) 打开"素材 02\茶花 2-01.jpg"。

(2) 选择修补工具，在图像上拖移鼠标以选择想要修复的区域(当然，也可以使用其他工具创建选区)，并在选项栏中选择【源】单选按钮，如图 2.115 所示。

(3) 如果需要的话，使用修补工具及选项栏上的选区运算按钮调整选区(当然，也可以使用其他工具——比如套索工具)。

(4) 将光标定位于选区内，将选区边框拖移到要取样的区域(该区域的颜色、纹理等应与原选择区域的相似，如图 2.116 所示)。松开鼠标按键，原选区内像素被修补。取消选区。修复效果如图 2.117 所示。

图 2.115　选择要修复的区域

图 2.116　寻找取样区域

图 2.117　修复效果

2) 修补工具的基本用法(二)

(1) 打开"素材 02\茶花 2-01.jpg"。

(2) 选择修补工具，在图像上拖移鼠标以选择要取样的区域(该区域的颜色、纹理等应满足修复的需要)，在选项栏中选择【目标】单选按钮，如图 2.118 所示。

(3) 如果需要的话，使用修补工具及选项栏上的选区运算按钮调整选区。

(4) 将光标定位于选区内，拖移选区，覆盖住想要修复的区域，如图 2.119 所示。松开鼠标按键，完成图像的修补。取消选区。修复效果如图 2.120 所示。

图 2.118　选择取样区域　　　图 2.119　拖移到待修复区域　　　图 2.120　修复效果

3) 修补工具的基本用法(三)

(1) 打开"素材 02\女孩 2-02.jpg"。

(2) 选择修补工具，在图像上拖移鼠标以选择想要修复的区域，如图 2.121 所示。

(3) 如果需要的话，使用修补工具及选项栏上的选区运算按钮调整选区。

(4) 在选项栏上勾选【透明】复选框。从图案选取器中选择一种预设图案或自定义图案，单击【使用图案】按钮。结果如图 2.122 所示。

图 2.121　选择要修复的区域　　　　　图 2.122　修复效果

4. 红眼工具

在光线较暗的房间里拍照时，由于闪光灯使用不当等原因，人物相片上容易产生红眼(即闪光灯导致的红色反光)。使用 Photoshop CS 的红眼工具可轻松地消除红眼。另外，红眼工具也可以消除用闪光灯拍摄的动物照片中的白色或绿色反光。红眼工具的选项栏如图 2.123 所示。

图 2.123　红眼工具的选项栏

- 【瞳孔大小】：设置修复后瞳孔(眼睛暗色区域的中心)的大小。
- 【变暗量】：设置修复后瞳孔的暗度。

红眼工具的基本用法如下。

(1) 选择红眼工具，选项栏保持默认值。

(2) 打开"素材 02\红眼.jpg"(可放大眼睛部位以便看清楚问题区域)，如图 2.124 所示。

(3) 在眼睛的红色区域单击即可消除红眼，如图 2.125 所示。若对结果不满意，可撤销操作，尝试使用不同的【瞳孔大小】和【变暗量】参数值。

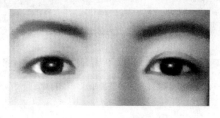
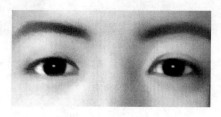

图 2.124　红眼图像　　　　　　　　　　　　图 2.125　消除后的效果

2.3.3　模糊工具组

模糊工具组包括模糊工具、锐化工具和涂抹工具，主要用于改变图像的清晰度和混合相邻区域的颜色，也是图像修饰中不可缺少的一组工具。

1. 模糊工具

模糊工具常用于柔化图像中的硬边缘，或减少图像的细节，降低对比度。其选项栏部分参数如下。

- 【强度】：设置画笔压力。数值越大，模糊效果越明显。
- 【对所有图层取样】：勾选该复选框，使用所有可见图层中的数据进行模糊处理。否则，仅使用现有图层中的数据。

2. 锐化工具

锐化工具常用于锐化图像中的柔边，或增加图像的细节，以提高清晰度或聚焦程度。其选项栏部分参数如下。

- 【强度】：设置画笔压力。数值越大，锐化效果越明显。
- 【对所有图层取样】：勾选该复选框，使用所有可见图层中的数据进行锐化处理。否则，仅使用现有图层中的数据。

下面通过一个例子说明模糊工具与锐化工具的应用。

(1) 打开"素材 02\野花 2-01.jpg"，如图 2.126 所示。

(2) 选择模糊工具，设置画笔大小为 65px(软边界)，模式为"正常"，强度为 100%。

(3) 在图片中要模糊的部分(如左下角那株小花)拖移。为了得到所需的效果，可在同一处重复拖移多次，如图 2.127 所示。

(4) 选择锐化工具，设置画笔大小为 65px(软边界)，模式为"正常"，强度为 20%。

(5) 在图片中要锐化的部分(如两朵大的白色花及其枝叶)拖移，如图 2.128 所示。

图 2.126　素材图片　　　　图 2.127　虚化次要对象　　　　图 2.128　突出主题对象

3. 涂抹工具

涂抹工具可以模拟在湿颜料中使用手指涂抹绘画的效果。在图像上涂抹时，该工具将拾取涂抹开始位置的颜色，并沿拖移的方向展开这种颜色。该工具常用于混合不同区域的颜色或柔化突兀的图像边缘。其选项栏部分参数如下。

- 【强度】：设置画笔压力。数值越大，涂抹效果越明显。
- 【对所有图层取样】：勾选该复选框，使用所有可见图层中的颜色数据进行涂抹。否则，仅使用当前图层中的颜色。
- 【手指绘画】：勾选该复选框，使用当前前景色进行涂抹。否则，使用拖移时光标起点处图像的颜色进行涂抹。

下面举例说明涂抹工具的使用方法。

(1) 打开 "素材 02\素材 2-02.jpg"，如图 2.129 所示。

(2) 选择涂抹工具，设置画笔大小为 21px(软边界)，模式为 "正常"，强度为 20%，其他选项保持默认。

(3) 在图片中人物下嘴唇范围内沿着嘴唇的轮廓线来回拖移鼠标，使颜色混合均匀。为了得到满意的效果，可反复拖移多次，如图 2.130 所示。

(4) 将画笔大小调整为 13px，其余参数不变，同样在上嘴唇范围内来回拖移鼠标，使颜色混合均匀，如图 2.131 所示。

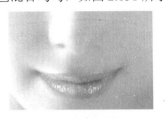
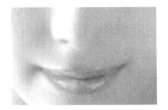

图 2.129　素材图片　　　　图 2.130　修饰下嘴唇　　　　图 2.131　修饰上嘴唇

2.3.4　减淡工具组

减淡工具组包括减淡工具、加深工具和海绵工具，其主要作用是改变像素的亮度和饱和度，常用于数字相片的颜色矫正。

1. 减淡工具 与加深工具

减淡工具的作用是提高像素的亮度，主要用于改善数字相片中曝光不足的区域。加深工具的作用是降低像素的亮度，主要用于降低数字相片中曝光过度的高光区域的亮度。使用减淡工具和加深工具改善图像的目的一般是为了增强暗调或高光区域的细节。

减淡工具或加深工具的选项栏如图 2.132 所示。

图 2.132　减淡工具或加深工具的选项栏

- 【范围】：确定调整的色调范围，有"阴影"、"中间调"和"高光"3 种选择。
  - ✔ 阴影：将工具的作用范围定位于图像中较暗的区域，其他区域影响较小。
  - ✔ 中间调：将工具的作用范围定位在介于暗调与高光之间的中间调区域，其他区域影响较小。
  - ✔ 高光：将工具的作用范围定位于图像中的高亮区域，其他区域影响较小。
- 【曝光度】：设置工具的强度。取值越大，效果越显著。

2. 海绵工具

海绵工具主要用于改变图像的色彩饱和度。对于灰度模式(参考第 3 章)的图像，该工具的作用是改变图像的对比度(通过使灰阶偏离或靠近中间灰色而增加或降低对比度)。海绵工具的选项栏如图 2.133 所示。

图 2.133　海绵工具的选项栏

【模式】：确定更改颜色的方式，有"加色"和"去色"两个选项。
- 加色：增加图像的色彩饱和度。
- 去色：降低图像的色彩饱和度。

下面通过一个例子说明减淡工具、加深工具与海绵工具的应用。

(1) 打开"素材 02\荷花 2-03.jpg"，如图 2.134 所示。

(2) 选择减淡工具，设置画笔大小为 65px(软边界)，范围为"高光"，曝光度为 20%。

(3) 在图像中的花瓣上来回拖移涂抹两遍，结果如图 2.135 所示。

图 2.134　素材图像

图 2.135　提高花瓣亮度

(4) 选择加深工具，设置画笔大小为 200px(软边界)，范围为"中间调"，强度为 20%。

(5) 在图片四周的荷叶上来回拖移，降低亮度(越靠近外围的地方拖移次数越多，使色调变得越暗)，如图 2.136 所示。

(6) 选择海绵工具，设置画笔大小为 35px(软边界)，模式为"加色"，强度为 20%。

(7) 在图片中的花瓣尖部来回拖移，增加饱和度，如图 2.137 所示。

经上述修饰后的荷花花瓣更加光彩夺目，娇艳动人。

图 2.136　降低荷叶四周的亮度　　　　　　图 2.137　增加花瓣尖部彩度

2.3.5　综合案例——电脑美容

1. 案例说明

在修补数字相片的时候，往往要综合使用 Photoshop CS 的多种修图工具，才能得到满意的结果。对于某一结果，实现的方法可能不止一种，要擅于扬长避短，寻求最优的解决方法。"电脑美容"就是修图工具的一次综合应用，从中可以体会 Photoshop CS 修图工具的强大功能，如图 2.138 所示。

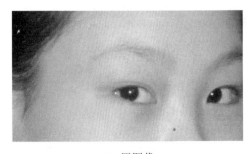 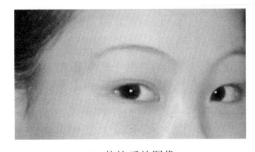

(a) 原图像　　　　　　　　　　　　　(b) 修饰后的图像

图 2.138　电脑美容前后对比

2. 操作步骤

(1) 打开"素材 02\女孩 2-05.jpg"，如图 2.139 所示。

(2) 首先选择污点修复画笔工具，在选项栏上设置画笔大小为 14px，硬度为 0%，选择【近似匹配】复选框，其他选项保持默认。

(3) 将光标覆盖在面部的黑点上(使黑点位于圆圈光标的中心)，单击修复(若单击一次效果不满意，再单击一次)。结果如图 2.140 所示。

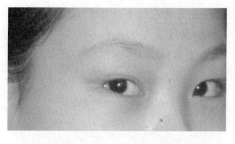

图 2.139　素材图像

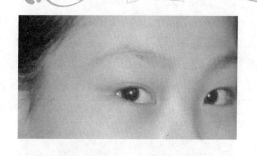

图 2.140　去除黑点

(4) 选择红眼工具，选项栏保持默认值。在眼睛的红色区域单击，消除红眼现象。

(5) 选择减淡工具，设置画笔大小为 27px(软边界)，范围为"阴影"，曝光度为 10%。

(6) 在左眼角附近和左眼的右下角附近的眼影或深色部分来回拖移鼠标，增加亮度(也可考虑使用修补工具或仿制图章工具)。结果如图 2.141 所示。

(7) 选择套索工具，设置羽化值为 6，其他参数默认。圈选左眼(尽量使选框经过眼睛周围颜色比较接近的区域)，如图 2.142 所示。

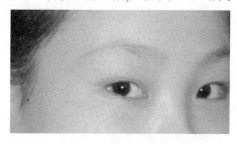

图 2.141　消除眼影

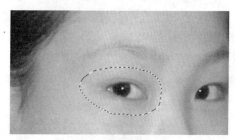

图 2.142　圈选左眼

(8) 按住 Alt 键，使用吸管工具将选框边缘处的颜色吸取到背景色按钮上。

(9) 选择【编辑】|【自由变换】命令，配合 Alt 键和 Shift 键，将选区内的图像放大到105%左右(选项栏上的 W 与 H 参数)，并逆时针旋转 2°(此时选项栏角度参数显示为 )左右。

(10) 如果放大后的眼睛位置不太合适，可使用移动工具适当移位，然后取消选区，如图 2.143 所示。

(11) 选择涂抹工具，设置画笔大小为 13px(软边界)，模式为"正常"，强度为 50%，其他选项保持默认。

(12) 在左眼的左下眼眶内，沿图 2.144 箭头标示的方向拖移鼠标，使眼睛更加饱满。

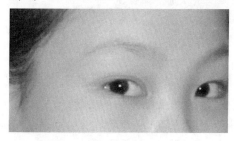

图 2.143　调整眼睛大小与角度

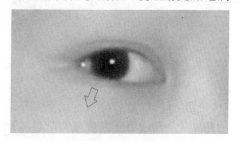

图 2.144　涂抹左眼框

(13) 创建羽化值为 1 的椭圆选区，选择【选择】|【变换选区】命令，将选区沿顺时针方向适当旋转一定角度，并移动到如图 2.145 所示的位置(贴紧左边较细眉毛的内侧)。

(14) 选择仿制图章工具，设置画笔大小为 21px(软边界)，其他选项保持默认。

(15) 从眉毛内侧附近取样，将选区内的眉毛涂抹清除，如图 2.146 所示。

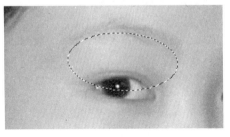 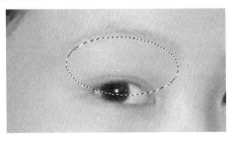

图 2.145　创建椭圆选区　　　　　图 2.146　清除选区内的眉毛

(16) 将选区移动到如图 2.147 所示的位置(贴紧左边较细眉毛的外侧。若选区不合适，可使用【变换选区】命令缩放或旋转调整)。

(17) 选择【选择】|【反向】命令，将选区反转。同样，使用仿制图章工具将上面的眉毛清除，如图 2.148 所示。

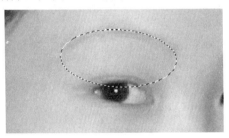 

图 2.147　调整选区　　　　　　图 2.148　修整眉毛上边缘

(18) 取消选区。同理，使用仿制图章工具修整右侧眉毛，如图 2.149 所示。

(19) 选择加深工具，设置画笔大小为 13px(软边界)，范围为"阴影"，强度为 20%。

(20) 沿着左边眉毛拖移光标一次，降低亮度，如图 2.150 所示。

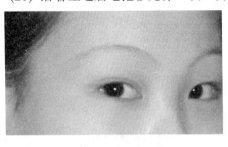 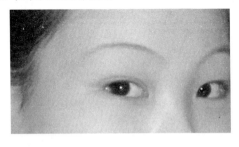

图 2.149　修整右侧眉毛　　　　　图 2.150　描眉

(21) 选择海绵工具，设置画笔大小为 45px(软边界)，模式为"加色"，强度为 10%。

(22) 在左侧眼帘和右侧眼帘区域来回拖移光标，增加饱和度，如图 2.151 所示。至此，整个修图过程结束。

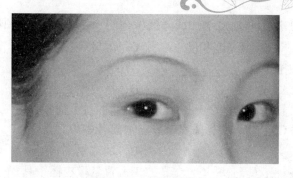

图 2.151　最终效果

2.4　小　　结

本章以大量篇幅讲述了 Photoshop CS 基本工具的使用方法,将这些工具粗略地分为 3 类:选择工具、绘画与填充工具和修图工具。通过一些例子,让读者了解这些工具的基本用法,书中的一些综合案例反映了这些工具的实际应用。如果能够熟练掌握其中一些主要基本工具的用法,就已经在通往 Photoshop 神圣殿堂的道路上扎扎实实地向前迈进了一大步。

本章理论部分未提及或超出本章理论范围的知识点有:

(1) 图层的基础操作:新建图层、删除图层、隐藏图层、合并图层、复制图层、排序图层、背景层与普通层的相互转换等(参照第 4 章相关内容)。

(2) 图层或选区内图像的缩放、旋转与移动(非常重要的操作,重点掌握,后面还要多次用到),相关命令为【编辑】|【自由变换】、【编辑】|【变换】下的【缩放】、【旋转】、【水平翻转】和【垂直翻转】等。

(3) 选区描边(重点掌握),相关命令为【编辑】|【描边】。

(4) 选区的缩放与旋转(非常重要的操作,重点掌握,后面还会用到),相关命令为【选择】|【变换选区】。

(5) 画布的变换(非常重要的操作,重点掌握,后面还会用到),相关命令为【图像】|【画布大小】、【图像】|【旋转画布】。

(6) 图层样式:投影(参照第 4 章相关内容)。

2.5　习　　题

一、选择题

1. 在 Photoshop CS 中,选取颜色复杂、边缘弯曲且不规则的区域(假设该区域周围的颜色也比较复杂)可以使用 _____ 工具。

　　A. 矩形选框　　　B. 套索　　　　C. 多边形套索　　　D. 魔棒

2. 在 Photoshop CS 中,使用 _____ 工具可以创建文字形状的选区,但不生成文字图层。

　　A. 普通文字　　　B. 蒙版文字　　C. 路径文字　　　　D. 变形文字

3. 减淡工具和加深工具通过增加或降低像素的_____修改图像。

    A. 对比度　　　　　B. 饱和度　　　　　C. 亮度　　　　　　D. 色相

4. 下列不能撤销操作的是_____。

    A.【历史记录】面板　　　　　　　　　B. 橡皮擦工具

    C. 历史记录画笔工具　　　　　　　　　D.【图层】面板

5. 在 Photoshop CS3 中，没有【容差】参数的基本工具是_____。

    A. 魔棒工具　　　　　　　　B. 油漆桶工具　　　　　　C. 颜色替换工具

    D. 魔术橡皮擦工具　　　　　E. 背景橡皮擦工具

    F. 历史记录艺术画笔工具　　　G. 修复画笔工具

6. 在 Photoshop CS3 中，没有【对所有图层取样】或【所有图层】参数的基本工具是_____。

    A. 魔棒工具　　　　　　　　B. 油漆桶工具　　　　　　C. 涂抹工具

    D. 魔术橡皮擦工具　　　　　E. 仿制图章工具　　　　　F. 海绵工具

    G. 污点修复画笔工具　　　　H. 修复画笔工具

7. 以下操作与背景色肯定无关的是_____。

    A. 按 Delete 键删除背景层选区内的像素

    B. 使用橡皮擦工具擦除背景层像素

    C. 变换背景层选区内的像素

    D. 新建图像

    E. 普通层转换为背景层

    F. 背景层转换为普通层

    G. 使用【画布旋转】命令旋转图像

8. 使用【定义图案】命令时，符合要求的选区是_____。

    A. 任何形状的选区　　　　　　　　B. 羽化过的选区

    C. 圆角矩形选区　　　　　　　　　D. 用矩形选框工具一次性创建的未羽化选区

二、填空题

1.【取消选择】命令对应的组合键是_____。

2.【自由变换】命令对应的组合键是_____。

3. 渐变工具包括线性渐变、_____渐变、角度渐变、_____渐变和菱形渐变 5 种类型。

4. 默认设置下，Photoshop 用_____图案表示透明色。

5. 在铅笔工具与画笔工具中，_____工具能够绘制边界柔和的线条，而_____工具只能产生硬边界线条。

三、操作题

1. 利用素材图像"练习\古典美女.jpg"(图 2.152)制作如图 2.153 所示的镜框效果。其中外围灰色区域的颜色值为＃999999。

图 2.152　原图　　　　　　　　　　　　图 2.153　效果图

操作提示：

(1) 打开素材图像，创建椭圆选区(羽化值为 0)，如图 2.154 所示。

(2) 在选项栏上单击【调整边缘】按钮，打开【调整边缘】对话框，参数设置与图像预览效果如图 2.155 所示。单击【确定】按钮。

图 2.154　创建选区　　　　　　　　　　图 2.155　调整选区边缘

(3) 反转选区。新建图层，填充指定的灰色(# 999999)。

(4) 使用裁切工具 🔲 裁掉图像左侧和下侧的部分区域，使镜框对称。

2. 设计制作如图 2.156 所示的图案(蓝色底色的颜色值为 # 4c4789)。

提示　使用自定义形状工具在蓝色背景上绘制如图 2.157 所示的图形，并定义为图案，然后用油漆桶工具或图案图章工具拼贴图案。

图 2.156　效果图　　　　　　　　　　　图 2.157　定义的图案

3．利用素材图像"练习\蝴蝶.jpg"和"风景.jpg"(图 2.158)合成图像"飞舞的蝴蝶.jpg"，如图 2.159 所示。

图 2.158　素材图像　　　　　　　　　　图 2.159　"飞舞的蝴蝶"效果图

4．利用素材图像"练习\静以致远.jpg"和"院墙.jpg"制作如图 2.160 所示的效果。

提示　可使用多边形套索工具、文字工具和【描边】命令进行操作。

图 2.160　效果图

5．利用素材图像"练习\小女孩.jpg"制作如图 2.161 所示的效果。

操作提示：

(1) 新建 474×430 像素、分辨率为 72 像素/英寸、RGB 颜色模式的图像。

(2) 填充线性渐变(底部起点蓝色#000066，顶部终点蓝色#000033)。

(3) 使用椭圆选框工具及选区的移动和变换绘制月牙儿。

(4) 首先使用磁性套索工具选择"小女孩"，再用套索工具修补选区。

(5) 将"小女孩"复制到新建图像。适当缩放、旋转等。

(6) 用画笔工具(调用特殊形状的画笔笔尖)绘制星星。

图 2.161　坐在月亮上的小女孩

色彩调整

3

教 学 要 求

- 掌握颜色模式的转换方法。
- 掌握图像色彩的基本调整方法。
- 了解三原色、色彩三要素、色彩对比度等基本概念。
- 了解颜色模式的概念，重点了解 RGB、CMYK 颜色模式的原理及应用领域。

教 学 难 点

- 颜色模式的概念。
- 色阶、曲线等色彩调整命令。

3.1 色彩的基本知识

3.1.1 三原色

所谓原色，就是不能使用其他颜色混合而得到的颜色。原色分为两类：一类是从光学角度讲的光的三原色，即红、绿、蓝；另一类是从颜料角度讲的色料的三原色，即红、黄、蓝。将光的三原色以不同比例混合可以形成自然界中的其他任何一种色光；将颜料的三原色以不同比例混合可以形成其他绝大多数颜料的颜色。

3.1.2 色彩三要素

1. 色相

色相指色彩的外貌。通常所说的红、橙、黄、绿、青、蓝、紫就是指自然界中各种不同的色相，它们之间的差别属于色相的差别。其实质是根据不同波长的光给人的色彩感受不同，人们把各种波长的光分别给予不同的名称。

2. 饱和度

饱和度指色彩的鲜艳程度、纯净程度，又称彩度、纯度、浓度、强度等。饱和度表示色相中灰色分量所占的比例，它使用从0%(灰色)至100%(完全饱和)的百分比来度量。饱和度为0%的颜色即无彩色(黑、白、灰)，饱和度为100%的颜色则为纯色。

从光学角度讲，在一束可见光中光线的波长越单一，色光的饱和度越高；波长越混杂，色光的饱和度越低。在光谱中，红、橙、黄、绿、青、蓝、紫等色光是最纯的高纯度色光。无彩色的饱和度最低(即饱和度属性丧失)，任何一种颜色加入白、黑、灰等无彩色都会降低其饱和度。

3. 亮度

亮度指色彩的相对明暗程度，又称明度，通常用0%～100%的百分比来度量。任何一种颜色，当亮度为0%时即为黑色；当亮度为100%时即为白色。在绘画中，亮度最能够表现物体的立体感和空间感。

自然界中的颜色可分为无彩色和有彩色两大类。其中无彩色(黑、白、灰)只有亮度属性，其他任何一种有彩色都具有特定的色相、饱和度和亮度属性。

颜色三要素在Photoshop拾色器中的变化如图3.1所示。

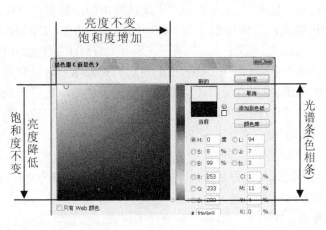

图 3.1　Photoshop 的拾色器

3.1.3　色彩的对比度

色彩的对比是指从两种或两种以上的色彩中比较出明显的差别来。这种差别主要表现在亮度差别、色相差别、饱和度差别、面积差别和冷暖差别等方面。差别的程度用对比度表示。

提示　人们把红、橙、黄等色系称为暖色系，而把蓝、蓝紫、蓝绿等色系称为冷色系，原因是当人们看到红、橙、黄等颜色时就会感觉到温暖，当看到蓝、蓝紫、蓝绿等颜色时就感到凉爽。这是由视觉引起的触觉反应。

3.2　颜色模式及转换

3.2.1　颜色模式

颜色模式是 Photoshop 组织和管理图像颜色信息的方式，它决定着图像的输出(显示、印刷等)质量。颜色模式除了用于确定图像中显示的颜色数量外，还影响图像的通道数和文件大小。Photoshop 提供了 HSB 颜色、RGB 颜色、CMYK 颜色、Lab 颜色、索引颜色、双色调、灰度、位图和多通道等多种颜色模式。不同颜色模式的图像具有不同的用途，Photoshop 对它们的管理方式也存在着很大差别。不同颜色模式的图像可以相互转换。

(1) **RGB 颜色模式**：自然界中任何一种色光可用红(R)、绿(G)和蓝(B)3 种原色光按不同比例和强度混合产生。RGB 颜色模式的图像中，每一个像素点的颜色都由红、绿和蓝 3 种原色成分组成。因此每个像素点的颜色值可用 RGB(r，g，b)的形式表示。其中，r，g，b 分别表示红、绿和蓝色分量，取值范围都是 0～255。0 表示不含某种原色，255 表示这种原色的混合强度最大。比如，RGB(0，0，0)表示黑色，RGB(255，255，255)表示白色，RGB(255，0，0)表示纯红色。

RGB 模式是 Photoshop 中最常用的一种颜色模式。在这种颜色模式下，Photoshop 所有的命令和滤镜都能正常使用。

RGB 颜色模式的图像一般比较鲜艳，适用于显示器、电视屏等可以自身发射并混合红、绿、蓝 3 种光线的设备。它是 Web 图形制作中最常使用的一种颜色模式。

(2) **CMYK 颜色模式**：CMYK 模式是一种印刷模式。其中，C、M、Y、K 分别表示青、洋红、黄、黑 4 种油墨颜色。理论上，纯青色(C)、洋红(M)和黄色(Y)色素合成后可以产生黑色，由于所有印刷油墨都包含一些杂质，因此这 3 种油墨实际混合后并不能产生纯黑色或纯灰色，必须与黑色(K)油墨合成后才能形成真正的黑色或灰色。因此，在印刷时必须加上一个黑色。为避免与蓝色(B)混淆，黑色用 **K** 表示。这就是 CMYK 模式的由来。

CMYK 模式与 RGB 模式本质上无多大差别，只是产生色彩的原理不同。由于 CMYK 图像所占的存储空间较大，且目前还不能使用某些 Photoshop 滤镜，因此一般不在这种模式下处理图像。一般是等图像处理好后，在印刷前将颜色模式转换为 CMYK 模式。CMYK 模式的图像一般比较灰暗。

(3) **HSB 颜色模式**：HSB 模式是美术和设计工作者比较喜欢采用的一种颜色模式。它以人的视觉对颜色的感受为基础，描述了颜色的 3 种基本特性：色相(H)、饱和度(S)和亮度(B)。

Photoshop 不直接支持 HSB 颜色模式。尽管可以使用 HSB 模式从颜色面板或【拾色器】面板中定义颜色，但是并没有用于创建和编辑图像的 HSB 模式。

(4) **Lab 颜色模式**：Lab 颜色模式使用亮度分量 L、a 色度分量(从绿色到红色)和 b 色度分量(从蓝色到黄色)3 个分量表示颜色，如图 3.2 所示。其中 L 的取值范围是 0～100，a 和 b 在【拾色器】面板中的取值范围是-128～127。

Lab 模式是 Photoshop 图像在不同颜色模式之间转换时使用的中间模式。比如在将 RGB 图像转化为 CMYK 图像时，Photoshop 首先将图像由 RGB 模式转化为 Lab 模式，再由 Lab 模式转化为 CMYK 模式。Lab 模式在所有颜色模式中色域最宽，包括了 RGB 模式和 CMYK 模式中的所有颜色。所以在颜色模式转化的过程中，不用担心会造成任何色彩上的损失。

Lab 颜色模式与设备无关，不管使用何种设备(如显示器、打印机、计算机或扫描仪)创建或输出图像，这种模型都能生成一致的颜色。

(5) **灰度模式**：灰度模式使用多达 256 级灰度表现图像，使图像的过渡平滑而细腻，如图 3.3 所示。灰度图像中每个像素的亮度取值范围为 0(黑色)～255(白色)，而所有像素的色相和饱和度值都为 0。此外，灰度图像中像素的亮度也可以用黑色油墨覆盖的百分比度量(0%表示白色，100%表示黑色)。

在将彩色图像转换为灰度图像时，Photoshop 将丢弃原图像中的所有彩色信息(色相和饱和度)，仅保留亮度信息。转换后每个像素的灰阶表示原图像中对应像素的亮度。

在将彩色图像(如 RGB 模式、CMYK 模式、Lab 模式的图像等)转换为位图图像或双色调图像时，必须先转换为灰度图像，才能做进一步的转换。

图 3.2　Lab 模式组成图　　　　　　　　　　图 3.3　灰度图像

(6) **位图模式：** 仅用黑、白两种颜色表示图像，因此这种模式的图像又称为黑白图像，如图3.4所示。由于这种图像仅含黑、白两种颜色，图像中的颜色信息比较少，使得文件非常小。

人们习惯上说的黑白照片或黑白影视图像实际上为灰度图像，并非真正意义上的黑白图像(位图模式图像)。

当灰度图像或双色调图像转换为位图图像时，原图像的大量细节(特别是浅色部分)将被抛弃，为此，Photoshop 提供了50%阈值、图案仿色、扩散仿色和半调网屏等多种算法来确定细节部分是否保留，以什么方式保留等问题。

图3.4　位图图像

(7) **索引颜色模式：** 使用最多256种颜色表现图像色彩。在这种模式下，Photoshop 能对图像进行的操作非常有限，图像编辑起来很不方便。如果想制作索引颜色模式的图像，通常应先将图像在 RGB 模式下编辑好，最终再转换为索引颜色模式进行输出。

当图像转换为索引颜色模式时，Photoshop 将构建一个颜色查找表，用来存放并索引图像中的颜色。如果原图像中的某种颜色没有出现在该表中，则 Photoshop 将使用现有颜色表中最接近的一种颜色，或使用现有颜色模拟该颜色。

对于索引颜色模式的图像，通过限制其色板中的颜色数量，可以在图像视觉品质不受太大影响的情况下有效地减小文件所需的存储空间。这一点对于 Web 图像的制作非常重要。

只有 RGB 模式和灰度模式的图像才可以转换为索引颜色模式。索引颜色模式常用于 Web 图像和动画。例如，利用索引颜色模式可导出透明背景的 GIF 图像。

(8) **双色调模式：** 双色调模式是在灰度图像的基础上添加一种到四种彩色油墨，形成单色调、双色调、三色调和四色调的图像。

双色调模式的主要用途是在图像中使用尽量少的颜色表现尽量丰富的颜色层次，其目的就是尽可能地节约印刷成本。

(9) **多通道模式：** 多通道模式的图像在每个通道中使用 256 级灰度。该模式适用于有特殊打印要求的图像。对于仅使用了少数几种颜色的图像来说，使用该模式进行打印不仅可降低印刷成本，还能够保证图像色彩的正确输出。

在将图像转换为多通道模式时，遵循下列原则。

● RGB 图像转换为多通道模式时，将创建青、洋红和黄色专色通道。

● CMYK 图像转换为多通道模式时，将创建青、洋红、黄和黑色专色通道。

● 从 RGB、CMYK 或 Lab 图像中删除通道时，原图像自动转换为多通道模式。

由于大多数输出设备不支持多通道模式的图像，若要将其输出，则需要以 Photoshop DCS 2.0 格式存储多通道图像。

3.2.2 颜色模式的转换

为了在不同的场合下正确地输出图像，或者为了方便图像的编辑修改，常常需要转换图像的颜色模式。

当图像由一种颜色模式转换为另一种颜色模式时，图像中每个像素点的颜色值将被永久性地更改，这可能对图像的色彩表现造成一定的影响。因此，在转换图像的颜色模式时，应注意以下几点。

● 尽可能在图像原有的颜色模式下完成对图像的编辑，最后再做模式转换。

● 在转换模式之前务必保存包含所有图层的原图像的副本，以便日后必要时还能够根据图像的原始数据进行编辑。

● 当模式更改后，不同混合模式的图层间的颜色相互作用也将更改。因此，模式转换前应拼合图像的所有图层。

转换图像颜色模式的一般方法是：在【图像】|【模式】子菜单中直接选择所需的颜色模式命令，完成转换。

案例一：制作黑白插画效果

1. 案例说明

黑白画很美，有其独特的艺术魅力。它巧妙地运用黑白灰的强弱对比关系，使画面的明暗产生音乐般的节奏、旋律和美感。本例通过将 RGB 彩色图像转换为位图图像，制作黑白插画效果。

2. 操作步骤

(1) 打开 RGB 模式的图像"素材 03\风景 3-02.jpg"。选择【图像】|【模式】|【灰度】命令，弹出 Photoshop 颜色警告框，单击【确定】按钮，将图像转换为灰度模式，如图 3.5 所示。

(2) 选择【图像】|【模式】|【位图】命令，打开【位图】对话框，如图 3.6 所示。

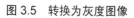

图 3.5 转换为灰度图像　　　　　　　　图 3.6 【位图】对话框

(3) 在【输出】文本框内设置位图图像的输出分辨率。在【使用】下拉列表框中选择一种转换方法，单击【确定】按钮，将图像转换为位图模式。在本例中，以"50%阈值"、"扩散仿色"和"半调网屏"算法所形成的位图效果最美，如图 3.7～图 3.9 所示。

提示　在【位图】对话框的【使用】下拉列表框中选择"半调网屏"选项后，单击【确定】按钮，将弹出【半调网屏】对话框，如图 3.10 所示。从中可以设置网点的密度、角度和形状属性。

图 3.7 "50%阈值"位图效果

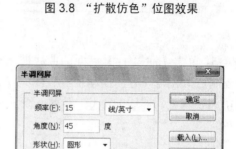

图 3.8 "扩散仿色"位图效果

图 3.9 "半调网屏"位图效果

图 3.10 【半调网屏】对话框

案例二：双色调图像的制作

1. 案例说明

将图像由灰度模式转换为双色调模式，可以在灰度图像的色阶上添加彩色油墨，形成别具韵味的色调图像。

2. 操作步骤

(1) 打开灰度模式的图像"素材 03\花前月下.jpg"，如图 3.11 所示。

(2) 选择【图像】|【模式】|【双色调】命令，打开【双色调选项】对话框，如图 3.12 所示。

图 3.11 素材图像

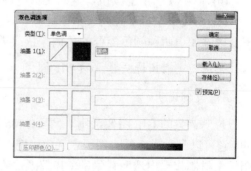

图 3.12 【双色调选项】对话框

(3) 勾选【预览】复选框，以便对话框的参数改动能实时反映到图像窗口。

(4) 在【类型】下拉列表框中选择"单色调"选项。单击【油墨 1：】后面的色块■，从【拾色器】对话框中选择颜色 RGB(0，51，255)，在右边的文本框中输入油墨名称"蓝色"，如图 3.13 所示。

图 3.13　单色调图像

(5) 单击【油墨 1:】后面的曲线框 ▨，弹出【双色调曲线】对话框。在曲线上单击添加控制点，在竖直方向拖动控制点(也可直接在对话框右侧的水平轴刻度框内输入百分比数值)，调整双色调曲线的形状，从而改变油墨在暗调、中间调和高光等区域的分布，如图 3.14 所示。

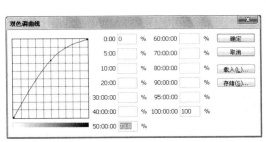

图 3.14　利用双色调曲线调整图像色调

提示　在双色调曲线图中，水平轴表示色调变量(从左向右由高光向暗调过渡)，垂直轴表示油墨的浓度。曲线上扬，表示增加对应色调区域的打印油墨量；曲线下降，表示减少对应色调区域的打印油墨量。

(6) 单击【确定】按钮，返回【双色调选项】对话框。

(7) 从【类型】下拉列表框中选择"双色调"选项。使用前面类似的方法可以在原灰度图像中添加由两种颜色混合的色调。依次类推，可以设置"三色调"和"四色调"。

案例三：输出透明背景的 GIF 图像

1. 案例说明

透明背景的 GIF 图像常用于网页、Flash 电影和其他多媒体作品中。由于背景色是透明的，它可以与主界面结合得天衣无缝，使得作品界面更显活泼、自然与美观。本例利用 RGB 图像素材制作输出透明背景的 GIF 图像。在此过程中，图像由 RGB 颜色模式自动转换为索引颜色模式。

2. 操作步骤

(1) 打开"素材 03\花伞 3-01.jpg"。在【图层】面板上双击背景层缩览图，弹出【新建图层】对话框，单击【确定】按钮(此操作将背景层转换为普通层，从而解除锁定)。

(2) 使用魔棒工具(采用默认设置)选择图像中花伞以外的背景区域，如图 3.15 所示。

(3) 按 Delete 键删除选区内的像素，按 Ctrl+D 组合键取消选择，如图 3.16 所示。

 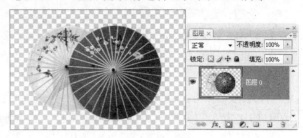

图 3.15　选择要处理为透明的区域　　　　图 3.16　删除选区内像素

提示　在背景的选取中，应根据不同情况采用合适的选择工具。本例图片背景颜色相对
单一，使用魔棒工具、快速选择工具、【色彩范围】命令等都可以。

(4) 选择【文件】|【存储为 Web 和设备所用格式】命令，打开【存储为 Web 和设备所
用格式】对话框。参数设置如图 3.17 所示。

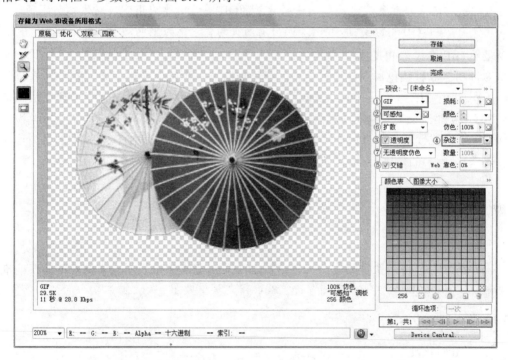

图 3.17　设置【存储为 Web 和设备所用格式】对话框参数

本例所设置的主要参数作用如下。

① 文件格式：选择要存储的文件格式，包括 GIF、JPEG、PNG-8、PNG-24 和 WBMP
等选项，其中只有 GIF、PNG-8 和 PNG-24 支持透明背景。

② 颜色深度算法：选择调色板类型。对于"可感知"、"可选择"和"随样性"3 个选
项，可以使用基于当前图像颜色的本地调板，图像颜色过渡细腻。选择"受限(Web)"，则
使用网络安全色调色板，图像颜色过渡往往比较粗糙。通过右侧【颜色】下拉列表框中的

选项可以控制要显示的实际颜色数量(最多 256 种)，以便有效地控制文件的大小。

③ 透明度：勾选该复选框，将保留图像的透明区域。否则，Photoshop 将使用杂边颜色填充透明区域，或者用白色填充(如不选择杂边颜色)透明区域。

④ 杂边：在与透明区域相邻的对象周围生成一圈用于消除锯齿边缘的颜色。若前面勾选了【透明度】复选框，则可对边缘区域应用杂边。否则，将对整个透明区域填充杂边颜色。若前面勾选了【透明度】复选框，而【杂边】选择"无"，则在对象与透明区域接界处产生硬边界。

⑤ 交错：勾选该复选框，图像通过浏览器下载时可逐渐显示，适用于下载速度比较慢的场合(如比较大的图像)，但是采用交错技术也会增加文件大小。

⑥ 仿色算法：选择仿色算法(用于模拟颜色表中没有的颜色)，并输入仿色数量(数值越大，所仿颜色越多，文件所占存储空间越大)。

⑦ 透明度仿色算法：指定透明区域的仿色算法。

(5) 单击【存储】按钮，弹出【将优化结果存储为】对话框，选择保存格式为"仅限图像(*.GIF)"，输入文件名，指定保存位置，单击【保存】按钮。透明背景的 GIF 图像输出完毕。

提示　所选杂边颜色应考虑到该透明背景的GIF图像所要应用到的媒体界面的颜色。例如，该GIF图像要插入网页，而当前网页的背景色为黑色，则杂边颜色应使用黑色。

虽然 GIF 格式与 PNG 格式都支持透明背景，但两者存在着较大的差别。GIF 格式最多支持 8 位即 256 种颜色，因此比较适合保存色彩简单、颜色值变化不大的图像(如卡通画、漫画等)。使用 GIF 格式保存的图像能够使文件得到有效的压缩，且图像的视觉效果影响不大。PNG-24 格式支持 24 位真彩色，支持消除锯齿边缘的功能，可以在不失真的情况下压缩保存图像，比较适合保存色彩丰富的图像(如照片等)。当然，PNG-24 图像的容量比 GIF 图像要大一些，并且低版本的浏览器不支持 PNG-24 图像。

3.3　色　彩　调　整

色彩调整是获得高质量图像的关键。特别是对于数码拍摄技术不太娴熟的朋友，能够熟练地应用 Photoshop 软件调整图像颜色就显得尤其重要了。

3.3.1　基本调色命令

1. 亮度/对比度

【亮度/对比度】命令是 Photoshop 调整图像色调范围的最快速而简单的方法。它只能对图像中的每个像素进行同样的调整，在总体上改变图像的颜色或色调值。该命令也不能像【色阶】和【曲线】命令那样对图像的单个颜色通道进行调整，而只能对混合颜色通道进行总体调整。利用【亮度/对比度】命令调整图像容易引起图像细节的丢失，所以尽量不要用于高端输出。

打开"素材 03\鸽子 3-01.jpg"，如图 3.18 所示。选择【图像】|【调整】|【亮度/对比度】命令，弹出【亮度/对比度】对话框。

沿【亮度】滑动条向右拖动滑块增加亮度，向左拖动降低亮度。沿【对比度】滑动条向右拖动滑块增加对比度，向左拖动降低对比度。过度调整亮度和对比度的值都会造成图像细节的丢失。

也可以直接在【亮度】或【对比度】数值框内输入数值(范围都是-100～+100)调整图像的亮度和对比度。

如图 3.19 所示为【亮度/对比度】对话框的参数设置及图像调整结果。

图 3.18　原图　　　　　　　　　　　图 3.19　对话框设置及调整结果

2. 色彩平衡

在图像中，增加一种颜色等同于减少该颜色的补色。【色彩平衡】命令就是根据该原则，通过在图像中增减红、绿、蓝三原色和它们的补色青、洋红、黄，从而改变图像中各原色的含量，达到调整色彩平衡的目的的。

打开"素材 03\茶花 3-01.jpg"，如图 3.20 所示。选择【图像】|【调整】|【色彩平衡】命令，弹出【色彩平衡】对话框，如图 3.21 所示。

 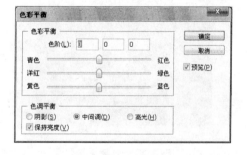

图 3.20　原图　　　　　　　　　　图 3.21　【色彩平衡】对话框

【色彩平衡】对话框的操作要点如下。

- 选择【阴影】、【中间调】和【高光】选项中的一个，以确定要着重更改的色调范围。默认选项为【中间调】。
- 选择【保持亮度】复选框，可以防止图像的亮度值随色彩平衡的调整而改变。该选项可以保持图像的色调平衡。
- 沿【青色】——【红色】滑动条向右拖动滑块，以增加红色的影响范围，减小青色的影响范围。向左拖动滑块则情况相反。
- 【洋红】——【绿色】滑块及【黄色】——【蓝色】滑块的调整类似。上述调整的结果数值将实时显示在【色阶】后面的 3 个数值框内。也可以直接在数值框内输入数值(取值范围都是-100～+100)调整图像的色彩平衡。

如图 3.22 所示为【色彩平衡】对话框的参数设置及图像调整结果。

图 3.22　调整图像的色彩平衡

3. 色相/饱和度

【色相/饱和度】命令用于调整整个图像或图像中单个颜色成分的色相、饱和度和亮度。此外，使用其中的【着色】复选框还可以将 RGB 图像处理成双色调图像。

1) 在 RGB 图像上创建双色调效果

打开"素材 03\童年 3-01.jpg"，使用磁性套索工具配合套索工具等创建如图 3.23 所示的选区。

选择【图像】|【调整】|【色相/饱和度】命令，打开【色相/饱和度】对话框，如图 3.24 所示。

图 3.23　创建选区　　　　　　　图 3.24　【色相/饱和度】对话框

勾选对话框中的【着色】复选框，此时，对话框最底部的颜色条变为单色。同时，【编辑】下拉列表框默认选择"全图"选项，不能更改，表示此时只允许对选区内图像进行整体调色，如图 3.25 所示。

沿【色相】滑动条左右拖动滑块修改选区内图像的色相(取值范围为-180～+180)。沿【饱和度】滑动条向右拖动滑块增加饱和度，向左拖动降低饱和度(取值范围为-100～+100)。沿【明度】滑动条向右拖动滑块增加亮度，向左拖动降低亮度(取值范围为-100～+100)。

将【色相/饱和度】对话框的参数设置为如图 3.25 所示，图像调整结果如图 3.26 所示。

提示　图中小女孩的衣服调整为黄色，同时衣服上的花朵图案也变成黄色调。因此，上述方法适用于为单色对象着色。在为"黑白"照片上色时，首先应将图像的颜色模式转换为RGB或CMYK等彩色模式，再使用【色相/饱和度】命令进行着色。

图 3.25 【色相/饱和度】对话框参数设置 　　　　　　　图 3.26 图像调整结果

2) 调整整个图像或图像中的单个颜色成分

重新打开"素材 03\童年 3-01.jpg",并建立与上述相同的选区。打开【色相/饱和度】对话框(不选择【着色】复选框)。在【编辑】下拉列表框中选择"黄色"选项,这样只能对选区内图像中的黄色成分进行调整。

将对话框参数设置为如图 3.27 所示,图像调整结果如图 3.28 所示。

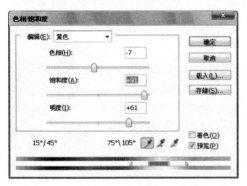

图 3.27 调整图像的特定单色成分 　　　　　　　图 3.28 图像调整结果

提示 图中小女孩的衣服同样调整为鲜黄色,但衣服上的花朵图案基本上保持了原来的颜色。

3)【色相/饱和度】对话框中的吸管工具简介

- 🖋 ：使用该工具在图像中单击,可将颜色调整限定在与单击点颜色相关的特定区域。

- 🖋 ：使用该工具在图像中单击,可扩展颜色调整范围(在原来颜色调整区域的基础上,加上与单击点颜色相关的区域)。

- 🖋 ：使用该工具在图像中单击,可缩小颜色调整范围(从原来颜色调整区域中减去与单击点颜色相关的区域)。

4. 色阶

【色阶】是 Photoshop 最为重要的颜色调整命令之一,用于调整图像的暗调、中间调和高光等区域的强度级别,校正图像的色调范围和色彩平衡。尽管使用【色阶】命令调色不如使用【曲线】命令那样精确,但这种方法通常会产生更好的视觉效果。

打开"素材 03\公园-雪 3-01.jpg",如图 3.29 所示,选择【图像】|【调整】|【色阶】命令,打开【色阶】对话框,如图 3.30 所示。该对话框的中间显示的是当前图像的直方图(如果有选区存在,则对话框中显示的是选区内图像的直方图)。

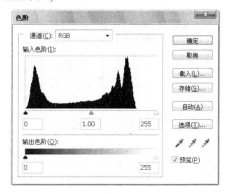

图 3.29　原图　　　　　　　　　　　　　图 3.30　【色阶】对话框

提示　直方图即色阶分布图,可以此了解图像中暗调、中间调和高光等色调像素的分布情况。其中横轴表示像素的色调值,从左向右取值范围为0(黑色)~255(白色)。纵轴表示像素的数目。

首先通过【通道】下拉列表框确定要调整的是混合通道还是单色通道(本例图像为 RGB 图像,下拉列表中包括 RGB 混合通道和红、绿、蓝 3 个单色通道)。

【色阶】对话框的操作要点如下。

● 选中对话框中的【预览】复选框,当前图像窗口将实时反馈对色阶调整的最新结果,以便对不当的色阶调整做出及时的更正。

● 沿【输入色阶】栏的滑动条向左拖动右侧的白色三角滑块,图像变亮。其中,高光区域的变化比较明显,这使得比较亮的像素变得更亮,如图 3.31 所示。向右拖动左侧的黑色三角滑块,图像变暗。其中,暗调区域的变化比较明显,使得比较暗的像素变得更暗,如图 3.32 所示。

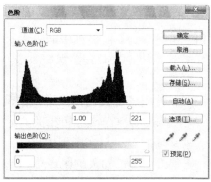

图 3.31　调整图像的高光区域

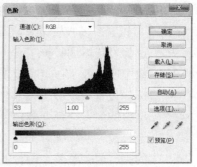

图 3.32　调整图像的暗调区域

- 在【输入色阶】栏中，拖动滑动条中间的灰色三角滑块，可以调整图像的中间色调区域。向左拖动中间调变亮，向右拖动使中间调变暗，如图 3.33 所示。

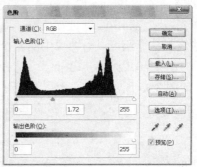

图 3.33　调整图像的中间调区域

- 在【输入色阶】栏中，通过向左、中、右 3 个数值框中输入数值，可分别精确地调整图像的暗调、中间调和高光区域的色调平衡。三者的取值范围从左向右依次为 0～253、0.1～9.99 和 2～255。
- 沿【输出色阶】栏的滑动条向右拖动左端的黑色三角滑块，将提高图像的整体亮度，向左拖动右端的白色三角滑块，将降低图像的整体亮度。也可以通过在左、右两个数值框内输入数值，调整图像的亮度，两个数值框的取值范围都是 0～255。
- 实际上，在使用【色阶】命令时，往往【输入色阶】与【输出色阶】同时调整，才能得到更满意的色调效果，如图 3.34 所示。

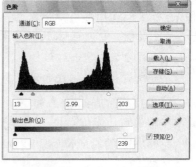

图 3.34　同时调整输入色阶与输出色阶

- 使用对话框中的吸管工具调整图像的色调平衡。从左向右依次是设置黑场吸管工具✏、设置灰场吸管工具✏和设置白场吸管工具✏。
  - ✓ 选择设置黑场吸管工具(该工具按钮反白显示)，在当前图像中某点单击，则图像中所有低于该点亮度值的像素全都变成黑色，图像变暗。
  - ✓ 选择设置白场吸管工具，在当前图像中某点单击，则图像中所有高于该点亮度值的像素全都变成白色，图像变亮。
  - ✓ 选择设置灰场吸管工具，在当前图像中某点单击，Photoshop 将用单击点像素的亮度值调整整个图像的色调。
- 若想重新设置对话框的参数，可按住 Alt 键不放，此时对话框的【取消】按钮变成【复位】按钮，单击该按钮即可。

5. 曲线

【曲线】命令是 Photoshop 最强大的色彩调整命令。它不仅可以像【色阶】命令那样对图像的高光、暗调和中间调进行调整，而且可以调整 0～255 色调范围内的任意点。同时，使用【曲线】命令还可以对图像中的单个颜色通道进行精确的调整。

打开"素材 03\公园 3-01.jpg"，选择【图像】|【调整】|【曲线】命令，弹出【曲线】对话框，如图 3.35 所示。通过【通道】下拉列表框确定要调整的通道(混合通道或单色通道)。

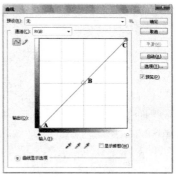

A：暗调
B：中间调
C：高光

图 3.35　原素材图像及【曲线】对话框初始设置

在对话框中的曲线图表中，水平轴表示输入色阶(像素原来的亮度值)，竖直轴表示输出色阶(新的亮度值)。初始状态下，曲线为一条 45°的对角线，表示曲线调整前当前图像上所有像素点的【输入】值和【输出】值相等。

提示　对于RGB图像，默认设置下曲线水平轴从左向右显示0(暗调)～255(高光)之间的亮度值。但对于CMYK图像，曲线水平轴从左向右显示0(高光)～100(暗调)之间的百分数。单击对话框左下角的【曲线显示选项】按钮，可扩展对话框参数，对曲线图表做更细致的设置。

【曲线】对话框的操作要点如下。

- 在图像窗口中拖动，【曲线】对话框中将显示当前指针位置像素点的亮度值及其在曲线上的对应位置。使用这种方法能够确定图像中的高光、暗调和中间色调区域。

- 按住 Alt 键，在对话框的网格区域内单击，可使网格变得更精细。再次按住 Alt 键单击网格区域，可以恢复大的网格。

- 默认设置下，对话框采用曲线工具 ～ 调整曲线形状。在曲线上单击，添加控制点，确定要调整的色调范围。曲线上最多可添加 14 个控制点。

- 向上拖动控制点，使曲线上扬，对应色调区域的图像亮度增加，如图 3.36 所示。向下弯曲，亮度降低，如图 3.37 所示。

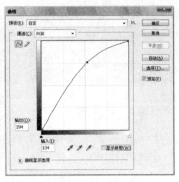

图 3.36　图像亮度增加

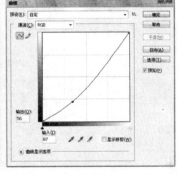

图 3.37　图像亮度降低

- 选中一个控制点后，在对话框左下角的【输入】和【输出】文本框内输入适当的数值，可精确改变图像指定色调区域的亮度值。

- 要删除一个控制点，可将其拖出图表区域，或选中控制点后按 Delete 键。

在【曲线】对话框中，还可以通过选择铅笔工具 ✎ 绘制随意曲线，调整图像的色调。

3.3.2　其他调色命令

1. 可选颜色

【可选颜色】命令用于调整图像中红色、黄色、绿色、青色、蓝色、白色、中灰色和黑色各主要颜色中四色油墨的含量，使图像的颜色达到平衡。因此比较适合 CMYK 图像的色彩调整，但同样也适用于 RGB 图像等的颜色校正。

【可选颜色】命令在改变某种主要颜色中四色油墨的含量时，不会影响到其他主要颜色的表现。例如，可以改变红色像素中四色油墨的含量，而同时保持黄色、绿色、白色、黑色等像素中四色油墨的含量不变。

打开"实例 03\梅花 3-01.jpg"，如图 3.38 所示。选择【图像】|【调整】|【可选颜色】命令，打开【可选颜色】对话框，如图 3.39 所示。

图 3.38　原图 　　　　　　　　　　　　　图 3.39　【可选颜色】对话框

从【颜色】下拉列表中选择要调整的颜色(选项包括红色、黄色、绿色、青色、蓝色、洋红、白色、中性色和黑色等)。

沿各滑动条拖动滑块，改变所选颜色中四色油墨的含量，直到满意为止。

本例中将对话框参数设置成如图 3.40 所示，图像调整结果如图 3.41 所示(图像中白色区域得到调整——如白色花瓣上的黄色成分有所减弱，更显得晶莹剔透，如美人出浴)。

图 3.40　对话框参数设置 　　　　　　　　　　图 3.41　图像调整结果

提示　在【可选颜色】对话框的底部，有两种油墨含量的增减方法。

- 【相对】：按照总量的百分比增减所选颜色中青色、洋红、黄色或黑色的含量。
- 【绝对】：按绝对数值增减所选颜色中青色、洋红、黄色或黑色的含量。

2. 替换颜色

【替换颜色】命令通过调整色相、饱和度和亮度参数将图像中指定的颜色替换为其他颜色。实际上相当于【色彩范围】命令与【色相/饱和度】命令的结合使用。

打开"素材 03\公园-雪 3-03.jpg"，如图 3.42 所示。选择【图像】|【调整】|【替换颜色】命令，打开【替换颜色】对话框，如图 3.43 所示。

在【选区】选项栏中单击选中吸管工具，将光标移至图像窗口中，在雪中梅花的绿色花蕾上单击，选取要替换的颜色。此时，在对话框的图像预览区，白色表示被选择的区域，黑色表示未被选择的区域，灰色表示部分被选择的区域。

拖动【颜色容差】滑块或在滑动条右侧的文本框内输入数值(取值范围为 0～200)，可调整被选择区域的大小。向右拖动滑块扩大选区，向左拖动则减小选区。

选择添加到取样工具 ✎，在图像中未被选中的其他绿色调区域单击，可以把这部分区域添加到所选区域中去。同样，使用从取样中减去工具 ✎ 可以把不要替换的颜色所在的区域从当前选区中减掉。

勾选对话框中的【预览】复选框。在【替换】栏中调整色相、饱和度和亮度值，将颜色设置为红色，如图 3.43 所示。此时图像中绿色的花蕾变成了红色的花蕾，如图 3.44 所示。

图 3.42　原图　　　　　图 3.43　【替换颜色】对话框　　　　图 3.44　图像调整结果

在对话框中若选择【图像】单选按钮，则图像预览框中可以预览到原始图像，将它和图像窗口中预览到的图像进行比较，可明显看出两者的区别。

为了防止将不希望替换的区域中的颜色替换掉，在【替换颜色】命令执行前可首先建立一个选区，将不希望进行颜色调整的部分排除在选区之外。一般情况下，选区应适当地羽化，这样最后的调整效果会更好些。

3. 阴影/高光

【阴影/高光】命令主要用于调整图像的阴影和高光区域，可分别对曝光不足和曝光过度的局部区域进行增亮或变暗处理，以保持图像亮度的整体平衡。【阴影/高光】命令最适合调整强光或背光条件下拍摄的图像。

打开"素材 03\梅花 3-02.jpg"，如图 3.45 所示。选择【图像】|【调整】|【阴影/高光】命令，打开【阴影/高光】对话框，选择【显示其他选项】复选框，使对话框显示更多的参数。

设置对话框参数如图 3.46 所示，图像调整结果如图 3.47 所示(白梅的花形更清晰，且彩度增加)。

【阴影/高光】对话框中各项参数的作用如下。

● 【数量】：拖动【阴影】或【高光】栏中的【数量】滑块，或直接在数值框内输入数值，可改变光线的校正量。数值越大，阴影越亮而高光越暗；反之，阴影越暗而高光越亮。

图 3.45　原图　　　　　　图 3.46　对话框参数设置　　　　图 3.47　图像调整结果

- 【色调宽度】：控制阴影或高光的色调调整范围。调整阴影时，数值越小，调整将限定在较暗的区域。调整高光时，数值越小，调整将限定在较亮的区域。
- 【半径】：控制应用阴影或高光的效果范围。实际上用来确定某一像素属于阴影区域还是高光区域。数值越大，将会在较大的区域内调整；反之，将会在较小的区域内调整。若数值足够大，所做调整将用于整个图像。
- 【颜色校正】：微调彩色图像中被改变区域的颜色。例如，向右拖动【阴影】栏中的【数量】滑块时，将在原图像比较暗的区域中显示出颜色，此时，调整【颜色校正】的值，可以改变这些颜色的饱和度。一般而言，增加【颜色校正】的值，可以产生更饱和的颜色；降低【颜色校正】的值，将产生饱和度更低的颜色。
- 【中间调对比度】：调整中间调区域的对比度。向左拖动滑块，降低对比度；向右拖动滑块，增加对比度。也可以在右端的数值框内输入数值，负值用于降低原图像中间调区域的对比度，正值将增加原图像中间调区域的对比度。
- 【修剪黑色】与【修剪白色】：确定有多少阴影和高光区域将被剪辑到图像中新的极端阴影(色阶为 0)和极端高光(色阶为 255)中去。数值越大，图像的对比度越高。若剪辑值过大，将导致阴影和高光区域细节的明显丢失。

4.　匹配颜色

【匹配颜色】命令用于在多个图像、图层或色彩选区之间匹配颜色。例如，它既可以将其他图像(源)的颜色匹配到当前图像(目标)，也可以将当前图像其他层的颜色匹配到工作图层。【匹配颜色】命令仅对 RGB 模式的图像有效。

打开"素材 03\山峰 3-01.jpg"和"落日.psd"，如图 3.48 所示。选择"山峰 3-01.jpg"为当前图像。选择【图像】|【调整】|【匹配颜色】命令，打开【匹配颜色】对话框。

图3.48 原素材图像

从【源】下拉列表中选择"落日.psd",从【图层】下拉列表中选择"落日"。这样可将"落日.psd"的"落日"层图像匹配到"山峰 3-01.jpg"图像中。其他参数设置如图 3.49 所示。颜色匹配结果如图 3.50 所示。

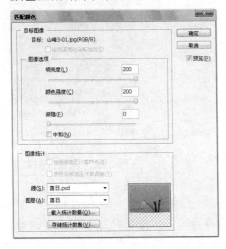

图 3.49 对话框参数设置

图 3.50 颜色匹配结果

【匹配颜色】对话框中其他主要参数的作用如下。

- 【明亮度】：用于调整图像的亮度。向右拖动提高亮度，向左拖动降低亮度。
- 【颜色强度】：用于调整图像中色彩的饱和度。向右拖动增加饱和度，向左拖动降低饱和度。
- 【渐隐】：用于调整颜色匹配的程度。向右拖动降低匹配程度，向左拖动提高匹配程度。
- 【中和】：勾选该复选框，可以自动消除目标图像的色彩偏差。

提示 【匹配颜色】对话框中其他选项的作用如下。

- 若目标图像中存在选区，不选择【应用调整时忽略选区】复选框时，源图像的颜色仅匹配到当前图像的选区内。否则，颜色匹配到当前图像的整个图层。
- 若源图像中存在选区，选择【使用源选区计算颜色】复选框时，仅使用源图像选区内的颜色匹配目标图像的颜色。否则，使用整个源图像的颜色匹配目标图像。
- 若目标图像中存在选区，选择【使用目标选区计算调整】复选框时，将使用目标图层选区内的颜色调整颜色匹配。否则，使用整个目标图层的颜色调整颜色匹配。

5. 照片滤镜

将带颜色的滤镜放置在照相机的镜头前，能够调整穿过镜头使胶卷曝光的光线的色温与颜色平衡。【照片滤镜】命令就是 Photoshop 对这一技术的模拟。

打开"素材 03\服饰 3-01.jpg"，如图 3.51 所示。选择【图像】|【调整】|【照片滤镜】命令，打开【照片滤镜】对话框，参数设置如图 3.52 所示。图像效果如图 3.53 所示。

在【照片滤镜】对话框中，可以通过【滤镜】下拉列表选用预置的颜色滤镜，也可以通过【颜色】选项自定义颜色滤镜。通过【浓度】滑块可以调整滤镜的影响程度。通过勾选【保留明度】复选框，可以保证调整后图像的亮度不变。

图 3.51　原图　　　　　　图 3.52　【照片滤镜】对话框　　　　图 3.53　图像调整效果

6. 去色

【去色】命令将彩色图像中每个像素的饱和度值设置为 0，仅保持亮度值不变。实际上是在不改变颜色模式的情况下将彩色图像转变成灰度图像。

在平面设计中，为了突出某个人物或事物，往往将其背景部分处理为灰度图像效果，而仅仅保留主题对象的彩度。使用 Photoshop 选择工具和【去色】命令即能胜任此项工作。

7. 反相

【反相】命令可以反转图像中每个像素点的颜色，使图像由正片变成负片，或从负片变成正片。例如，对于 RGB 图像，若图像中某个像素点的 RGB 颜色值为(r，g，b)，则反相后该点的 RGB 颜色值变成(255-r, 255-g, 255-b)。对于 CMYK 图像，若某个像素点的 CMYK 颜色值为(c%，m%，y%，k%)，则反相后该点的 CMYK 颜色值变成(1-c%，1-m%，1-y%，1-k%)。所以，【反相】命令对图像的调整是可逆的。

8. 阈值

【阈值】命令可将灰度图像或彩色图像转换为高对比度的黑白图像，是为报刊杂志制作黑白插画的有效方法。

打开"素材 03\公园 3-02.jpg"，如图 3.54 所示。选择【图像】|【调整】|【阈值】命令，打开【阈值】对话框。对话框中显示的是当前图像像素亮度等级的直方图。通过拖动三角滑块将【阈值色阶】设置为 115，如图 3.55 所示。图像效果如图 3.56 所示。

【阈值】命令转换图像颜色的原理是：通过指定某个特定的阈值色阶(取值范围为 1～255)，使图像中亮度值大于该指定值的像素转换为白色，其余像素转换为黑色。

图 3.54 原图

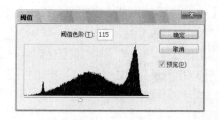

图 3.55 【阈值】对话框

图 3.56 转换结果

3.4 案 例

1. 案例说明

本例主要使用【色阶】和【色相/饱和度】命令对黑白照片上色。在对象的选择上，利用了快速蒙版工具对选区进行编辑修改。

2. 操作步骤

(1) 打开"素材 03\黑白照片.jpg"。选择【图像】|【模式】|【RGB 颜色】命令，将灰度图像转换为 RGB 模式。

(2) 使用套索工具(羽化值为 0)大致圈选人物的皮肤部分，不必太准确，如图 3.57 所示。以下步骤(3)~(8)利用快速蒙版修补该选区，目的是精确选取人物的皮肤部分。

(3) 单击选择工具箱底部的【以快速蒙版模式编辑】按钮　(位于选色按钮下面)，进入快速蒙版编辑模式。此时选区消失，选区外被红色蒙版覆盖。

(4) 将前景色设为黑色。选择画笔工具，设置大小为 10px 左右，硬度为 100%。将皮肤之外的未被红色覆盖的区域涂抹成红色(为操作方便和精确起见，可放大图像操作)。

(5) 对于比较细微之处(如指间等处)，可改用小画笔并进一步放大图像进行涂抹。

(6) 与皮肤相邻的头发处应改用硬度为 0%的软边画笔涂抹，以体现颜色的渐变。

(7) 若不小心将皮肤涂成了红色，可改用白色画笔涂抹，将其恢复。整个涂抹操作完成后的图像如图 3.58 所示。

图 3.57 粗略选择皮肤

图 3.58 修补选区

(8) 单击工具箱底部的【以标准模式编辑】按钮 （位于选色按钮下面），返回标准编辑模式，皮肤部分被精确选择，如图 3.59 所示。

(9) 选择【选择】|【存储选区】命令，在弹出的【存储选区】对话框的【名称】文本框内输入选区名称"皮肤"，如图 3.60 所示。单击【确定】按钮将当前选区保存起来，以备后用。

图 3.59　返回标准编辑模式　　　　　　　　　图 3.60　保存选区

(10) 选择【图像】|【调整】|【色阶】命令，打开【色阶】对话框。首先选择红色通道，参数设置及图像变化如图 3.61 所示。

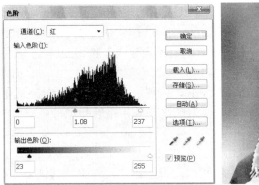

图 3.61　皮肤中加入适量红色

(11) 接着选择蓝色通道，参数设置及图像变化如图 3.62 所示。

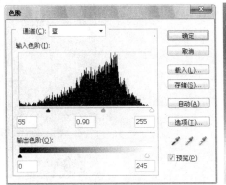

图 3.62　皮肤中加入适量黄色

(12) 最后选择绿色通道，参数设置及图像变化如图 3.63 所示。

(13) 单击【确定】按钮，关闭【色阶】对话框，并取消选区。

(14) 使用套索工具圈选人物衣服，与皮肤搭界的选区边缘可比较随意，如图 3.64 所示。

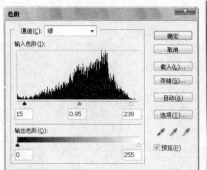

图 3.63　提高绿色的对比度　　　　　　　　　图 3.64　粗略选择衣服

(15) 选择【选择】|【载入选区】命令。设置【载入选区】对话框参数如图 3.65 所示。单击【确定】按钮，得到衣服的精确选区，如图 3.66 所示。

图 3.65　载入"皮肤"选区　　　　　　　　　图 3.66　获得衣服精确选区

(16) 选择【图像】|【调整】|【色相/饱和度】命令，参数设置如图 3.67 所示。单击【确定】按钮，为衣服上色。

(17) 选择【选择】|【存储选区】命令，将衣服选区保存起来，命名为"衣服"。

(18) 取消选区。图像效果如图 3.68 所示。

图 3.67　【色相/饱和度】对话框参数设置　　　　图 3.68　衣服上色

(19) 使用套索工具粗略选择头发，如图 3.69 所示。

(20) 使用快速蒙版修补选区，得到如图 3.70 所示的选区(与皮肤搭界处不用修补)。

(21) 选择【选择】|【载入选区】命令。在【通道】下拉列表中选择"皮肤"，在【操作】栏中选择【从选区中减去】单选按钮。单击【确定】按钮，得到头发的精确选区，如图 3.71 所示。

图 3.69　粗略选择头发　　　　　图 3.70　修补选区　　　　　图 3.71　获得头发精确选区

(22) 使用【色相/饱和度】命令调整头发颜色，参数设置如图 3.72 所示。

(23) 选择【选择】|【存储选区】命令，将头发选区保存起来，命名为"头发"，取消选区。图像效果如图 3.73 所示。

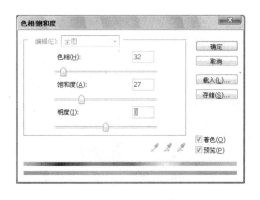 

图 3.72　头发调色参数　　　　　　　　　图 3.73　头发调色效果

(24) 选择【选择】|【载入选区】命令，依次载入"皮肤"、"衣服"和"头发"的选区(载入"衣服"和"头发"选区时，采用【添加到选区】单选按钮)，得到整个人物选区，如图 3.74 所示。

(25) 选择【选择】|【反向】命令，反转选区。并用套索工具圈选减去"石头"部分的选区，如图 3.75 所示。

图 3.74 获取人物选区

图 3.75 获取背景选区

(26) 使用【色相/饱和度】命令调整背景颜色，参数设置如图 3.76 所示。

(27) 类似地，使用【色相/饱和度】命令将"石头"调成青色，将人物的"嘴"调成红色。图像最终上色效果如图 3.77 所示。

图 3.76 背景调色

图 3.77 图像最终上色效果

3.5 小   结

本章主要讲述了以下内容。

- **色彩的基本知识。**讲述了三原色、颜色的三要素和颜色的对比度等基本概念。
- **颜色模式及其相互转换。**颜色模式是 Photoshop 用于组织图像颜色信息的方式。要求了解各种颜色模式的不同用途，并掌握其相互转换的方法。

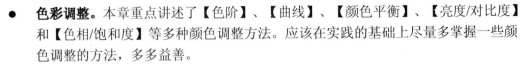
● **色彩调整。**本章重点讲述了【色阶】、【曲线】、【颜色平衡】、【亮度/对比度】和【色相/饱和度】等多种颜色调整方法。应该在实践的基础上尽量多掌握一些颜色调整的方法，多多益善。

本章理论部分未提及或超出本章理论范围的知识点有：

(1) 选区的存储与载入(要求重点掌握，详细介绍可参考本书第 8 章)。

(2) 使用快速蒙版修补选区(要求掌握。关于快速蒙版的概念及操作可参考本书第 7 章)。

3.6 习　　题

一、选择题

1. 关于图像的色彩模式，不正确的说法是_____。

    A. RGB 颜色模式是大多数显示器所采用的颜色模式

    B. CMYK 模式由青(C)、洋红(M)、黄(Y)和黑(K)组成，主要用于彩色印刷领域

    C. 位图模式的图像由黑、白两色组成，而灰度模式则由 256 级灰度颜色组成

    D. HSB 模式是 Photoshop 的标准颜色模式，也是 RGB 模式向 CMYK 模式转换的中间模式

2. 以下说法不正确的是_____。

    A. 当把图像转换为另一种颜色模式时，图像中的颜色值将被永久性地更改

    B. 尽可能在图像的原颜色模式下把图像编辑处理好，最后再进行模式转换

    C. 在转换模式之前务必保存包含所有图层的原图像的副本，以便在日后必要时还能够打开图像的原版本进行编辑

    D. 当颜色模式更改后，图层混合模式之间的颜色相互作用并未被更改。因此，在转换之前没有必要拼合图像的所有图层

3. 以下说法正确的是_____。

    A.【色阶】命令主要从暗调、中间调和高光 3 个方面校正图像的色调范围和色彩平衡

    B. 使用【色阶】命令调整图像不如使用【曲线】命令那样精确，很难产生较好的视觉效果

    C. 使用【曲线】命令可以调整图像中 0～255 色调范围内任何一点的颜色。因此在【曲线】对话框的曲线上能够添加任意多个控制点

    D. 使用【亮度/对比度】命令可以对图像的不同色调范围分别进行快速而简单的调整

4. 以下说法正确的是_____。

    A. 选择【去色】命令之后，彩色图像中每个像素的饱和度值被设置为 0，只保持亮度值不变，此时彩色图像将转变成灰度模式的图像

    B.【匹配颜色】命令可以在所有颜色模式的图像间进行颜色匹配

    C.【替换颜色】命令通过调整色相、饱和度和亮度参数将图像中指定的颜色替换为其他颜色，实际上相当于【色彩范围】命令与【色相/饱和度】命令的结合使用

    D.【阴影/高光】命令的主要作用是调整图像的明暗度，使整幅图像都变亮或变暗

二、填空题

1．自然界中的颜色可分为＿＿＿＿＿和＿＿＿＿＿两大类。

2．光的三原色是＿＿＿、＿＿＿、＿＿＿；颜料的三原色是＿＿＿、＿＿＿、＿＿＿。

3．颜色的三要素是指＿＿＿＿＿、＿＿＿＿＿和＿＿＿＿＿。

4．颜色的对比是指从两种或两种以上的色彩中比较出明显的差别来。这种差别主要表现在＿＿＿＿＿差别、＿＿＿＿＿差别、＿＿＿＿＿差别、＿＿＿＿＿差别和＿＿＿＿＿差别等方面。差别的程度用对比度来表示。

5．在将彩色图像(如 RGB 模式、CMYK 模式、Lab 模式的图像等)转换为位图图像或双色调图像时，必须先转换为＿＿＿＿＿图像，然后才能做进一步的转换。

6．在 Photoshop CS 中，支持透明色的文件格式有两种，分别是＿＿＿＿＿格式和＿＿＿＿＿格式。其中＿＿＿＿＿格式仅支持 256 色，＿＿＿＿＿格式可支持 24 位真彩色。

三、简答题

1．简述色相、饱和度和亮度的含义。

2．什么是颜色模式？Photoshop CS 提供了哪些颜色模式？相互之间如何进行转换？

四、操作题

1．利用图像"练习/花伞.jpg"制作导出透明背景的 PNG 图像。

2．将图像"练习/书法.jpg"处理成如图 3.78 所示的效果。

图 3.78　书法效果

4

图　层

教 学 要 求

- 熟练掌握图层基本操作。
- 掌握投影、外发光、斜面和浮雕等图层样式的使用方法。
- 掌握背景层、文本层转换为普通层的方法。
- 准确理解图层的概念。
- 了解中性色图层的概念与基本操作。
- 了解智能对象的概念与基本操作。
- 了解各类图层模式的作用与原理。

教 学 难 点

- 图层的对齐与分布。
- 图层混合模式。

4.1　图层概述

在 Photoshop 中,一幅图像往往由多个图层上下叠盖而成。所谓图层,可以理解为透明的电子画布。通常情况下,如果某一图层上有颜色存在,将遮盖住其下面图层上对应位置的图像。在图像窗口中看到的画面实际上是各层叠加之后的总体效果。

默认设置下,Photoshop 用灰白相间的方格图案表示图层的透明区域。背景层是一个比较特殊的图层,只要不转换为普通图层,它将永远是不透明的,而且始终位于所有图层的底部。

打开"素材 04\贺卡.psd"。观察其【图层】面板,由"古典边框"、"心形边框"、"心心相印"、"双喜"和"背景"5 个图层上下叠盖而成。由于"心心相印"层全部不透明,遮盖了"双喜"层和"背景"层,所以这两个图层上的内容没有显示在图像窗口中。"贺卡.psd"的画面合成示意图如图 4.1 所示。

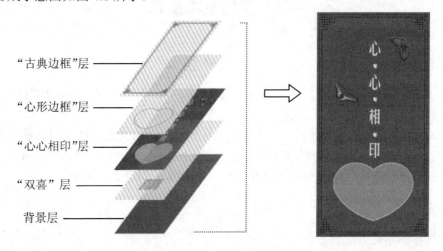

"古典边框"层

"心形边框"层

"心心相印"层

"双喜"层

背景层

图 4.1　"贺卡"画面形成

在这种包含多个图层的图像中,要想编辑图像的某一部分内容,首先必须选择该部分内容所在的图层。在【图层】面板上单击选择"心心相印"层,使用魔棒工具(采用默认设置)在图像中单击选择橙色心形,按 Delete 键将其删除。取消选区。结果如图 4.2 所示。上述操作就如同在"心心相印"层上开了一个心形窗口,"双喜"层和背景层上对应位置的内容通过这个窗口显示出来。

若图像中存在选区,可以认为选区浮动在所有图层之间,而不是专属于某一图层。此时就能对当前图层选区内的图像进行编辑。

图层是 Photoshop 最核心的功能之一。在处理内容复杂的图像时,一般应该将不同的内容放置在不同的图层上。这会给图层的管理和图像的编辑带来很大的方便。另外,在 AutoCAD、Flash、CorelDRAW 等相关软件中也都有"图层"的概念。因此,正确理解图层含义,熟练掌握图层操作不仅是学好 Photoshop 的必要条件,也会给其他相关软件的学习带来一定的帮助。

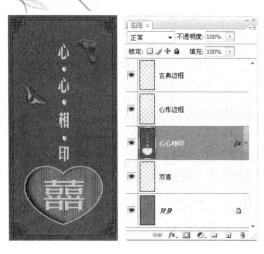

图 4.2　在"心心相印"层删除像素

4.2　图层基本操作

4.2.1　选择图层

在【图层】面板上单击图层的名称即可选择图层，此时，该图层的名称将显示在文档窗口的标题栏中。

在 Photoshop CS3 中，要选择多个图层，只需单击第一个待选择图层的名称，然后按住 Shift 键(选择连续的图层)或 Ctrl 键(选择不连续的图层)单击其他图层的名称即可。一旦选择了多个图层，就可以将移动、变换等操作作用于所有这些图层上的图像。

4.2.2　新建图层

创建图层的常用方法有以下几种。

- 在【图层】面板上单击【创建新图层】按钮，将在当前层的上面增加一个新图层，并处于选择状态。
- 选择【图层】|【新建】|【图层】命令，打开【新建图层】对话框，如图 4.3 所示。设置图层名称、在【图层】面板上的标识色、图层模式和不透明度，单击【确定】按钮。

图 4.3　【新建图层】对话框

- 按住 Alt 键，单击【图层】面板上的【创建新图层】按钮；或在【图层】面板菜单中选择【新建图层】命令，打开【新建图层】对话框创建图层。

4.2.3 删除图层

删除图层的常用方法有以下几种。

- 在【图层】面板上选择要删除的图层，单击【删除图层】按钮🗑；或从【图层】面板菜单中选择【删除图层】命令；或选择【图层】|【删除】|【图层】命令，弹出确认框，单击【是】按钮。
- 在【图层】面板上直接拖动图层缩览图到【删除图层】按钮🗑上。

4.2.4 显示与隐藏图层

在【图层】面板上单击图层缩览图左边的图层显示图标 👁 ，该图标消失，图层被隐藏。在相应位置再次单击，👁图标又出现，图层重新显示。

在【图层】面板的显示图标列上下拖动鼠标(图 4.4)，可同时控制多个图层的显示与隐藏。

在显示图标列上下拖动鼠标，可控制多个图层的显示与隐藏

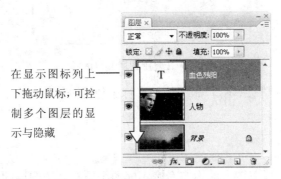

图 4.4 改变多个图层的可视性

利用【图层】面板菜单中的【删除隐藏图层】命令可删除当前图像中所有隐藏的图层。打印图像时，隐藏图层上的内容不会被打印出来。

> 提示 单击图层组左边的图层显示图标，可以同时显示或隐藏图层组内的所有图层。有关图层组的概念及操作，可参阅本节后面的相关内容。

显示和隐藏图层的常见目的如下。

- 在包含多个图层的图像中，为了编辑被遮盖的图层，将上面的图层暂时隐藏。
- 在包含多个图层的图像中，将显示和隐藏图层操作交替进行，可以确认图像中的部分内容位于哪个图层上。
- 在包含多个图层的图像中，将某些图层暂时隐藏以备后用。

4.2.5 复制图层

在同一图像中复制图层的常用方法如下。

- 在【图层】面板上，将某一图层的缩览图拖动到【创建新图层】按钮🔲上。复制的图层副本位于源图层的上面。
- 在【图层】面板上，选择要复制的图层，选择【图层】|【复制图层】命令；或从【图层】面板菜单中选择【复制图层】命令，打开【复制图层】对话框，如图 4.5 所示。在【为】文本框中输入图层副本的名称。单击【确定】按钮。

在不同图像间复制图层的常用方法如下。

- 在【图层】面板上，将当前图像的某一图层直接拖动到目标图像的窗口内。
- 在当前图像的【图层】面板上选择要复制的图层。使用移动工具 将该层图像从当前图像窗口拖动到目标图像窗口。若复制时按住 Shift 键，可将当前图层的图像复制到目标图像窗口的中央位置。
- 选择要复制的图层，选择【图层】|【复制图层】命令；或从【图层】面板菜单中选择【复制图层】命令，打开【复制图层】对话框，如图 4.5 所示。在【为】文本框中输入图层副本的名称。在【文档】下拉列表框中选择目标图像的文件名(目标图像必须打开)。单击【确定】按钮。若在【文档】下拉列表框中选择"新建"选项，可将所选图层复制到新建文件中。

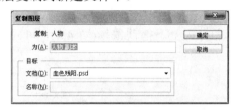

图 4.5 【复制图层】对话框

在不同图像间复制图层时，若源图像与目标图像的分辨率不同，则图层复制后其像素尺寸将发生相应的变化。

4.2.6 图层改名

在多图层图像中，根据图层的内容命名不同的图层有利于图层的识别与管理。

在【图层】面板上双击图层的名称，在【名称】编辑框内输入新的名称，按 Enter 键或在【名称】编辑框外单击即可更改图层名。

4.2.7 更改图层不透明度

图层不透明度不仅决定图层本身的显示程度，还影响到其对下层图像的遮盖程度。不透明度为 0%表示完全透明，不透明度为 100%表示完全不透明。

选择要改变不透明度的图层。在【图层】面板右上角的【不透明度】框内直接输入百分比值。或者单击【不透明度】框右侧的三角按钮，弹出【不透明度】滑动条，左右拖动滑块。这两种方法都可改变当前图层的不透明度，如图 4.6 所示。

图 4.6 更改图层的不透明度

该项操作常用于图像的合成。

不透明度的更改影响的是整个图层。不能直接改变当前图层选区内部分图像的不透明度。

4.2.8　重新排序图层

在【图层】面板上，图层的上下排列顺序决定各层图像的相互遮盖关系。一旦改变了原有的图层顺序，也就改变了它们的遮盖关系。

在【图层】面板上，将图层向上或向下拖动，当突出显示的线条出现在要放置图层的位置时，松开鼠标按键即可改变图层排列顺序，如图 4.7 所示。

也可以使用【图层】|【排列】菜单下的一组命令改变图层的排列顺序。

- 　【置为顶层】：将当前层移到所有图层的最上面。
- 　【前移一层】：将当前层向上移一层。
- 　【后移一层】：将当前层向下移一层。由于背景层总是位于最底层，其顺序不能改变，所以，在存在背景层的情况下，该命令不能将当前图层移到背景层的下面。
- 　【置为底层】：将当前层移到所有图层的最下面。在存在背景层的情况下，该命令将所选图层放在背景层的上一层。
- 　【反向】：当选择两个或两个以上的图层时，该命令可反转所选图层的顺序。

4.2.9　链接图层

Photoshop CS3 允许在多个图层间建立链接关系，以便将它们作为一个整体进行移动和变换操作。另外，对存在链接关系的图层，可进行对齐、分布和选择链接图层等操作。

在【图层】面板上，选择两个或两个以上要链接的图层，单击面板底部的【链接图层】按钮，即可在所选图层间建立链接关系，如图 4.8 所示。此时图层缩览图右侧出现链接标记。

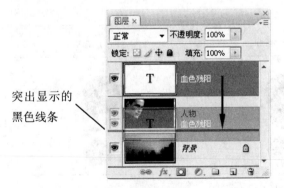

突出显示的
黑色线条

图 4.7　调整图层顺序　　　　　　　　　图 4.8　链接图层

要取消图层的链接关系，先选择存在链接关系的图层，选择【图层】|【取消图层链接】命令，或在【图层】面板上单击【链接图层】按钮。

选择某个链接图层，选择【图层】|【选择链接图层】命令，或在【图层】面板菜单中选择【选择链接图层】命令，可同时选中其他链接的图层。

4.2.10 对齐链接图层

选择某个链接图层，使用【图层】|【对齐】菜单下的一组命令可将其他与当前层有链接关系的图层对齐到当前层。对齐方式有 6 种，竖直方向分别是【顶边】 、【垂直居中】 、【底边】 ；水平方向分别是【左边】 、【水平居中】 、【右边】 。

在链接层的对齐操作中，当前层为基准层，其中图像的位置保持不变。当背景层要和当前层对齐时，背景层将自动转换为普通层。

打开"素材 04\球类.psd"，如图 4.9 所示。其中"地球"层、"足球"层和"篮球"层之间已经建立了链接。选择"地球"层。

选择【图层】|【对齐】菜单下的相应命令，或选择移动工具，单击选项栏上的对齐按钮，如图 4.10 所示。对齐操作的结果如图 4.11 所示。

对齐按钮　　　分布按钮

图 4.9　原图像　　　　　　　　　　图 4.10　对齐与分布按钮

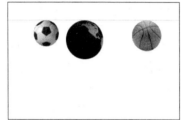

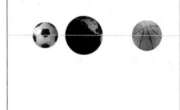

(a) 顶边　　　　　　　　(b) 垂直居中　　　　　　　(c) 底边

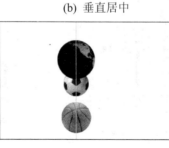

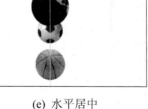

(d) 左边　　　　　　　　(e) 水平居中　　　　　　　(f) 右边

图 4.11　链接层的对齐效果示意图

在 Photoshop CS3 中，若同时选择了多个图层，即使它们之间无链接关系，也可以使用上述对齐命令将这些图层对齐。

另外，Photoshop CS 还具有将选中的图层与选区对齐的功能。操作方法如下。

(1) 创建选区。

(2) 选择要对齐到选区的图层(可以是多个,但不能包含背景层或与背景层链接的图层)。

(3) 选择【图层】|【将图层与选区对齐】菜单下的相应命令。

4.2.11　分布链接图层

选择某个链接图层,使用【图层】|【分布】菜单下的一组命令可将其他链接图层与当前层进行分布操作。分布方式也有 6 种,分别是:

- 【顶边】：使得经过链接图层中各对象顶端的水平线之间的距离相等。
- 【垂直居中】：使得经过链接图层中各对象中心的水平线之间的距离相等。
- 【底边】：使得经过链接图层中各对象底端的水平线之间的距离相等。
- 【左边】：使得经过链接图层中各对象左侧的竖直线之间的距离相等。
- 【水平居中】：使得经过链接图层中各对象中心的竖直线之间的距离相等。
- 【右边】：使得经过链接图层中各对象右侧的竖直线之间的距离相等。

仍以“素材 04\球类.psd”为例,在链接图层中任选一层。选择【图层】|【分布】菜单下的相应命令,或选择移动工具,单击选项栏上的分布按钮。分布操作的结果如图 4.12 所示。

执行竖直方向的分布命令【顶边】、【垂直居中】和【底边】时,链接图层上的对象只在竖直方向移动,而且上下两端的对象的位置保持不变。同样,执行水平方向的分布命令【左边】、【水平居中】、【右边】时,链接图层上的对象只在水平方向移动,而且左右两端的对象的位置保持不变。

在 Photoshop CS 中,只有 3 个或 3 个以上的链接图层才能进行分布操作。不管当前层是链接图层中的哪一层,分布结果都是一样的。另外,若链接图层中包含背景层,则不能进行分布操作。

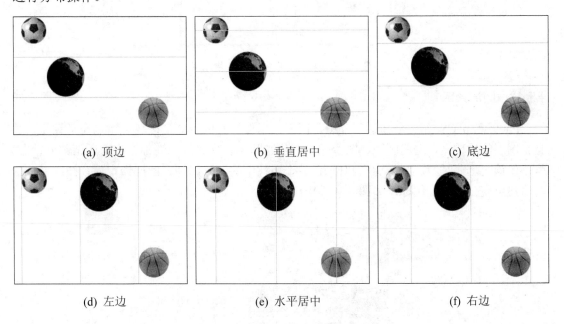

(a) 顶边　　　　　　　　(b) 垂直居中　　　　　　　　(c) 底边

(d) 左边　　　　　　　　(e) 水平居中　　　　　　　　(f) 右边

图 4.12　链接层的分布效果示意图

在 Photoshop CS3 中,若同时选择了多个图层(不含背景层),即使它们之间无链接关系,也可以使用上述分布命令对这些图层进行分布操作。

4.2.12 合并图层

合并图层可有效地减少图像占用的存储空间，提高 Photoshop 的工作效率。图层合并的方式有多种，包括向下合并、合并图层、合并可见图层和拼合图像等。上述图层合并命令在【图层】菜单和【图层】面板菜单中都可以找到。

1. 向下合并

将当前图层(必须为可见层)合并到其下面的可见图层中。合并后的图层名称、混合模式、图层样式等属性与合并前的下一层相同。

2. 合并图层

将选中的多个图层合并为一个图层，同时忽略并删除被隐藏的图层。

3. 合并可见图层

将所有可见图层合并为一个图层，隐藏的图层不受影响。

4. 拼合图像

将所有可见图层合并为背景层，并用白色填充图像中的透明区域。若合并前存在隐藏的图层，合并时将弹出提示框，如图 4.13 所示。单击【确定】按钮，将丢弃隐藏的图层；单击【取消】按钮，则撤销合并命令。

图 4.13　Adobe Photoshop 提示框

4.2.13 图层锁定

Photoshop CS 允许全部或部分锁定图层，以保护其内容免遭破坏。所谓全部锁定，就是将图层的透明度、透明区域、图像像素、位置和混合模式等属性都锁定。所谓部分锁定，就是仅锁定透明区域、图像像素和位置 3 个属性中的部分属性。图层锁定后，图层名称的右边将出现一个锁形图标，如图 4.14 所示。

图 4.14　图层的锁定

在【图层】面板上选择要锁定的图层，单击选择一个或多个图层锁定按钮，即可将该层部分或全部锁定。在选择的锁定按钮上再次单击，可取消锁定。

- 锁定透明像素▨：选定后，只允许对图层的不透明区域进行编辑修改。
- 锁定图像像素✎：选定后，将禁止使用绘图与填充工具、图像修整工具、滤镜等对图层的任何区域(包括透明区域和不透明区域)进行编辑修改。
- 锁定位置✛：选定后，将禁止对图层中的像素进行移动、旋转、缩放等变换。
- 锁定全部🔒：选定后，将对图层进行全部锁定。

4.2.14　载入图层选区

使用载入图层选区操作可以快速、准确地选择图层(背景层除外)上的所有像素。操作方法如下。

- 按住 Ctrl 键，在【图层】面板上单击某个图层的缩览图(注意不是图层名称)，可将该层上的所有像素创建选区。若操作前图像中存在选区，则操作后新选区将取代原有选区。
- 按住 Ctrl + Shift 组合键，在【图层】面板上单击某个图层的缩览图，可将该层上所有像素的选区添加到图像中已有的选区中。
- 按住 Ctrl + Alt 组合键，在【图层】面板上单击某个图层的缩览图，可从图像中已有的选区中减去该层上所有像素的选区。
- 按住 Ctrl + Shift + Alt 组合键，在【图层】面板上单击某个图层的缩览图，可将该层上所有像素的选区与图像中原有的选区进行交集运算。

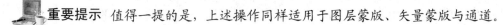

重要提示　值得一提的是，上述操作同样适用于图层蒙版、矢量蒙版与通道。

4.2.15　图层组的创建与编辑

在图层众多的图像中使用图层组可以方便图层的组织和管理。不仅能够避免图层面板的混乱，还可以对图层进行高效、统一的管理。例如，同时调整图层组中所有图层的不透明度，同时改变图层组中所有图层的排列顺序等。

图层组的创建与编辑方法如下。

- 单击【图层】面板上的【创建新组】按钮▢，在当前图层或图层组的上面创建一个空的图层组。在选择图层组的情况下新建图层，可将新层创建在图层组内。
- 在【图层】面板上选择一个或多个图层，从【图层】面板菜单中选择【从图层新建组】命令，可将选定图层加入新建图层组内。
- 在【图层】面板上单击图层组左边的三角图标，可以折叠或展开图层组。
- 将图层缩览图拖动到图层组图标▢上，可将现有图层转移到该图层组内，如图 4.15(a)所示。当然，也可将组内图层拖出图层组，如图 4.15(b)所示。
- 将图层组拖动到【删除图层】按钮🗑上，可直接删除该图层组及组内所有图层。
- 若想保留图层，仅删除图层组，可在选择图层组后单击【删除图层】按钮🗑，打开 Photoshop 提示框，单击【仅组】按钮。

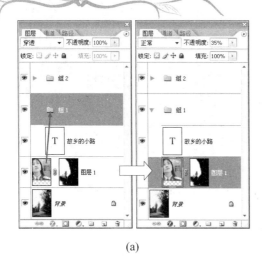
(a)

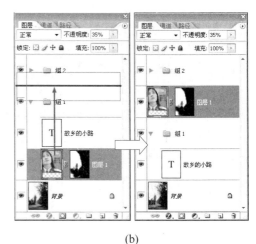
(b)

图 4.15　将图层移入和移出图层组

在【图层】面板上选择图层组后执行移动和变换(旋转、缩放、斜切、透视等)操作，可作用于该组内的所有图层。

4.2.16　保存图层

Photoshop (*.PDD，*.PSD)格式是 Photoshop 默认的文件格式，也是唯一一种支持所有 Photoshop 功能的格式。将多图层图像保存为 Photoshop (*.PDD，*.PSD)格式时，有关图层的所有信息(图层组、图层顺序、样式、类型、透明度等)都将随文件一起保存，这对图像(尤其是未完成的图像)日后的编辑修改至关重要。

另外，在 Photoshop 中 PDF、TIFF、PSB 等格式也常用于多图层图像的保存。

4.2.17　案例——书法装饰

1. 案例说明

本例主要通过图层的基本操作，为一幅书法作品添加竖向方格，使其更显典雅，具有古典风格。

2. 操作步骤

(1) 打开"素材 04\书法 4-01.GIF"。选择【图像】|【模式】|【RGB 颜色】命令，将其由索引颜色模式转换为 RGB 颜色模式，以便接下来的编辑修改。

(2) 选择【图层】|【新建】|【图层背景】命令，将图层 1 转换为背景层。

(3) 选择矩形选框工具，采用默认设置(羽化值设为 0)，框选画面左侧的小字部分，如图 4.16 所示。

(4) 将背景色设为白色。选择移动工具，按住 Shift 键向左水平拖动选区内像素至如图 4.17 所示的位置。取消选区。

图 4.16 选择小字部分　　　　　　　　图 4.17 向左移动小字

(5) 新建图层 1。选择铅笔工具，采用 2px 硬边界画笔在图层 1 上绘制红色(颜色值为 #FF0000)竖直线，如图 4.18 所示。

(6) 复制图层 1 共 4 次。选择移动工具配合 Shift 键将图层 1 副本 4 中的竖直线水平移动到如图 4.19(a)所示的位置。

(a)　　　　　　　　　　(b)

图 4.18 绘制红色竖直线　　　　图 4.19 复制竖直线并将其中 1 条移至右侧

(7) 按住 Shift 键，在【图层】面板上单击图层 1 的名称，选择图层 1 至图层 1 副本 4 之间的所有图层。

(8) 选择【图层】|【分布】|【左边】命令(本例中，选择【右边】命令或【水平居中】命令也可)。结果如图 4.20 所示。

(9) 在【图层】面板菜单中选择【合并图层】命令，将背景层之外的其他层合并，并将合并后的图层改名为"方格"。

(10) 新建图层 1。选择矩形选框工具，采用默认设置(羽化值为 0)，创建如图 4.21 所示的选区。

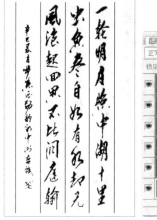

图 4.20　分布图层　　　　　　　　　　　　　图 4.21　创建矩形选区

(11) 选择【编辑】|【描边】命令，在图层 1 上对选区进行描边(4px、红色#FF0000、内部，其他参数默认)。取消选区。结果如图 4.22 所示。

(12) 在【图层】面板菜单中选择【向下合并】命令，将图层 1 合并到"方格"层。

(13) 将"方格"层的图层模式设置为"溶解"，不透明度设置为 80%，如图 4.23 所示。

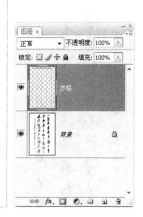

图 4.22　描边矩形选区　　　　　　　　　　　图 4.23　溶解效果

(14) 使用裁切工具 裁掉图像右侧多余的白色区域，使图像左侧与右侧的白色区域基本对称。

4.3　图层混合模式

在 Photoshop 中，通过选项栏可以为大多数工具设置混合模式，如"正常"、"溶解"、"背后"、"清除"、"变暗"、"正片叠底"等，种类繁多。上述混合模式用于控制当前工具以何种方式影响图像中的像素。

与工具的混合模式类似，图层的混合模式决定了图层像素如何与其下面图层上的像素

进行混合。当能够准确地理解和熟练地把握图层混合模式的特点之后，就可以根据图像预期合成效果的需要，选择合适的图层混合模式。

4.3.1　解析图层混合模式

图层默认的混合模式为"正常"。在【图层】面板上，单击【混合模式】弹出式菜单，从展开的列表中可以为当前图层选择不同的混合模式。

- "正常"：使上面图层上的像素完全遮盖下面图层上的像素。如果上面图层中存在透明区域，下面图层中对应位置的像素将通过透明区域显示出来。
- "溶解"：根据图层中每个像素点透明度的不同，以该层的像素随机取代下层对应像素，生成颗粒状的类似物质溶解的效果。不透明度越小，溶解效果越明显。

案例参考素材图像"素材 04\印章.psd"。

- "变暗"：比较上下图层中对应像素的各颜色分量，选择其中值较小(较暗)的颜色分量作为结果色的颜色分量。以 RGB 图像为例，若对应像素分别为红色(255，0，0)和绿色(0，255，0)，则混合后的结果色为黑色(0，0，0)。

案例参考素材图像"素材 04\变暗-变亮.psd"和"国画.psd"。

- "正片叠底"：将图层像素的颜色值与下一图层对应位置上像素的颜色值相乘，把得到的乘积再除以 255。其结果是图层的颜色一般比原来的颜色更暗一些。在这种模式下，任何颜色与黑色复合产生黑色，任何颜色与白色复合保持不变。

案例参考素材图像"素材 04\沙漠之夜.psd"，如图 4.24 所示。

图 4.24　"正片叠底"模式

- "颜色加深"：查看每个通道中的颜色信息，通过增加对比度使下层颜色变暗以反映上一图层的颜色。白色图层在该模式下对下层图像无任何影响(两层混合后显示的完全是下一层的图像)。
- "线性加深"：查看每个通道中的颜色信息，并通过降低亮度使下层颜色变暗以反映上一图层的颜色。白色图层在该模式下对下层图像无任何影响。

案例参考素材图像"素材 04\沙漠之夜 2.psd"。

- "深色"：比较上下图层中对应像素的各颜色分量的总和，并显示值较小的像素的颜色。与"变暗"模式不同，该模式不生成第 3 种颜色。

案例参考素材图像"素材 04\变暗-变亮.psd"。

- "变亮"：与"变暗"模式恰恰相反。比较上下图层中对应像素的各颜色分量，选择其中值较大(较亮)的颜色分量作为结果色的颜色分量。以 RGB 图像为例，若对应像素分别为红色(255，0，0)和绿色(0，255，0)，则混合后的结果色为黄色(255，255，0)。

案例参考素材图像"素材 04\变暗-变亮.psd"和"夕阳.psd"，如图 4.25 所示。

图 4.25 "变亮"模式

- "滤色"：查看每个通道的颜色信息，并将上一层像素的互补色与下一层对应像素的颜色复合，结果总是两层中较亮的颜色保留下来。上层颜色为黑色时对下层没有任何影响(结果完全显示下层的图像)。上层颜色为白色时将产生白色。

案例参考素材图像"素材 04\蓝花布.psd"。

- "颜色减淡"：查看每个通道中的颜色信息，并通过增加对比度使下一层颜色变亮以反映上一层颜色。上层颜色为黑色时对下层没有任何影响。

案例参考素材图像"素材 04\都市之夜.psd"。

- "线性减淡"：查看每个通道中的颜色信息，并通过增加亮度使下一层颜色变亮以反映上一层颜色。上层颜色为黑色时对下层没有任何影响。上层颜色为白色时将产生白色。

- "浅色"：比较上下图层中对应像素的各颜色分量的总和，并显示值较大的像素的颜色。与"变亮"模式不同，该模式不生成第 3 种颜色。

案例参考素材图像"素材 04\变暗-变亮.psd"。

- "叠加"：保留下一层颜色的高光和暗调区域，保留下一层颜色的明暗对比。下一层颜色没有被替换，只是与上一层颜色进行叠加以反映其亮部和暗部。

案例参考素材图像"素材 04\火烧云.psd"，如图 4.26 所示。

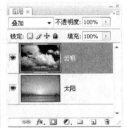

图 4.26 "叠加"模式

- "柔光"：根据上一层颜色的灰度值确定混合后的颜色是变亮还是变暗。若上一层的颜色比 50%的灰色亮，则与下一层混合后图像变亮，否则变暗。若上一层存在黑色或白色区域，则混合图像的对应位置将产生明显较暗或较亮的区域，但不会产生纯黑色或纯白色。

- "强光"：根据上一层颜色的灰度值确定混合后的颜色是变亮还是变暗。若上一层的颜色比 50%的灰色亮，则与下一层混合后图像变亮。这对于向图像中添加高

光非常有用。若上一层的颜色比 50%的灰色暗，则与下一层混合后图像变暗。这对于向图像添加暗调非常有用。若上一层中存在黑色或白色区域，则混合图像的对应位置将产生纯黑色或纯白色。使用"强光"模式混合图像的效果与耀眼的聚光灯照在图像上的效果相似。

案例参考素材图像 "素材 04\都市之夜 2.psd"。

- "亮光"：根据上一层颜色的灰度值确定是增加还是减小对比度以加深或减淡颜色。若上一层的颜色比 50%的灰色亮，则通过减小对比度使下一层图像变亮；否则，通过增加对比度使下一层图像变暗。

- "线性光"：根据上一层颜色的灰度值确定是降低还是增加亮度以加深或减淡颜色。若上一层的颜色比 50%的灰色亮，则通过增加亮度使下一层图像变亮；否则，通过降低亮度使下一层图像变暗。

- "点光"：根据上一层颜色的灰度值确定是否替换下一层的颜色。若上一层颜色比 50%的灰色亮，则替换下一层中比较暗的像素，而下一层中比较亮的像素不改变；若上一层的颜色比 50%的灰色暗，则替换下一层中比较亮的像素，而下一层中比较暗的像素不改变。

案例参考素材图像 "素材 04\都市之夜 3.psd"。

- "差值"：对上下两层对应的像素进行比较，用比较亮的像素的颜色值减去比较暗的像素的颜色值，差值即为混合后像素的颜色值。若上层颜色为白色，则混合图像为下层图像的反相；若上层颜色为黑色，则混合图像与下层图像相同。同样，若下层颜色为白色，则混合图像为上层图像的反相；若下层颜色为黑色，则混合图像与上层图像相同。

案例参考素材图像 "素材 04\都市之夜 4.psd"和 "素材 04\沟壑.psd"。

- "排除"：与"差值"模式相似，但混合后的图像对比度更低，因此整个画面更柔和。

案例参考素材图像 "素材 04\狼烟.psd"。

- "色相"：用下层颜色的亮度和饱和度及上层颜色的色相创建混合图像的颜色。

- "饱和度"：用下层颜色的亮度和色相及上层颜色的饱和度创建混合图像的颜色。

- "颜色"：用下层颜色的亮度及上层颜色的色相和饱和度创建混合图像的颜色。这样可以保留下层图像中的灰阶，这对单色图像的上色和彩色图像的着色都非常有用。

- "明度"：用下层颜色的色相和饱和度以及上层颜色的亮度创建混合图像的颜色。该模式产生与"颜色"模式相反的图像效果。

4.3.2 案例——更换服饰

1. 案例说明

本例主要使用图层混合模式的更改等操作更换人物衣服上的图案，将看上去不可思议的想法变成现实。

2. 操作步骤

(1) 打开"素材 04\古典美女 4-01.jpg"。使用选择工具(磁性套索、套索、多边形套索等)

创建如图 4.27 所示的选区，将要更换的衣服精确选中。

提示　衣服的白色袖口不要选择。在衣服与头发搭界处创建选区时，应设置一定的羽化值。

　　(2) 选择【选择】|【存储选区】命令保存选区，命名为"衣服"。按 Ctrl + D 组合键取消选区。

　　(3) 打开"素材 04\图案.jpg"，按 Ctrl + A 组合键全选背景图像，再按 Ctrl + C 组合键复制选区图像。

　　(4) 切换到人物图像窗口。按 Ctrl + V 组合键粘贴图像。结果生成图层 1，如图 4.28 所示。

图 4.27　创建衣服选区　　　　　　　　　　图 4.28　将图案复制到人物图像中

　　(5) 选择【移动工具】，将图层 1 中的图像移动到合适的位置，遮盖住下面图层中要更换的衣服，如图 4.29 所示。

　　(6) 选择【选择】|【载入选区】命令，打开【载入选区】对话框，在【通道】下拉列表中选择"衣服"。单击【确定】按钮，将衣服选区载入到图像中。

　　(7) 选择【选择】|【反向】命令，反转选区。按 Delete 键删除图层 1 选区内的图像，如图 4.30 所示。按 Ctrl + D 组合键取消选区。

图 4.29　调整图案位置　　　　　　　　　　图 4.30　删除选区内图像

(8) 在【图层】面板上将图层 1 的混合模式更改为"正片叠底",如图 4.31 所示。

(9) 复制图层 1,得到图层 1 副本。图层 1 副本位于图层 1 的上面。

图 4.31　更改图层 1 的混合模式

(10) 将图层 1 副本的混合模式更改为"颜色",使衣服的颜色与素材图案的颜色更接近,如图 4.32 所示。

图 4.32　更改图层 1 副本的混合模式

(11) 衣服更换后,若发现衣服上的皱纹不太明显(这将对图像的最终效果产生比较大的影响),可以使用【色阶】等命令对背景层"衣服"选区内的图像进行调整(适当增大对比度和降低亮度)。

(12) 选择多边形套索工具或套索工具,选择衣服的束腰部分,如图 4.33 所示。

(13) 选择背景层。选择【图层】|【新建】|【通过拷贝的图层】命令(或按 Ctrl＋J 组合键),将背景层选区内图像复制到图层 2。

(14) 设置前景色为黑色。选择画笔工具,在选项栏上设置【模式】为"背后",【不透明度】为 20%左右。使用 30px 大小的软边画笔沿着图层 2 上像素的上下边缘涂抹,制作阴影效果,如图 4.34 所示。

(15) 保存图像。

提示 浅色的衣服最终效果会更好。若衣服颜色较深，则效果不太理想。本例尤其不适合黑色的衣服或接近黑色的衣服。

图 4.33　选择"束腰"部分

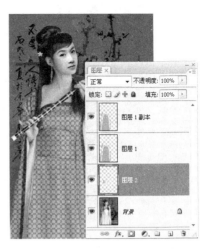

图 4.34　制作"束腰"的阴影效果

4.4　图 层 样 式

图层样式是创建图层特效的重要手段。Photoshop 提供了多种图层样式，可创建投影、发光、浮雕、水晶和金属等各种具有逼真质感的特殊效果。

4.4.1　解析图层样式

图层样式影响的是整个图层，不能够作用于图层的部分区域。其添加方法如下。

(1) 选择要添加图层样式的图层。

(2) 单击【图层】面板上的【添加图层样式】按钮 *fx*，从弹出的菜单中选择某种图层样式，打开【图层样式】对话框，如图 4.35 所示。

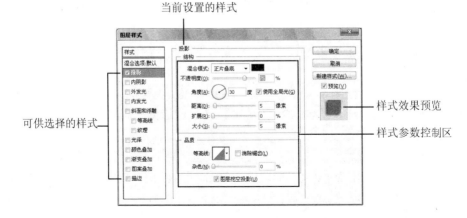

图 4.35　【图层样式】对话框

(3) 在对话框左侧单击要添加的样式名称，选择该样式。在样式参数控制区设置当前样式参数。勾选【预览】复选框，可在图像上实时观察样式效果。Photoshop 允许将多种样式同时施加在同一图层上。

(4) 单击【确定】按钮，完成图层样式的添加。

通过选择【图层】|【图层样式】菜单下的对应命令同样可以添加图层样式。

1. 投影

打开"素材 04\卡片.psd"，选择"卡片"层。

选择【图层】|【图层样式】|【投影】命令，打开【图层样式】——【投影】对话框。

在参数控制区设置投影样式参数，如图 4.36 所示，单击【确定】按钮。

将背景层填充为白色(这样投影效果更自然)。图像效果如图 4.37 所示。

图 4.36 【投影】参数设置　　　　　　　　　图 4.37 图像效果

投影样式各项参数的解释如下。

- 【混合模式】：确定图层样式与当前层像素的混合方式。大多数情况下，默认模式将产生最佳的结果。单击右侧的颜色块，打开【拾色器】面板，选择阴影颜色。
- 【不透明度】：设置阴影的不透明度。
- 【角度】：设置光照方向。通过拖动圆周内的半径线或在右侧框内输入数值(范围为-360～+360)可改变角度。
- 【使用全局光】：勾选该复选框，可使当前图像上的所有图层样式的光照角度保持一致，以获得统一的光照效果。否则可为当前图层样式指定特定角度的灯光效果。
- 【距离】：设置阴影的偏移距离。在【图层样式】对话框打开的情况下，通过在图像窗口中拖动鼠标，可以更直观地调整灯光的角度和阴影偏移距离。
- 【扩展】：设置灯光强度及阴影的影响范围。
- 【大小】：设置阴影的模糊(或羽化)程度。
- 【等高线】：设置阴影的轮廓。可以从下拉列表中选择预设的等高线，也可以自定义等高线。

- 【消除锯齿】：勾选该复选框，可使阴影的轮廓线更平滑，消除锯齿效果。
- 【杂色】：添加一定的噪声效果，使阴影呈现颗粒状杂点效果。
- 【图层挖空投影】：当图层的填充为透明(通过【图层】面板右上角的【填充】选项设置)时，该选项控制与图像重叠区域的阴影的可视性。

2. 内阴影

内阴影样式用于在像素的内侧边缘添加阴影效果。

打开"素材 04\藏书.psd"，选择"藏"层。

选择【图层】|【图层样式】|【内阴影】命令，打开【图层样式】——【内阴影】对话框。在参数控制区设置内阴影参数，如图 4.38 所示。图像效果如图 4.39 所示(观察"藏"字的变化)。

【阻塞】：增大数值可收缩内阴影边界，并使模糊度减小。

其他参数的作用与投影样式的对应参数基本相同。

图 4.38 【内阴影】参数设置　　　　　　　　　　图 4.39　图像效果

3. 外发光

外发光样式可以在像素边缘的外围产生亮光或晕影效果。

打开"素材 04\荷香.psd"，选择"荷香"层。

选择【图层】|【图层样式】|【外发光】命令，打开【图层样式】——【外发光】对话框。在参数控制区设置外发光参数，如图 4.40 所示(外发光的颜色设置为白色)。

单击【确定】按钮。将"荷香"层的填充数值设置为 0%(隐藏笔画，透出下层图像)。图像效果如图 4.41 所示。

外发光样式部分参数解释如下(其他参数的作用与前面类似)。

- ：选择左侧单选按钮，可将外发光颜色设为单色(单击正方形色块选色)；选择右侧单选按钮，则将外发光颜色设为渐变色(打开下拉列表选择)。
- 【方法】：设置外发光样式的光源衰减方式。
- 【范围】：设置外发光样式中等高线的应用范围。
- 【抖动】：使外发光样式的颜色和不透明度产生随机变动(适用于外发光颜色为渐变色，且其中至少包含两种颜色的情况)。

图 4.40　【外发光】参数设置　　　　　　　　　图 4.41　图像效果

4. 内发光

内发光样式可以在像素边缘内侧产生发光或晕影效果。

打开"素材 04\故乡.psd"，在【图层】面板上选择"椭圆画面"层。

选择【图层】|【图层样式】|【内发光】命令，打开【图层样式】——【内发光】对话框。在参数控制区设置内发光参数，如图 4.42 所示(其中内发光颜色选择蓝色，颜色值为 #4D87FD)。图像效果如图 4.43 所示。

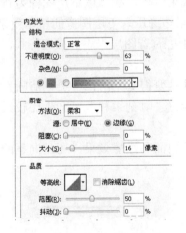

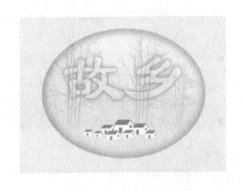

图 4.42　【内发光】参数设置　　　　　　　　　图 4.43　图像效果

将添加内发光样式后的"故乡.psd"另存为"故乡 2. PSD"(注意 PSD 格式)。

源: ○居中(E)　⦿边缘(G)：选择【边缘】单选按钮，内发光效果出现在像素的内侧边缘；选择【居中】单选按钮，效果出现在像素中心。

5. 斜面和浮雕

使用斜面和浮雕样式可以制作各种形式的浮雕效果。在所有的预设图层样式中其功能最强大，参数设置也最为复杂。

打开"素材 04\故乡 2.psd"，在【图层】面板上选择"椭圆画面"层，对该层继续添加图层样式。

选择【图层】|【图层样式】|【斜面和浮雕】命令，打开【图层样式】——【斜面和浮雕】对话框。参数设置如图 4.44 所示(其中【阴影模式】的颜色选择蓝色，颜色值为#6666ff)。图像效果如图 4.45 所示。

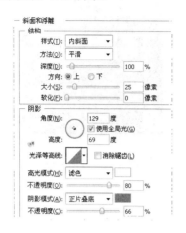

图 4.44 【斜面和浮雕】参数设置　　　　　　图 4.45　图像效果

【斜面和浮雕】对话框的部分参数的解释如下。

- 【样式】：指定斜面和浮雕的样式。其中"内斜面"在像素内侧边缘生成斜面效果；"外斜面"在像素外侧边缘生成斜面效果；"浮雕"以下层图像为背景创建浮雕效果；"枕状浮雕"创建将当前图层像素边缘压入下层图像的压印效果；"描边浮雕"将浮雕效果应用于像素描边效果的边界(若图层未添加描边样式，则看不到描边浮雕效果)。

- 【方法】："平滑"稍微模糊浮雕的边缘使其变得更平滑；"雕刻清晰"用于消除锯齿形状的边界，使浮雕边缘更生硬清晰；"雕刻柔和"可产生比较柔和的浮雕边缘效果，对较大范围的边界更有用。

- 【方向】：通过改变光照方向确定是向上的斜面和浮雕效果，还是向下的斜面和浮雕效果，如图 4.46 所示。

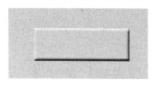

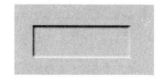

(a) 向上　　　　　　　　　　　　　　　(b) 向下

图 4.46　通过改变光照方向产生按钮的不同状态

- 【高度】：指定光源的高度。
- 【高光模式】：指定高光部分的混合模式。通过右侧颜色块可选择高光颜色。
- 【阴影模式】：指定阴影部分的混合模式。通过右侧颜色块可选择阴影颜色。
- 【不透明度】：指定高光或阴影的不透明度。

在【图层样式】——【斜面和浮雕】对话框左窗格中还有【等高线】和【纹理】两个子

选项。选择【等高线】子选项，可在参数控制区设置等高线参数，如图 4.47 所示。

- 【等高线】：选择预设的等高线类型，或自定义等高线。不同的等高线将在斜面和浮雕效果的边缘形成不同的轮廓。
- 【消除锯齿】：勾选该复选框，可使轮廓线更平滑。
- 【范围】：用于调整轮廓线的位置。

选择斜面和浮雕样式的【纹理】子选项，其参数控制区如图 4.48 所示。

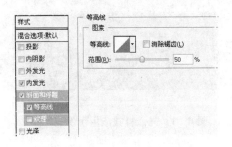

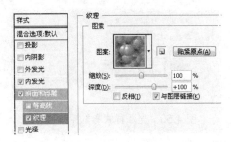

图 4.47 【等高线】参数设置　　　　　图 4.48 【纹理】参数设置

- 【图案】：选择预设图案或自定义图案。
- 【贴紧原点】：单击该按钮，纹理图案将与图层像素左上角对齐。
- 【缩放】：调整纹理图案的大小。
- 【深度】：设置纹理效果的强弱程度。
- 【反相】：使纹理反相显示。
- 【与图层链接】：勾选该复选框，图案与图层建立链接，图案将与图层一起移动和变换(缩放、旋转、斜切、透视和扭曲等)。

图 4.49 所示的是斜面和浮雕样式中【等高线】与【纹理】选项的应用示例。其参数设置可参照素材图像"素材 04\瓷砖.psd"。

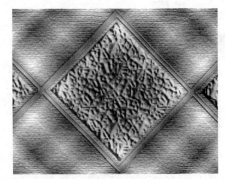

(a) 原图　　　　　　　　　　　　　(b) 效果图

图 4.49 【等高线】与【纹理】选项的应用

6. 光泽

在像素的边缘内部产生光晕或阴影效果，使之变得柔和。图像形状不同，光晕或阴影效果会有很大差别。【图层样式】——【光泽】对话框如图 4.50 所示。其中参数设置与前面类似。图 4.51 所示的是光泽样式应用效果(在文字层添加光泽样式)。

7. 叠加

包括【颜色叠加】、【渐变叠加】和【图案叠加】3 种样式，分别用于在图层像素上叠加单色、渐变色和图案。

图 4.50　光泽样式参数　　　　　　　　　图 4.51　光泽样式应用示例

8. 描边

可在像素边界上进行单色、渐变色或图案 3 种类型的描边，比【编辑】|【描边】命令的功能更强大。【图层样式】——【描边】对话框如图 4.52 所示。从【填充类型】下拉列表中可选择描边的类型。图 4.53 所示是描边样式的应用实例——在文字层添加渐变色描边效果(所用图像为"素材 04\竹韵.psd")。

图 4.52　描边样式参数　　　　　　　　　图 4.53　描边样式应用示例

4.4.2　编辑图层样式

1. 在【图层】面板上显示和隐藏图层样式

添加图层样式后，【图层】面板上对应图层名称的右边出现 *fx* ▲ 图标，图层样式的名称处于显示状态，如图 4.54 所示。通过单击其中的三角形按钮▲，可隐藏或显示图层样式的名称。

2. 重设图层样式参数

在【图层】面板上将图层样式显示出来，双击图层样式的名称，重新打开【图层样式】对话框，修改其中参数，然后单击【确定】按钮。

3. 图层样式的复制与粘贴

图层样式的复制和粘贴是对多个图层应用相同或相近的图层样式的便捷方法。

打开"素材04\心心相印.psd",选择"心形1"层,如图4.55所示。

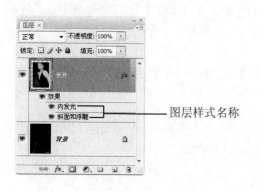

图层样式名称

图4.54 显示图层样式　　　　　图4.55 选择包含图层样式的层

选择【图层】|【图层样式】|【拷贝图层样式】命令。

选择"心形2"层。选择【图层】|【图层样式】|【粘贴图层样式】命令。结果"心形1"层的样式被复制到"心形2"层,如图4.56所示。

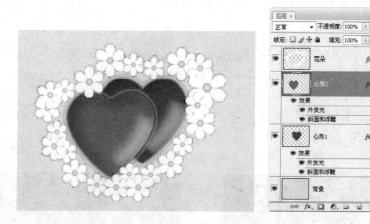

图4.56 将图层样式复制到"心形2"层

选择"花朵"层。选择【图层】|【图层样式】|【粘贴图层样式】命令。结果"花朵"层原有的样式被取代,如图4.57所示。

图4.57 将图层样式复制到"花朵"层

4. 将图层样式转换为图层

为了充分发挥图层样式的作用，有时需要将图层样式从图层中分离出来，形成独立的新图层。对该层进一步处理可创建图层样式无法达到的效果。

将图层样式转换为图层的方法如下。

选择已应用图层样式的图层。选择【图层】|【图层样式】|【创建图层】命令。

5. 删除图层样式

在【图层】面板上，拖动某一图层样式到【删除图层】按钮 上可将其删除。拖动 *fx* ▲ (或 *fx* ▼)图标到【删除图层】按钮 上可删除该图层的所有样式。

4.4.3 案例——制作奥运五环

1. 案例说明

Photoshop 的【样式】面板提供了多种预设的复合图层样式，可以创建各种具有逼真感的图层特效，比较适合 Photoshop 初学者直接调用。本例利用其中的样式，配合其他一些基本操作，制作立体的奥运五环效果。

2. 操作步骤

(1) 新建图像(600×400 像素，RGB 模式，72 像素/英寸)。将背景层填充黑色。

(2) 新建图层 1。使用椭圆选框工具创建如图 4.58 所示的圆形选区(羽化值为 0)。

(3) 使用油漆桶工具在图层 1 选区内填充白色。

(4) 选择【选择】|【变换选区】命令，显示选区变换控制框。按住 Alt+Shift 组合键，拖动 4 个角的控制块，缩小选区。

(5) 按 Delete 键删除选区内像素，并取消选区，如图 4.59 所示。

图 4.58　创建圆形选区　　　　　　　　图 4.59　创建圆环

(6) 将图层 1 重命名为"蓝色环"。复制"蓝色环"层，将复制出来的层改名为"黑色环"，向右移动 200 个像素到如图 4.60 所示的位置。

(7) 同理，从"黑色环"复制图层，改名为"红色环"，向右移动 200 个像素到如图 4.61 所示的位置。

(8) 继续从"红色环"复制出"绿色环"，向左移动 100 个像素，再向下移动 80 个像素到如图 4.61 所示的位置。

(9) 最后从"绿色环"复制出"黄色环"，向左移动 200 个像素到如图 4.61 所示的位置。

图 4.60 复制出黑色环

图 4.61 五环排列顺序

(10) 选择背景层之外的所有其他图层。使用移动工具调整它们的整体位置至图像窗口的中心，如图 4.62 所示。此时的【图层】面板如图 4.63 所示。

图 4.62 将五环整体移动到窗口中央

图 4.63 各图层的排列顺序

(11) 显示【样式】面板，从面板菜单中选择【Web 样式】命令，弹出 Photoshop 提示框。单击【确定】按钮。"Web 样式"以按钮形式显示在【样式】面板上，如图 4.64 所示。

(12) 选择"蓝色环"层。在【样式】面板上单击"蓝色胶体"样式按钮(第 12 个样式)，将该复合样式应用到"蓝色环"层。

(13) 同样，将"铬合金"样式(第 19 个样式)应用到"黑色环"层。将"红色胶体"(第 9 个样式)、"绿色胶体"(第 11 个样式)和"黄色胶体"样式(第 10 个样式)分别应用到"红色环"、"绿色环"和"黄色环"层。此时图像效果如图 4.65 所示。

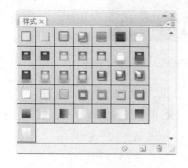

图 4.64 显示 Web 样式

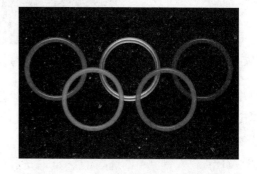

图 4.65 应用预设样式后的图像效果

图 4.66　添加图层蒙版

(14) 选择"黄色环"层，单击【图层】面板底部的【添加图层蒙版】按钮 ▢ ，为"黄色环"层添加图层蒙版，如图 4.66 所示。

(15) 按住 Ctrl 键单击"蓝色环"层的缩览图，载入蓝色环的选区(注意此时选择的还是"黄色环"层的蒙版——在蒙版上单击可将其选择)。

(16) 将前景色设为黑色。选择画笔工具，使用硬边画笔在如图 4.67 所示的位置涂抹，直到两环上侧交叉处的黄色全部消失，如图 4.68 所示。观察【图层】面板，黑色涂抹在"黄色环"层的蒙版上。

图 4.67　用黑色涂抹黄色环与蓝色环的上侧交叉处

图 4.68　黄色环擦除后的效果

(17) 取消选区。在【图层】面板上双击"黄色环"层的缩览图，打开【图层样式】——【混合选项】对话框，如图 4.69 所示。勾选【图层蒙版隐藏效果】复选框，单击【确定】按钮。此时，黄色环被擦除部分边缘的图层效果消失。

(18) 载入黑色环的选区(注意此时选择的还是"黄色环"层的蒙版)。用画笔工具在黄色环与黑色环的下侧交叉处涂抹黑色。取消选区，如图 4.70 所示。

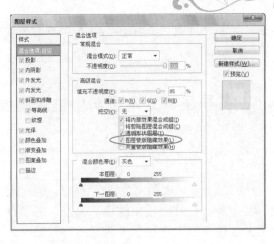

图 4.69 设置"黄色环"层的混合选项

图 4.70 将黄色环与黑色环的下侧交叉处擦除

(19) 用上述类似的方法处理"绿色环"层：添加图层蒙版→擦除与黑色环的上侧交叉处→擦除与红色环的下侧交叉处→修改设置"绿色环"层的混合选项(勾选【图层蒙版隐藏效果】复选框)。完成后的图像效果如图 4.71 所示。此时的图层面板如图 4.72 所示。

图 4.71 全部操作完成后的图像效果

图 4.72 全部操作完成后的【图层】面板

提示　本例操作可参阅"素材04\奥运五环.psd"。关于"图层蒙版"的概念及基本操作可参阅本书第7章相关内容。

4.5　背景层、文本层与中性色图层

4.5.1　背景层

背景层是一个比较特殊的图层,从表面上观察,它位于图层面板的底部,并且"背景"二字为斜体。可以在背景层上绘画,甚至使用滤镜。但是,熟悉背景层的人都知道,它的许多图层属性都是锁定的,无法更改。这些属性包括:排列顺序、不透明度、填充、混合模式等。另外,图层样式、图层蒙版、矢量蒙版、变换(包括缩放、旋转、扭曲、透视、斜切)等也不能用于背景层。解除这些"枷锁"的唯一方法就是将其转换为普通图层。方法如下。

在【图层】面板上,双击背景层缩览图,或者选择【图层】|【新建】|【背景图层】命令,在弹出的【新建图层】对话框中输入图层名称,单击【确定】按钮。

另一方面,如果图像中不存在背景层,选择【图层】|【新建】|【图层背景】命令,可将当前层转化为背景层,置于【图层】面板的底部。原图层的透明区域在转换后用当前背景色填充。

提示　使用橡皮擦工具擦除背景层,或按Delete键删除背景层选区内的图像时,被擦除区域或选区内图像将以当前背景色取代。变换(缩小、旋转等)背景层选区内的图像时也会出现类似现象。

4.5.2　文本层

使用横排文字工具和直排文字工具在图像中创建文字时,将自动产生文本图层。文本层缩览图上有一个 T 符号,并以图层上输入的文字内容作为默认的图层名称。

由于文本层包含矢量数据(文本),绘画与填充工具、图像修整工具、滤镜等不能直接使用用于文本层。要想在文本层上使用这些工具和菜单命令,必须调用【图层】|【栅格化】|【文字】命令对文本层进行栅格化,从而将文本层转换为普通图层。

文本层栅格化之前可以随时对其中的文字进行编辑修改。一旦栅格化,文本层的矢量元素随之转换为位图,就不能再将其作为文本对象进行编辑了(如更改字体、字号、文字内容等)。所以,在图像处理中除非有特殊需要,应避免栅格化文本层。

4.5.3　中性色图层

中性色图层也是一种很特殊的图层,如果不对它进行编辑修改,这类图层对其他层不会产生任何影响。通过在中性色图层上使用绘画工具或滤镜等操作可以为图像增加效果,并且不会破坏其他图层上的像素。所以,这种修饰图像的方式是一种值得推崇的非破坏性编辑方式。下面通过一个简单例子介绍中性色图层的创建与编辑方法。

打开"素材 04\白宫.jpg",如图 4.73 所示。

在【图层】面板菜单中选择【新建图层】命令,打开【新建图层】对话框,如图 4.74 所示。首先在【模式】下拉列表中选择一种混和模式(此处选择"滤色"),然后勾选【填充屏幕中性色】复选框,单击【确定】按钮。

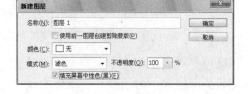

图 4.73 素材图像   图 4.74 【新建图层】对话框

Photoshop 根据所选图层混合模式为新创建的中性色图层填充相应的中性色(本例为黑色,如图 4.75 所示)。此时图像无任何变化。

提示 由于正常、溶解、实色混合、色相、饱和度、颜色和明度模式不存在中性色,因此无法创建这些混合模式的中性色图层。

选择【滤镜】|【渲染】|【镜头光晕】命令,打开【镜头光晕】对话框,参数如图 4.76 所示。单击【确定】按钮,滤镜效果添加到中性色图层上,如图 4.77 所示。

原图像上添加了滤镜效果,背景层数据没有受到任何破坏,甚至可以通过拖动中性色图层改变滤镜的位置。

中性色图层

图 4.75 新建中性色图层   图 4.76 设置滤镜参数

提示 变暗、正片叠底、颜色加深、线性加深和深色混合模式对应的中性色为白色。变亮、滤色、颜色减淡、线性减淡和浅色混合模式对应的中性色为黑色。叠加、柔光、强光、亮光、线性光和点光混合模式对应的中性色为50%灰色。

图 4.77　在中性色图层上添加滤镜后的图像效果

比较另类的图层还有调整层、填充层、形状层，以及添加了图层蒙版、矢量蒙版或剪贴蒙版的图层等。由于涉及到蒙版的概念，这些内容将在本书第 7 章介绍。

4.6　智　能　对　象

智能对象是一种新型的图层，其实质是嵌入到原始文档中的新文档；它是 Photoshop 继 CS2 版本之后进行非破坏性编辑的重要手段之一。

4.6.1　创建智能对象

创建智能对象的常用方法有两种。第一种是将外部文件(Illustrator 文件、相机原始数据文件等)置入到 Photoshop 文件中，形成智能对象。以 Illustrator 外部文件为例，操作方法如下。

(1) 在 Photoshop CS3 中打开或新建要置入外部文件的图像。

(2) 选择【文件】|【置入】命令将 Illustrator 外部文件置入到当前图像，生成新的图层，即智能对象。该图层以 Illustrator 文件名命名，图层缩览图的右下角有一个智能对象标志，如图 4.78 所示。

图 4.78　置入外部文件

(3) 在【图层】面板上双击智能对象图层的缩览图，可启动 Illustrator，对置入的外部文件进行修改，最后重新保存文件。Photoshop 中的智能对象将自动更新修改结果。

创建智能对象的第二种方法是在 Photoshop 中将图像的一个或多个图层转换为智能对象。举例如下。

(1) 打开"素材 04\相片.PSD"，选择"背景墙"图层之外的其他图层，如图 4.79 所示。

(2) 选择【图层】|【智能对象】|【转换为智能对象】命令，上述被选图层转换为智能对象，如图 4.80 所示。此时图像窗口的内容未发生任何变化。

图 4.79　选择要转换为智能对象的图层　　　　　图 4.80　转换为智能对象

(3) 双击智能对象图层的缩览图，弹出 Photoshop 提示框，单击【确定】按钮，打开一个 PSB 格式的新文件。其文件名以智能对象图层的名称命名，其中保留着原始文档中将图层转换为智能对象之前的全部参数设定，如图 4.81 所示。

(4) 对 PSB 文件进行修改。比如选择"相片"层，选择【图像】|【调整】|【去色】命令。

(5) 选择【文件】|【存储】命令，保存对 PSB 文件所做的改动。此时去色效果在"相片.PSD"的智能对象中得到同步更新，如图 4.82 所示。

(6) 关闭 PSB 文件。

图 4.81　打开 PSB 文件　　　　　　　图 4.82　修改智能对象的原始参数

4.6.2　编辑智能对象

由 4.6.1 可知，智能对象保留着原始数据的全部信息设定。双击智能对象图层的缩览图，按提示进行操作，可修改智能对象的内容。

另外，也可以将智能对象作为一个整体进行非破坏性编辑修改，如复制、变换、修改不透明度和图层模式、添加图层样式、添加滤镜(添加在智能对象上的滤镜称为智能滤镜)等。下面重点介绍智能对象的复制与变换。

1．创建智能对象的副本

在【图层】面板上，将智能对象图层的缩览图拖动到【创建新图层】按钮 上，得到智能对象的副本图层，它与原智能对象存在着链接关系。编辑修改其中任何一个智能对象，与之链接的其他智能对象都将同步更新。

2．变换智能对象

对基于像素的位图图像进行缩放、旋转等变换操作，势必将损失图像的原始信息，使画面变得模糊。频繁的变换，将导致图像质量的严重下降。但是，智能对象却可以进行非破坏性变换。因此，只要在变换前将图像转换为智能对象，即可解决上述问题。举例如下。

(1) 打开"素材 04\相片.PSD"，选择"背景墙"图层之外的其他图层。

(2) 按 Ctrl+T 组合键，显示自由变换控制框。在选项栏的 W 和 H 文本框中分别输入 20%，将所选图层成比例缩小到原来的 20%，如图 4.83 所示。按 Enter 键确认。

(3) 再次按 Ctrl+T 组合键，将所选图层成比例放大到原来的 500%(即恢复原来大小)，结果画面变得很模糊，如图 4.84 所示(相片边框由于为形状层，因此依然清晰)。

图 4.83　缩小位图图像　　　　　　　　　图 4.84　放大位图图像

(4) 使用【历史记录】面板将图像撤销到打开时的状态，并重新选择"背景墙"图层之外的其他图层。

(5) 选择【图层】|【智能对象】|【转换为智能对象】命令将被选图层转换为智能对象。

(6) 类似步骤(2)的操作，将智能对象图层成比例缩小到原来的 20%，并按 Enter 键确认。

(7) 双击智能对象图层的缩览图，开启 PSB 文件，结果发现其中所有图层仍然保持原来的大小，且画面质量没有受到任何影响。

(8) 关闭 PSB 文件，返回图像"相片.PSD"。

(9) 选择智能对象图层，再次按 Ctrl+T 组合键，显示自由变换控制框。选项栏的 W 和 H 文本框中显示的缩放比例依然是 20%(如图 4.85 所示)，说明智能对象记录了自身的缩放

信息。如果再次对它进行缩放，仍然以图像的原始大小为基准进行变换。

(10) 将选项栏上 W 和 H 文本框中的缩放比例数值设置为 100%，并按 Enter 键确认。智能对象恢复为原始大小，图像质量并没有下降，如图 4.86 所示。

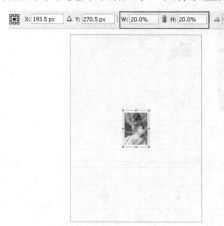

图 4.85　缩小智能对象　　　　　　　　　　图 4.86　放大智能对象

总之，智能对象可以使图像的编辑处理更加简便，并且具有相当的可逆性。

但是，有些操作(如绘画、调色等)不能直接作用于智能对象，尽管可以通过选择【图层】|【智能对象】|【栅格化】命令将其栅格化之后再进行操作，但是这样就破坏了智能对象，使之不能再作为智能对象进行编辑修改。解决这个问题的最好的办法是在智能对象图层上面创建中性色图层或调整层，将不能作用于智能对象的操作施加在中性色图层上，或借助调整层对智能对象进行颜色调整。这样即不必将智能对象栅格化，又完成了必要的操作。

4.7　综合案例——竹简效果设计

1. 案例说明

竹简是代表中国传统文化的典型元素之一，古典而优雅。本例通过综合使用图层基本操作、图层样式、图层模式等制作具有浓郁民族气息的竹简效果。最终效果可参考"素材04\竹简(参考效果).psd"。

2. 操作步骤

(1) 新建图像(600×400 像素，RGB 模式，72 像素/英寸)。将背景层填充为黑色。

(2) 新建图层组，更名为"竹简"。在图层组内新建图层 1。

(3) 使用矩形选框工具创建如图 4.87 所示的选区(羽化值为 0)。

(4) 在图层 1 的选区内填充颜色(颜色值为#99a576)。取消选区。

(5) 在图层 1 上添加图层样式"斜面和浮雕"与"内阴影"。参数设置如图 4.88 和图 4.89 所示。

图 4.87　创建矩形选区

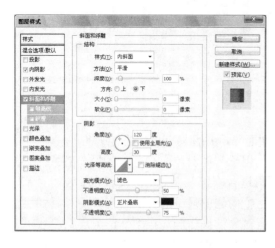

图 4.88　【斜面和浮雕】参数设置

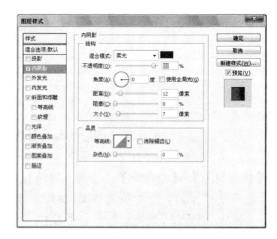

图 4.89　【内阴影】参数设置

（6）创建如图 4.90 所示的矩形选区(羽化值为 0)。确认选择的是图层 1。选择【图层】|
【将图层与选区对齐】|【垂直居中】命令。

（7）选择【选择】|【反向】命令，将选区反转。

（8）选择【图像】|【调整】|【色阶】命令，打开【色阶】对话框，参数设置如图 4.91
所示。取消选区。此时的图像效果和【图层】面板如图 4.92 所示。

图 4.90　将"图层 1"对齐到选区

图 4.91　使用【色阶】命令提高亮度

图 4.92 竹简中的单个竹片效果及当前图层结构

(9) 在【图层】面板上隐藏前面添加的图层效果。确认选择的是图层 1。按 Ctrl+Alt+T 组合键,显示"自由变换和复制"控制框。按向右方向键→,复制竹片到如图 4.93 所示的位置。

(10) 按 Enter 键确认变换。连续按 Ctrl+Alt+Shift+T 组合键,执行连续变换和复制操作多次(本例 22 次),得到如图 4.94 所示的效果。此时"竹简"图层组中共有 24 个图层。将"竹简"图层组折叠起来。

图 4.93 复制竹片

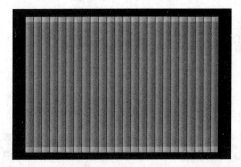

图 4.94 连续复制竹片

(11) 新建图层组,更名为"圆孔"。在图层组内新建图层 2。

(12) 使用铅笔工具在图层 2 如图 4.95 所示的位置单击,绘制 5px 大小的黑色圆点。

(13) 在图层 2 上添加斜面和浮雕样式,参数设置如图 4.96 所示。

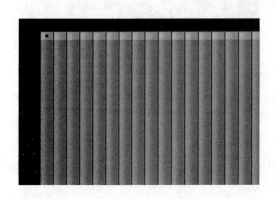

图 4.95 绘制黑色圆点

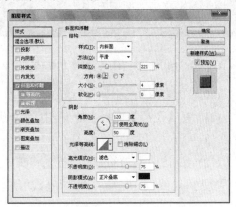

图 4.96 【斜面和浮雕】参数设置

(14) 在【图层】面板上隐藏图层 2 的图层效果，并将该层复制 23 次，使圆点总数与竹片数目相等(共 24 个)。

(15) 选择移动工具，配合 Shift 键，将其中一个圆点水平拖动到如图 4.97 所示的位置。

(16) 选择"圆孔"图层组内的所有 24 个图层。选择【图层】|【分布】|【水平居中】命令，得到如图 4.98 所示的效果。

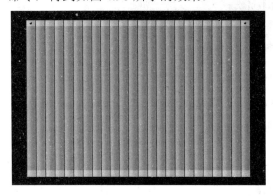

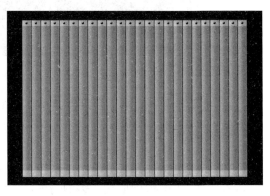

图 4.97　移动圆点　　　　　　　　　　　　　　图 4.98　分布圆点

(17) 将"圆孔"图层组折叠起来。复制该图层组，得到"圆孔 副本"图层组。使用移动工具，配合 Shift 键，将组内所有圆点一起竖直拖动到如图 4.99 所示的位置。

(18) 新建图层组，更名为"连线"，在图层组内新建图层 3。

(19) 选择铅笔工具，配合 Shift 键，在图层 3 左上角如图 4.100 所示的位置绘制 1px 粗细的白色水平线。

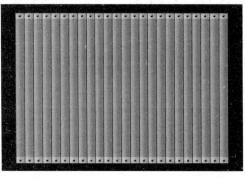

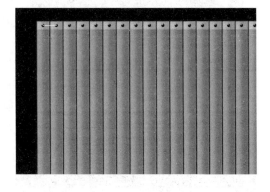

图 4.99　向下移动"圆孔 副本"组内圆点　　　　图 4.100　绘制白色连线

(20) 在图层 3 上添加投影样式。参数设置如图 4.101 所示。

(21) 在【图层】面板上隐藏图层 3 的图层效果，并将该层复制 11 次，使白色线段总数达到 12 个。

(22) 按(15)~(17)的方法，首先将其中一条白色线段移到右侧，然后分布所有白色线段，最后复制"连线"图层组，得到"连线 副本"图层组，并将其竖直向下移动。效果如图 4.102 所示。

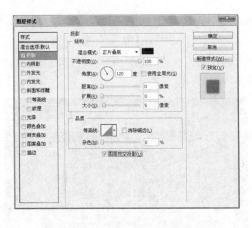

图 4.101　【投影】参数设置

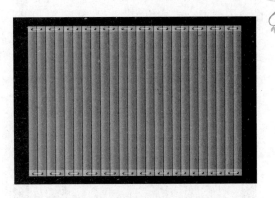

图 4.102　所有连线编辑完成后的效果

(23) 将素材图像"素材 04\国画梅花 4-01.jpg"复制到当前图像中，生成图层 4。适当缩小素材图像，图层模式设为"变暗"，填充为 70%，放置在如图 4.103 所示的位置。

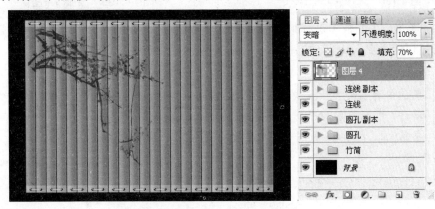

图 4.103　在竹简上添加"梅花"

(24) 创建直排文字(内容可从"素材 04\卜算子-陆游.txt"中复制)，字体为隶书，字号、行间距、字间距、文字与标点的距离适当调整。设置文本层混合模式为"叠加"，填充为 70%，透明度为 100%。得到如图 4.104 所示的效果。

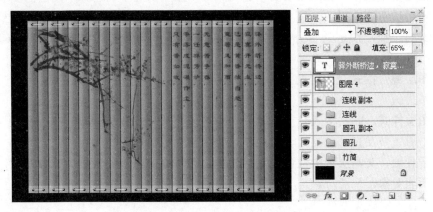

图 4.104　在竹简上"书写"古词

(25) 将素材图像"素材 04\古人.gif"复制到当前图像中，生成图层 5。适当缩放素材图像，图层混合模式设为"正片叠底"，填充为 80%，放置在如图 4.105 所示的位置。

(26) 将素材图像"素材 04\印章.gif"复制到当前图像中，生成图层 6。设置图层混合模式为"颜色加深"，填充为 20%，放置在如图 4.106 所示的位置。

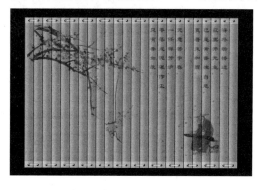 

图 4.105　添加人物图像　　　　　　　图 4.106　添加印章图像

(27) 在【图层】面板上选择最上面的图层，按 Ctrl+Alt+Shift+E 组合键，执行盖印操作(将所有可见层合并到一个新建图层)。将新图层更名为"图像合并效果"，并隐藏其他所有图层。

> 提示　案例中有几处要大量复制图层，操作比较繁琐。若将复制单个图层的操作录制成动作，然后播放动作复制其他图层，可简化操作。有关"动作"的使用可参考本书第9章。另外，本例为简化操作，省略了竹简背后连线的制作。

4.8　小　　结

本章主要讲述了以下内容。

- **图层概念**。图层可以理解为透明的电子画布。通常情况下，上层像素遮盖下面图层上对应位置的像素。
- **图层基本操作**。包括图层的新建与删除，图层的显示与隐藏，图层的复制与更名，图层透明度的更改，图层的重新排序，图层的链接、对齐和分布，图层不透明区域的选择，图层的合并等。熟练掌握这些基本操作是用好 Photoshop CS 的基本前提。
- **图层混合模式**。图层的混合模式决定该层的像素与其下层的对应像素进行混合的方式。
- **图层样式**。图层样式是创建图层特效的重要手段。Photoshop CS 提供了投影、内阴影、外发光、内发光、斜面和浮雕等多种图层样式。
- **背景层、文本层与中性色图层**。几种比较特殊的图层，应给予充分重视。
- **智能对象**。智能对象是一种新型的图层，是 Photoshop 继 CS2 版本之后进行非破坏性编辑的重要手段之一。

本章理论部分未提及或超出本章理论范围的知识点有：

(1) 图层蒙版的实质与基本操作(先作了解。可参阅本书第 7 章相关内容)。

(2) 图层盖印操作。按 Ctrl+Alt+Shift+E 组合键，将所有可见图层合并到一个新建图层。按 Ctrl+Alt+E 组合键，将所有选中图层合并到一个新建图层(要求掌握，后面还会用到)。

(3) 图层内容的大规模有规律复制。按 Ctrl+Alt+T 组合键显示自由变换和复制控制框→移动或变换(缩放、旋转等)控制框及其中图像，并按 Enter 键确认→按 Ctrl+Alt+Shift+T 组合键大批复制(要求掌握，后面还会用到)。

(4) 镜头光晕滤镜(先作了解。可参阅本书第 5 章相关内容)。

4.9　习　　题

一、选择题

1. 以下关于图层的说法，不正确的是_____。

　　A. 名称为"背景"的图层不一定是背景层

　　B. 对背景层不能进行移动、更改透明度和缩放、旋转等变换

　　C. 新建图层总是位于当前层之上，并自动成为当前层

　　D. 对背景层可以添加图层样式，但在文字层上不能使用图层样式

2. 对_____个或_____个以上的链接图层可以进行对齐操作；对_____个或_____个以上的链接图层可以进行分布操作。

　　A. 2、2、3、3　　　　　　　　　　B. 2、2、2、2

　　C. 3、3、3、3　　　　　　　　　　D. 3、3、2、2

3. 要想将当前层选区内的图像复制到一个新图层中，可按组合键_____。

　　A. Ctrl+E　　　　B. Ctrl+C　　　　C. Ctrl+Shift+Alt+E　　　　D. Ctrl+J

4. 要想将当前层调整到最顶层，可按组合键_____。

　　A. Ctrl+]　　　　B. Ctrl+[　　　　C. Ctrl+Shift+]　　　　D. Ctrl+ Shift+[

5. 将所有可见图层合并到一个新图层中去的盖印操作的组合键是_____。

　　A. Ctrl+E　　　　　　　　　　　　B. Ctrl+Shift+Alt+E

　　C. Ctrl+J　　　　　　　　　　　　D. Ctrl+Shift+E

6. 盖印图层的作用是_____。

　　A. 将当前层与下一层合到一个新建图层

　　B. 将所有可见图层合并到一个新建图层

　　C. 将所有选中的图层合并到一个新建图层

　　D. 在当前层上添加水印效果

二、填空题

1. 只有将_____转换为普通层，才能调整其叠放次序。

2. 若要降低多图层图像所占用的磁盘存储空间，一个有效的方法是将图层进行_____。

3．若要同时调整多个图层的不透明度和图层混合模式，可将这些图层放置到同一个
_____中。

4．按住_____键的同时单击【图层】面板上的【创建新图层】按钮 ，可打开【新建图层】对话框。

5．图层的_____决定了图层像素如何与其下面图层上的像素进行混合。

三、简答题

1．解释图层的概念。

2．背景层与普通层有何不同？文字层与普通层有何不同？

3．若要同时移动多个图层上的图像，且保持各图像间的相对位置不变，有几种方法？

4．对于存在多个图层并且尚未编辑好的图像如何进行保存？

四、操作题

1．利用素材图像"练习\墙壁.gif"和"练习\花朵.psd"制作"吊饰.jpg"（图 4.107）。

(a) 素材图片   (b) 效果图"吊饰"

图 4.107　制作"吊饰"效果

操作提示：

(1) 将"墙壁.gif"的颜色模式转换为 RGB 颜色。

(2) 将"花朵.psd"中的花朵复制到"墙壁.gif"中，适当缩小，调整好位置。

(3) 使用画笔工具(增大画笔间距)在"花朵"层绘制白色点划线。添加阴影效果，完成一个吊饰的制作。

(4) 使用上述类似的方法制作其他吊饰。

2．利用素材图像"练习\目标.jpg"制作"望远镜"效果，如图 4.108 所示。

3．利用素材图像"练习\电影画面 01.jpg"、"练习\电影画面 02.jpg"和"练习\电影画面
03.jpg"制作"电影胶片"效果(图 4.109)。彩色样张可参考"练习\电影胶片参考效果.jpg"。

(a) 素材图片

(b) 制作效果

图 4.108　制作"望远镜"效果

图 4.109　"电影胶片"效果

4. 利用素材图像"练习\建筑标志.jpg"制作如图 4.110 所示的"信封"效果(彩色样张可参考"练习\信封参考效果.jpg")。

图 4.110　"信封"参考效果

操作要点提示:

(1) 信封折角可利用透视变换处理,然后降低亮度。

(2) 贴邮票处的虚线方框制作方法:利用【描边】命令创建实线方框,用块状橡皮擦工具擦除局部。

(3) 建筑图像先调用【色相/饱和度】命令,转换为红色调效果,再增加亮度。

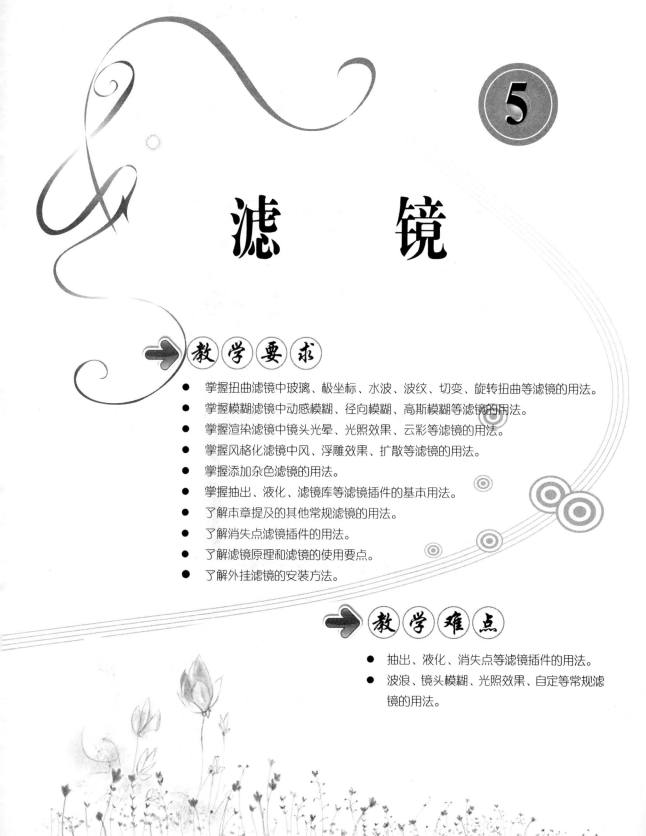

滤　　镜

5

教学要求

- 掌握扭曲滤镜中玻璃、极坐标、水波、波纹、切变、旋转扭曲等滤镜的用法。
- 掌握模糊滤镜中动感模糊、径向模糊、高斯模糊等滤镜的用法。
- 掌握渲染滤镜中镜头光晕、光照效果、云彩等滤镜的用法。
- 掌握风格化滤镜中风、浮雕效果、扩散等滤镜的用法。
- 掌握添加杂色滤镜的用法。
- 掌握抽出、液化、滤镜库等滤镜插件的基本用法。
- 了解本章提及的其他常规滤镜的用法。
- 了解消失点滤镜插件的用法。
- 了解滤镜原理和滤镜的使用要点。
- 了解外挂滤镜的安装方法。

教学难点

- 抽出、液化、消失点等滤镜插件的用法。
- 波浪、镜头模糊、光照效果、自定等常规滤镜的用法。

5.1　滤　镜　概　述

5.1.1　滤镜简介

　　滤镜是 Photoshop 的一种特效工具，操作并不太难，但想要用好它，用得恰到好处，却不是一件容易的事情。Photoshop CS3 提供了 14 个滤镜组，每组都包含若干滤镜，加上抽出、液化、滤镜库、图案生成器和消失点等滤镜插件，共 100 多个。必须经过长期大量的实践，并且在实际应用中不断积累经验，才能使用好这么多的滤镜。

　　滤镜的一般工作原理：以特定的方式使像素移位，改变像素的颜色值，或增减像素的数量，使滤镜作用区域的图像产生各种各样的特殊效果。

5.1.2　滤镜基本操作

　　大多数滤镜在使用时都会弹出对话框，要求用户根据需要设置参数。只有少数几种滤镜无需设置参数，直接作用到图像上。滤镜的一般操作过程如下。

　　(1) 选择要应用滤镜的图层、蒙版或通道。图像局部使用滤镜时，需要创建相应的选区。

　　(2) 选择【滤镜】菜单下的滤镜插件或指定滤镜组中的某个滤镜。

　　(3) 若弹出对话框，则根据需要设置滤镜参数，单击【确定】按钮。

　　(4) 使用滤镜后，不要进行其他任何操作，选择【编辑】|【渐隐××】命令(其中××代表刚刚使用的滤镜名称)，弹出如图 5.1 所示的对话框。

- 　　【不透明度】：用于调整滤镜的作用强度。100%代表调整前的滤镜最初效果。
- 　　【模式】：用于选择滤镜的作用模式。默认为"正常"。

　　(5) 最后一次使用的滤镜(不包括抽出、液化、消失点、图案生成器等滤镜插件)总是出现在【滤镜】菜单的顶部。单击该命令，或按 Ctrl + F 组合键，可以在图像上再次叠加上一次的滤镜，以增强效果。此间不会打开滤镜对话框，参数设置与上一次相同。

5.1.3　滤镜使用要点

　　在使用滤镜时，以下几点值得注意。

- 　　在文本层、形状层等包含矢量元素的图层上使用滤镜时，将弹出类似图 5.2 所示的提示框。单击【确定】按钮可栅格化图层，并在图层上应用滤镜。单击【取消】按钮，则撤销操作。

图 5.1　【渐隐】对话框

图 5.2　栅格化图层提示框

- 　　有些滤镜要占用大量内存，而在高分辨率的大图像上应用滤镜时，计算机的反应

一般也很慢。在上述情况下，采用以下方法可提高计算机的性能。

✓ 先在小部分图像上试验滤镜效果，并记下最终参数设置，再将同样设置的滤镜应用到整个图像上。

✓ 在添加滤镜之前，选择【编辑】|【清理】菜单下的命令释放内存。

✓ 退出其他应用程序，将更多的内存分配给 Photoshop 使用。

● 所有滤镜都不能应用于位图或索引颜色模式的图像。有些滤镜仅对 RGB 颜色模式的图像起作用。因颜色模式问题不能使用滤镜时，可适当转换图像的颜色模式，添加滤镜后再将颜色模式转换回来。

● 所有滤镜都可以应用于 8 位图像。只有一部分滤镜能够应用于 16 位图像。要想在 16 位图像上添加不能使用的滤镜，可先将 16 位图像转为 8 位图像(这种转换可能会影响图像的实际色彩效果)。

● 在对选区使用滤镜时，若事先将选区适当羽化，则应用滤镜后，滤镜效果可自然融入选区周围的图像中。

5.2　Photoshop CS3　滤镜介绍

5.2.1　滤镜库

滤镜库将 Photoshop 的许多滤镜组合在同一个窗口中，为这些滤镜的使用提供了一个快速高效的平台。通过它可以为图像同时应用多个滤镜，还可以调整所用滤镜的先后顺序，以及设置每个滤镜的参数。

打开素材图像，选择【滤镜】|【滤镜库】命令，弹出如图 5.3 所示的对话框。

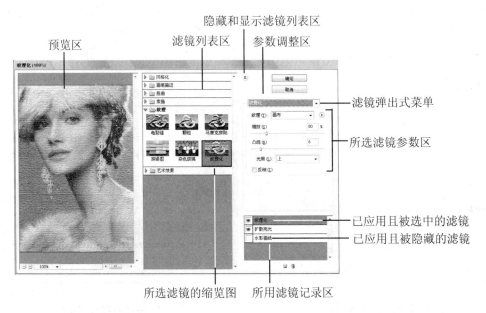

图 5.3　【滤镜库】对话框

1. 预览区

预览区用于查看当前设置下的滤镜效果。单击预览窗左下角的 $-$ 和 $+$ 按钮,可缩放预览图。单击 100% 按钮则弹出菜单,用于精确缩放预览图。当预览区出现滚动条时,使用鼠标(指针呈 状)在预览区拖动,可查看隐藏的区域。

2. 滤镜列表区

滤镜列表区列出了可以通过滤镜库使用的所有滤镜。通过单击列表区左侧的三角按钮,可以展开或折叠对应的滤镜组。通过单击列表区右上角的 按钮,可显示和隐藏滤镜列表区。展开某个滤镜组,单击其中某个滤镜,即可在预览区查看滤镜效果。

3. 参数调整区

在滤镜列表区选择某个滤镜,或在所用滤镜记录区选择某个滤镜记录后,可在参数调整区修改该滤镜的各个参数值。

4. 所用滤镜记录区

所用滤镜记录区按照选择的先后顺序,以记录的形式自下而上列出了要应用到图像的所有滤镜。通过上下拖动记录,可以调整滤镜使用的先后顺序,这将导致滤镜效果的总体改变。

通过单击滤镜记录左侧的 图标,可以显示或隐藏相应的滤镜效果。单击记录区底部的 按钮,可删除选中的滤镜记录。单击 按钮,并在滤镜列表区选择某个滤镜,可将该滤镜添加到记录区的顶部。从预览区可以查看应用该滤镜后的图像变化。

通过【滤镜库】对话框选择所有要使用的滤镜后,单击【确定】按钮,则滤镜记录区所有未被隐藏的滤镜都应用到当前图像上。

5.2.2 风格化滤镜组

风格化滤镜组用来创建印象派或其他画派风格的绘画效果。其中使用频率较高的有风、浮雕效果和扩散等滤镜。下面以"素材 05\水果 5-01.jpg"为原素材图像(图 5.4),介绍其中各滤镜的用法。

1. 风

模仿不同类型的风的效果。参数设置及滤镜效果如图 5.5 所示。

 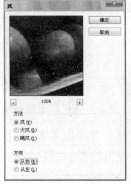 

图 5.4 原图   图 5.5 【风】参数设置及滤镜效果

- 【方法】：选择风的强度类型。包括【风】、【大风】和【飓风】3 种，强度依次增大。
- 【方向】：选择风向。包括【从右】(向左)和【从左】(向右)两种方向。

2．浮雕效果

将图像的填充色转换为灰色，并使用原填充色描画图像中的边缘，产生在石板上雕刻的效果。参数设置及滤镜效果如图 5.6 所示。

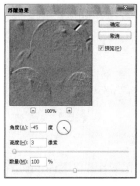

图 5.6 【浮雕效果】参数设置及滤镜效果

- 【角度】：设置画面的受光方向，取值范围为-360°～360°。
- 【亮度】：设置浮雕效果的凸凹程度，取值范围为 1～100。数值越大，凸凹程度越大。
- 【数量】：控制滤镜的作用范围及浮雕效果的颜色值变化，取值范围为 1%～500%。

3．扩散

模仿在湿的画纸上绘画所产生的油墨扩散效果。参数设置及滤镜效果如图 5.7 所示。

图 5.7 【扩散】参数设置及滤镜效果

- 【正常】：使图像中所有的像素都随机移动，形成扩散漫射的效果。
- 【变暗优先】：用较暗的像素替换较亮的像素。
- 【变亮优先】：用较亮的像素替换较暗的像素。
- 【各向异性】：使图像上亮度不同的像素沿各个方向相互渗透，形成模糊的效果。

4. 查找边缘

寻找图像的边缘，并使用相对于白色背景的黑色或深色线条重新描绘边缘。滤镜效果如图 5.8 所示。

5. 等高线

查找主要亮度区域的过渡，并在每个单色通道用淡淡的细线勾画它们，产生类似等高线的效果。参数设置及滤镜效果如图 5.9 所示。

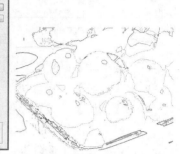

图 5.8 【查找边缘】滤镜效果　　　　　图 5.9 【等高线】参数设置及滤镜效果

- 【色阶】：设置边缘线条的色阶值，取值范围为 0～255。
- 【边缘】：设置边缘线条的位置。
  - ✓ 【较低】：勾勒像素的颜色值低于指定色阶区域像素的颜色值。
  - ✓ 【较高】：勾勒像素的颜色值高于指定色阶区域像素的颜色值。

6. 拼贴

将图像分解成一系列的方形拼贴，并使方形拼贴偏移原来的位置。参数设置及滤镜效果如图 5.10 所示。

- 【拼贴数】：设置图像在每行和每列上的最小拼贴数目。
- 【最大位移】：设置拼贴对象的最大位移，以控制拼贴的间隙。
- 【填充空白区域用】：选择填充拼贴间隙的方式，包括【背景色】、【前景颜色】、【反向图像】和【未改变的图像】4 种填充。

7. 曝光过度

将负片和正片图像相互混合，产生类似于照片冲洗中进行短暂曝光而得到的图像效果。滤镜效果如图 5.11 所示。

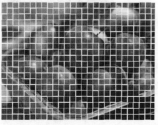

图 5.10 【拼贴】参数设置及滤镜效果　　　　图 5.11 曝光过度滤镜效果

8. 凸出

产生由三维立方体或金字塔拼贴组成的图像效果。参数设置及滤镜效果如图 5.12 所示。

图 5.12 【凸出】参数设置及滤镜效果

- 【类型】：选择图像以何种凸出方式拼贴组成，包括【块】和【金字塔】两种类型。
- 【大小】：设置块或金字塔的大小。
- 【深度】：设置图像凸出的高度，包括【随机】和【基于色阶】两种。
  - ✓ 【随机】：为每个块或金字塔设置一个任意的深度值。
  - ✓ 【基于色阶】：使每个块或金字塔的深度与其亮度对应，越亮凸出越多。
- 【立方体正面】：勾选该复选框，可用每个立方体的平均颜色填充该立方体的正面；否则，用图像填充每个立方体的正面。
- 【蒙版不完整块】：勾选该复选框，将隐藏图像四周边界上不完整的立方体或金字塔。

9. 照亮边缘

勾勒图像中的边缘，并向其添加类似霓虹灯的光亮效果。参数设置及滤镜效果如图 5.13 所示。

- 【边缘宽度】：控制发光边缘的宽度，取值范围是 1～14。数值越大，边缘越宽。
- 【边缘亮度】：控制发光边缘的亮度，取值范围是 0～20。数值越大，边缘越亮。
- 【平滑度】：控制图像的平滑程度，取值范围是 1～15。数值越大，图像越柔和。

图 5.13 【照亮边缘】参数设置及滤镜效果

5.2.3 画笔描边滤镜组

画笔描边滤镜组模仿使用不同类型的画笔和油墨对图像进行描边，形成多种风格的绘画效果。组内所有滤镜都可以通过滤镜库使用。下面以"素材 05\荷花 5-01.jpg"（图 5.14）为原素材图像，介绍其中各滤镜的用法。

1. 成角的线条

使用斜线重新描绘图像。用一个方向的线条绘制图像的亮区，用相反方向的线条绘制暗区。参数设置及滤镜效果如图 5.15 所示。

- 【方向平衡】：控制斜线的方向平衡，取值范围为 0～100。取值为 0 或 100 时，画面上所有斜线方向一致。取值偏离 0 或 100 时，亮区与暗区的斜线方向逐渐变得相反。
- 【描边长度】：控制描边线条的长度。数值越大，线条越长。
- 【锐化程度】：控制描边线条的锐化程度。数值越大，线条越清楚。

图 5.14　原素材图像　　　　　图 5.15　【成角的线条】参数设置及滤镜效果

2. 墨水轮廓

使用比较细的线条按原来的细节重新勾勒图像，形成类似钢笔油墨画的绘画风格。参数设置及滤镜效果如图 5.16 所示。

图 5.16　【墨水轮廓】参数设置及滤镜效果

- 【描边长度】：设置线条的长度。
- 【深色强度】：设置深色区域的强度。
- 【光照强度】：设置图像的对比度。

3. 喷溅

模仿使用喷溅工具喷色绘画的效果。参数设置及滤镜效果如图 5.17 所示。

图 5.17　【喷溅】参数设置及滤镜效果

- 【喷色半径】：设置喷色范围的大小。数值越大，范围越大，喷溅效果越明显。
- 【平滑度】：设置喷色画面的平滑程度。数值越大，画面越柔和。

4. 喷色描边

模仿使用喷溅工具沿一定方向喷色绘画的效果。参数设置及滤镜效果如图 5.18 所示。

- 【描边长度】：设置喷色线条的长度。
- 【喷色半径】：设置喷色范围的大小。数值越大，喷溅效果越明显。
- 【描边方向】：选择喷色线条的方向。

图 5.18 【喷色描边】参数设置及滤镜效果

5. 强化的边缘

强化图像边缘，形成画笔勾勒描边的效果。其参数控制区如图 5.19 所示。

- 【边缘宽度】：设置强化边缘的宽度。
- 【边缘亮度】：设置强化边缘的亮度，取值范围为 0～50。数值较小时，强化效果类似于黑色油墨(图 5.20)；数值较大时，类似于白色粉笔(图 5.21)。
- 【平滑度】：设置边缘线条的平滑程度。

图 5.19【强化的边缘】参数控制区   图 5.20　黑色油墨描绘效果   图 5.21　白色粉笔描绘效果

6. 深色线条

使用短的、绷紧的线条绘制图像中接近黑色的暗区，用长的白色线条绘制图像中的亮区。参数设置及滤镜效果如图 5.22 所示。

- 【平衡】：控制图像中亮区与暗区的范围比例。
- 【黑色强度】：控制图像中暗区的强度。数值越大，强度越大。
- 【白色强度】：控制图像中亮区的强度。数值越大，强度越大。

图 5.22　【深色线条】参数设置及滤镜效果

7. 烟灰墨

模仿使用蘸满黑色油墨的湿画笔在宣纸上绘画的效果。画面具有非常黑的柔化模糊边缘，风格类似日本画。参数设置及滤镜效果如图 5.23 所示。

- 【描边宽度】：控制绘画笔触的宽度。
- 【描边压力】：控制画笔的压力大小。数值越大，线条越粗，颜色越黑。
- 【对比度】：控制画面的对比度大小。数值越大，对比度越大。

图 5.23　【烟灰墨】参数设置及滤镜效果

8. 阴影线

模仿使用铅笔工具在图像上绘制交叉的阴影线而形成的纹理效果。画面彩色区域的边缘变得粗糙，同时保留原图像的细节和特征。参数设置及滤镜效果如图 5.24 所示。

- 【描边长度】：控制阴影线的长短。数值越大，线条越长。
- 【锐化程度】：控制阴影线的锐化程度。数值越大，线条越清楚。
- 【强度】：控制阴影线的使用次数。数值越大，阴影线越明显、越密集。

图 5.24　【阴影线】参数设置及滤镜效果

5.2.4　模糊滤镜组

模糊滤镜组通过降低图像对比度创建各种模糊效果。其中使用频率较高的有动感模糊、高斯模糊和径向模糊等滤镜。

1. 动感模糊

以特定的方向和强度对图像进行模糊，形成类似于运动对象的残影效果，常用于为静态物体营造运动的速度感。

以素材图像"素材 05\动物 5-01.jpg"(图 5.25)为例，动感模糊滤镜的参数设置及滤镜效果如图 5.26 所示。

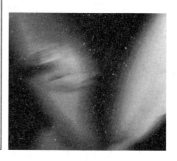

图 5.25　原图　　　　　　图 5.26　【动感模糊】参数设置及滤镜效果

- 【角度】：设置动感模糊的方向，取值范围为-360°～360°。
- 【距离】：设置动感模糊的强度，取值范围为 1～999。数值越大，模糊程度越大。

2. 高斯模糊

通过设置模糊半径，控制图像的模糊程度。其中【半径】参数的取值范围为 0.1～250。半径越大，图像越模糊。

打开素材图像"素材 05 \桃花 5-01.psd"(图 5.27)，选择背景层。设置高斯模糊滤镜的半径为 19(图 5.28)，滤镜效果如图 5.29 所示。

图 5.27　原图　　　　　图 5.28　【高斯模糊】参数设置　　　　图 5.29　滤镜效果

3. 径向模糊

模仿拍摄时旋转相机或前后移动相机所产生的照片模糊效果。其对话框参数作用如下。

- 【数量】：设置模糊的程度，取值范围是 1～100。数值越大，模糊程度越大。
- 【模糊方法】：选择模糊的方法。包括【旋转】和【缩放】两种。旋转方法沿同心圆环线模糊；缩放方法则沿径向线模糊，就像是在放大或缩小图像。
- 【品质】：选择模糊效果的品质。包括【草图】、【好】和【最好】3 种。
- 【中心模糊】：通过在预览框内拖动或单击鼠标，改变模糊的中心位置。

打开素材图像"素材 05 \茶花 5-01.jpg"(图 5.30)，设置径向模糊滤镜的参数如图 5.31 所示，滤镜效果如图 5.32 所示。

图 5.30　原图

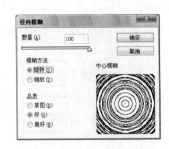

图 5.31【径向模糊】参数设置(一)

图 5.32　滤镜效果

打开素材图像"素材 05 \人物 5-01.psd"(图 5.33)，选择背景层，设置径向模糊滤镜的参数如图 5.34 所示，滤镜效果如图 5.35 所示。

图 5.33　原图

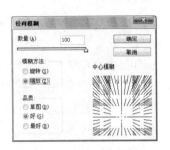

图 5.34【径向模糊】参数设置(二)

图 5.35　滤镜效果

4. 镜头模糊

用于在图像中模拟景深效果，使部分图像位于焦距内而保持清晰效果，其余部分因位于焦距外而变得模糊。该滤镜可以利用选区确定图像的模糊区域，也可以利用蒙版和 Alpha 通道准确描述模糊程度及需要模糊区域的位置。

【镜头模糊】对话框如图 5.36 所示，其中各参数作用如下。

图 5.36　【镜头模糊】对话框

- 【更快】：选择该单选按钮，可提高预览速度。
- 【更加准确】：选择该单选按钮，能够更准确地预览滤镜效果，但预览所需时间较长。
- 【源】：选择一个创建深度映射的源(蒙版或 Alpha 通道)，以准确描述模糊程度及需要模糊区域的位置。
- 【模糊焦距】：设置位于焦点内的像素的深度。若在对话框的图像预览区某处单击，则【模糊焦距】自动调整数值，将单击点设置为对焦深度。
- 【反相】：勾选该复选框，可将选区或用作深度映射源的蒙版和 Alpha 通道反转使用。
- 【形状】：选择光圈类型，以确定模糊方式。不同类型的光圈含有的叶片数量不同。
- 【半径】：调整模糊程度。半径越大越模糊。
- 【叶片弯度】：调整光圈叶片的弯度，对光圈边缘的图像进行平滑处理。
- 【旋转】：通过拖动滑块可使光圈旋转。
- 【亮度】：调整高光区域的亮度。数值越大，亮度越高。
- 【阈值】：选择亮度截止点，使比该值亮的所有像素都被视为高光像素。
- 【数量】：设置杂点的数量。数值越大，杂点越多。
- 【平均】：随机分布杂色的颜色值，以获得细微效果。
- 【高斯分布】：沿一条钟形曲线分布杂色的颜色值以获得斑点状的效果。
- 【单色】：勾选该复选框，将生成灰色杂点，否则生成彩色杂点。

打开素材图像"实例 05 \ 人物 5-02.psd"(图 5.37)。从其【图层】面板可以了解到，"背景 副本"层上添加了隐藏人物选区的图层蒙版。从【通道】面板可以了解到，Alpha 1 通道上是一个黑白线性渐变。

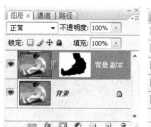

图 5.37　原图

单击"背景 副本"层的图层缩览图，使图像处于"背景 副本"层的图层编辑状态。将深度映射的源设置为"图层蒙版"，并适当调整其他参数(图 5.38)，可得到如图 5.39 所示的模糊效果。

撤销上一步滤镜操作。将深度映射的源设置为"Alpha 1"(图 5.40)，可得到如图 5.41 所示的模糊效果。

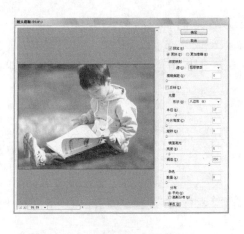

图 5.38　【镜头模糊】参数设置(一)

图 5.39　滤镜效果(一)

图 5.40　【镜头模糊】参数设置(二)

图 5.41　滤镜效果(二)

5. 特殊模糊

用于精确地模糊图像。以素材图像"素材 05\人物 5-03.jpg"(图 5.42)为例，特殊模糊滤镜的参数设置及滤镜效果如图 5.43 所示。

图 5.42　原图

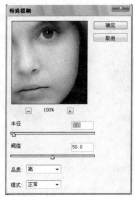

图 5.43　【特殊模糊】参数设置及滤镜效果

● 　【半径】：设置滤镜搜索要模糊的不同像素的距离。

- 【阈值】：设置该参数确定像素值的差别达到何种程度时将其消除。
- 【品质】：指定模糊品质，包括"低"、"中"和"高"3 种。
- 【模式】：设置特殊模糊的不同形式，包括"正常"、"仅限边缘"和"叠加边缘"3 种。
  - ✓ "正常"：对整个图像应用模式。
  - ✓ "仅限于边"：仅为边缘应用模式。在对比度显著之处生成黑白混合的边缘。
  - ✓ "叠加边缘"：在颜色转变的边缘应用模式。仅在对比度显著之处生成白边。

6. 表面模糊

在保留图像边缘的情况下模糊图像。以素材图像"素材 05\红唇 5-01.jpg"(图 5.44)为例，表面模糊滤镜的参数设置及滤镜效果如图 5.45 所示。

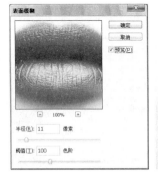

图 5.44 　原图　　　　　　　　图 5.45 【表面模糊】参数设置及滤镜效果

7. 方框模糊

使用相邻的像素模糊图像。仍以素材图像"素材 05\红唇 5-01.jpg"为例，表面模糊滤镜的参数设置及滤镜效果如图 5.46 所示。

8. 模糊

使图像产生比较轻微(甚至不易察觉)的模糊效果，主要用于消除图像中的杂色，使图像变得柔和。为了获得更明显的效果，可以在图像上多次使用模糊滤镜。

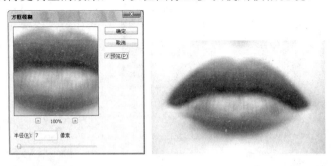

图 5.46 【方框模糊】参数设置及滤镜效果

9. 进一步模糊

使图像产生轻微的模糊效果，主要用于消除图像中的杂色。虽然效果比模糊滤镜相对

强一些，但还是不易察觉。

10. 平均

计算图像或选区的平均颜色，并用平均色填充图像或选区，以创建平滑的外观。

11. 形状模糊

根据指定的形状对图像进行模糊。

仍以素材图像"素材 05\红唇 5-01.jpg"为例。首先在【形状模糊】滤镜对话框中选择一种图形，然后设置半径大小，以确定模糊的强度，如图 5.47 所示。确认后滤镜效果如图 5.48 所示。

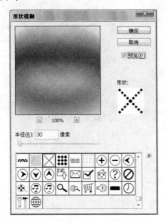

图 5.47　【形状模糊】参数设置

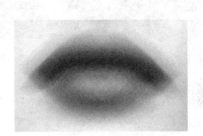

图 5.48　滤镜效果

5.2.5　扭曲滤镜组

扭曲滤镜组通过对图像进行几何扭曲，创建三维或其他变形效果。在该组滤镜中，玻璃、海洋波纹和扩散亮光滤镜是通过滤镜库使用的。

1. 玻璃

模仿透过不同类型的玻璃观看图像的效果。在 Photoshop CS3 中，玻璃滤镜仅对 RGB 颜色、灰度和双色调模式的图像有效。其参数区如图 5.49 所示，各参数作用如下。

- 　【扭曲度】：控制图像的变形程度。
- 　【平滑度】：控制滤镜效果的平滑程度。
- 　【纹理】：选择一种预设的纹理类型或载入自定义的纹理类型(*.psd 类型的图像文件)。
- 　【缩放】：控制纹理的缩放比例，取值范围为 50%～200%。
- 　【反相】：勾选该复选框，玻璃效果的凸部与凹部对换。

以素材图像"素材 05\水果 5-02.jpg"(图 5.50)为例，预设纹理的玻璃滤镜效果如图 5.51、图 5.52 和图 5.53 所示。

在【玻璃】滤镜对话框中，单击【纹理】下拉列表框右侧的 ⏵ 按钮，从弹出式菜单中选择【载入纹理】命令，打开【载入纹理】对话框，选择素材图像"素材 05 \纹理.PSD"，得到如图 5.54 所示的滤镜效果。

图 5.49 【玻璃】参数设置　　　　图 5.50　素材图像　　　　图 5.51　滤镜效果-块

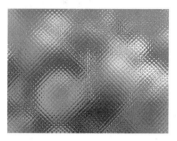

图 5.52　滤镜效果-画布　　　　图 5.53　滤镜效果-小镜头　　　　图 5.54　滤镜效果-载入纹理

2. 极坐标

将图像从直角坐标系转换到极坐标系，或从极坐标系转换到直角坐标系。该滤镜对话框如图 5.55 所示。

以素材图像"素材 05\水乡 5-01.jpg"(图 5.56)为例，极坐标滤镜效果如图 5.57 和图 5.58 所示。

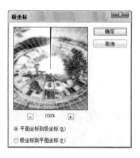

图 5.55 【极坐标】参数设置　　　　　　　　图 5.56　素材图像

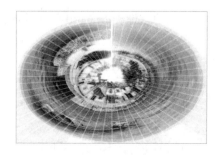

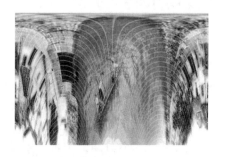

图 5.57　从平面坐标到极坐标　　　　　　　图 5.58　从极坐标到平面坐标

3. 水波

模仿水面上的环形水波效果，常常应用于图像的局部。

打开素材图像"素材 05\读书 5-01.jpg"，创建如图 5.59 所示的矩形选区。设置水波滤镜的参数如图 5.60 所示，滤镜效果如图 5.61 所示(选区已取消)。

 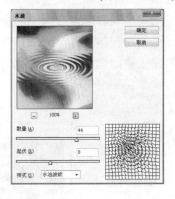 

图 5.59　创建选区　　　　图 5.60　【水波】参数设置　　　　图 5.61　滤镜效果

水波滤镜的各参数作用如下。

- 【数量】：控制波纹的数量，取值范围为-100～100。
- 【起伏】：控制水波的波长和振幅。
- 【样式】：选择水波的类型，包括"围绕中心"、"从中心向外"和"水池波纹"3 种。

4. 波纹

模仿水面上的波纹效果。以素材图像"素材 05\露珠 5-01.jpg"(图 5.62)为例，波纹滤镜的参数设置及滤镜效果如图 5.63 所示。

图 5.62　原图　　　　　图 5.63　【波纹】参数设置及滤镜效果

- 【数量】：控制波纹的数量，取值范围为-999～+999。绝对值越大，波纹数量越多。
- 【大小】：设置波纹的大小，包括"小"、"中"和"大"3 种类型。

5. 波浪

模仿各种形式的波浪效果。仍以素材图像"素材 05\露珠 5-01.jpg"为例，波浪滤镜的参数设置及滤镜效果如图 5.64 所示。

- 【类型】：选择波浪的形状，包括【正弦】、【三角形】和【方形】3 种类型。
- 【生成器数】：控制生成波浪的数量。
- 【波长】：控制波长的最小值和最大值。
- 【波幅】：控制波形振幅的最小值和最大值。
- 【比例】：控制图像在水平方向和竖直方向扭曲变形的缩放比例。
- 【随机化】：单击该按钮，将根据上述参数设置产生随机的波浪效果。
- 【未定义区域】：用扭曲边缘的像素颜色填充溢出图像的区域。

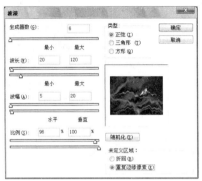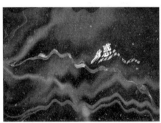

图 5.64 【波浪】参数设置及滤镜效果

6. 海洋波纹

在图像上产生随机分隔的波纹效果，看上去就像是在水中。在 Photoshop CS3 中，海洋波纹滤镜只能应用于 RGB 颜色、灰度和双色调模式的图像。仍以素材图像"素材 05\露珠 5-01.jpg"为例，海洋波纹滤镜的参数设置及滤镜效果如图 5.65 所示。

图 5.65 【海洋波纹】参数设置及滤镜效果

- 【波纹大小】：控制波纹的大小。数值越大，波纹越大。
- 【波纹幅度】：控制波纹的幅度。数值越大，幅度越大。

7. 切变

使图像产生曲线扭曲效果。切变滤镜的对话框如图 5.66 所示。

在对话框的曲线方框内，直接拖动线条，或先在线条上单击增加控制点，再拖动控制点，都可以改变曲线的形状。单击【默认】按钮，曲线将恢复为默认的直线。

- 【折回】：用图像的对边内容填充溢出图像的区域。
- 【重复边缘像素】：用扭曲边缘的像素颜色填充溢出图像的区域。

以"素材 05\建筑 5-01.jpg"(图 5.67)为例，切变滤镜效果如图 5.68 所示。

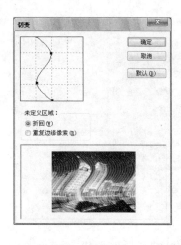

图 5.66　【切变】参数设置　　　　图 5.67　原图　　　　图 5.68　滤镜效果

8. 球面化

使图像上产生类似球体或圆柱体那样的凸起或凹陷效果。仍以"素材 05\建筑 5-01.jpg"为例，球面化滤镜的参数设置及滤镜效果如图 5.69 所示。

- 【数量】：控制凸起或凹陷的变形程度。数量绝对值越大，变形效果越明显。
- 【模式】：选择变形方式，包括"正常"、"水平优先"和"竖直优先"3 种。
  - ✓ "正常"：从竖直和水平两个方向挤压对象，图像中央呈现球面隆起或凹陷效果。
  - ✓ "水平优先"：仅在水平方向挤压图像，图像呈现竖直圆柱形隆起或凹陷效果。
  - ✓ "竖直优先"：仅在竖直方向挤压图像，图像呈现水平圆柱形隆起或凹陷效果。

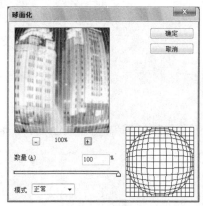

图 5.69　【球面化】参数设置及滤镜效果

9. 旋转扭曲

以图像中央位置为变形中心，进行旋转扭曲。图像越靠近中央的位置旋转幅度越大。仍以"素材 05\建筑 5-01.jpg"为例，旋转扭曲滤镜的参数设置及滤镜效果如图 5.70 所示。

- 【角度】：指定旋转的角度，取值范围为-999～999。正值产生顺时针旋转效果，负值产生逆时针旋转效果。

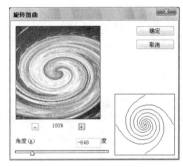

图 5.70 【旋转扭曲】参数设置及滤镜效果

10. 扩散亮光

以图像较亮的区域为中心向外扩散亮光，形成一种灯光弥漫的效果。在 Photoshop CS3 中，该滤镜只能应用于 RGB 颜色、灰度和双色调模式的图像。当应用于 RGB 图像时，亮光的颜色与当前背景色一致。

将背景色设为白色。以 "素材 05\水果 5-01.jpg"(图 5.71)为例，扩散亮光滤镜的参数设置及滤镜效果如图 5.72 所示。

- 【粒度】：控制亮光中的颗粒数量。数值越大，颗粒越多。
- 【发光量】：控制亮光的强度。
- 【清除数量】：控制亮光的应用范围。数值越大，亮光的范围越小。

图 5.71　原图　　　　　　　　　图 5.72　【扩散亮光】参数设置及滤镜效果

11. 置换

根据置换图(*.psd 类型的图像文件)的颜色和形状对图像进行变形。在变形中，起作用的是置换图的图像拼合效果。

打开"素材 05\建筑 5-02.jpg"(图 5.73)。

打开【置换】滤镜对话框，设置参数如图 5.74 所示，单击【确定】按钮。

弹出对话框，选择"素材 05 \ 置换图.PSD"作为置换文件，单击【打开】按钮。

原图像被置换。效果如图 5.75 所示。

置换滤镜的各参数作用如下。

- 【水平比例】：设置置换图在水平方向的缩放比例。
- 【垂直比例】：设置置换图在垂直方向的缩放比例。
- 【置换图】：当置换图与当前图像的大小不符时，选择置换图适合当前图像的方式。
    - ✓ 【伸展以适合】：将置换图缩放以适合当前图像的大小。
    - ✓ 【拼贴】：将置换图进行拼贴(置换图本身不缩放)以适合当前图像的大小。

图 5.73 原图　　　　　图 5.74 【置换】对话框　　　　　图 5.75 置换效果

- 【未定义区域】：选择图像中未变形区域的处理方法。包括【折回】和【重复边缘像素】两种。
  - ✓ 【折回】：用图像中另一边的内容填充未扭曲的区域。
  - ✓ 【重复边缘像素】：按指定方向沿图像边缘扩展像素的颜色。

12. 挤压

在图像上产生挤压变形效果。仍以"素材 05\建筑 5-02.jpg"为例，挤压滤镜的参数设置及滤镜效果如图 5.76 所示。

- 【数量】：控制挤压变形的强度，取值范围为-100～+100。取正值时向图像中心挤压，取负值时从图像中心向外挤压。

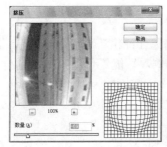

图 5.76 【挤压】参数设置及滤镜效果

5.2.6　锐化滤镜组

锐化滤镜组通过增加相邻像素的对比度，特别是加强对画面中边缘的定义，使图像变得更清晰。

1. USM 锐化

USM 锐化滤镜锐化图像时并不检测图像中的边缘，而是按指定的阈值查找值不同于周围像素的像素，并按指定的数量增加这些像素的对比度，以达到锐化图像的目的。

以"素材 05\水仙 5-01.jpg"(图 5.77)为例，USM 锐化滤镜的参数设置如图 5.78 所示，滤镜效果如图 5.79 所示。

- 【数量】：设置锐化量。数值越大，锐化越明显。
- 【半径】：设置边缘像素周围受锐化影响的像素数量，取值范围为 0.1～250。数值越大，受影响的边缘越宽，锐化效果越明显。通常取 1～2 之间的数值时效果较好。

图 5.77　原图　　　　　图 5.78　【USM 锐化】参数设置　　　　图 5.79　滤镜效果

- 【阈值】：确定要锐化的像素与周围像素的对比度至少相差多少时才被锐化，取值范围为 0～255。阈值为 0 时将锐化图像中的所有像素，而阈值较高时仅锐化具有明显差异边缘像素。通常可采用 2～20 之间的数值。

使用 USM 滤镜时，若导致图像中亮色过于饱和，可在锐化前将图像转换为 Lab 模式，然后仅对图像的 L 通道应用滤镜。这样既可锐化图像，又不至于改变图像的颜色。

提示　在USM滤镜对话框的预览窗内，按住鼠标左键不放可查看到图像未锐化时的效果。

2. 智能锐化

智能锐化滤镜可以根据特定的算法对图像进行锐化，还可以进一步调整阴影和高光区域的锐化量。仍以"素材 05\水仙 5-01.jpg"为例，智能锐化滤镜的对话框如图 5.80 所示。

- 【数量】：设置锐化量。数值越大，锐化越明显。
- 【半径】：设置边缘像素周围受锐化影响的像素数量。数值越大，受影响的边缘越宽，锐化效果越明显。
- 【移去】：选择锐化算法，包括"高斯模糊"、"镜头模糊"和"动感模糊"3 种。其中"高斯模糊"是智能锐化滤镜采用的默认算法。
- 【角度】：设置像素运动的方向(仅对动感模糊锐化算法)。
- 【更加准确】：勾选该复选框，可以更准确地锐化图像。

在【智能锐化】滤镜对话框中选择【高级】单选按钮，可切换到该滤镜的高级设置，进一步控制阴影和高光区域的锐化量，如图 5.81 所示。

图 5.80　【智能锐化】滤镜对话框　　　　　图 5.81　【智能锐化】滤镜高级设置

- 【渐隐量】：调整阴影或高光区域的锐化量。数值越大，锐化程度越低。
- 【色调宽度】：控制阴影或高光区域的色调修改范围。数值越大，范围越大。
- 【半径】：定义阴影或高光区域的大小。通过半径的取值，可以确定某一像素是否属于阴影或高光区域。

3. 锐化

增加图像中相邻像素的对比度，提高模糊图像的清晰度。

4. 进一步锐化

产生比锐化滤镜更强的锐化效果，使图像变得更清晰。

5. 锐化边缘

仅锐化图像的边缘，同时保留图像总体的平滑度，使图像的轮廓更加分明。

5.2.7　视频滤镜组

用于视频图像与普通图像的相互转换。

1. 逐行

移去视频图像中的奇数或偶数隔行线，使从视频上捕捉到的图像变得平滑，提高图像质量。逐行滤镜的对话框如图 5.82 所示。

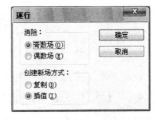

- 【消除】：选择移去奇数行还是偶数行扫描线。
- 【创建新场方式】：选择通过【复制】还是【插值】方式替换移去的扫描线。

图 5.82　【逐行】滤镜参数设置

2. NTSC 颜色

将图像色域限制在电视机能够接受的范围内，防止过于饱和的颜色渗到电视扫描行中。

5.2.8　素描滤镜组

素描滤镜组用于模仿速写等多种绘画效果。该组滤镜共 14 种，重绘图像时大多使用当前前景色和背景色，并且都可以通过滤镜库使用。下面以"素材 05\睡莲 5-01.jpg"(图 5.83)为原素材图像，介绍各滤镜的参数设置及图像效果(设置前景色为黑色，背景色为白色)。

1. 半调图案

模仿半调网屏遮罩图像的效果，同时保持色调范围的连续性。图像的颜色由前景色和背景色共同组成。参数设置及滤镜效果如图 5.84 所示。

图 5.83　原图　　　　　　图 5.84　【半调图案】参数设置及滤镜效果

- 【大小】：控制网屏图案的大小。
- 【对比度】：控制网屏图案的对比度。
- 【图案类型】：选择网屏图案的类型(包括"圆圈"、"网点"和"直线"3种)。

2. 便条纸

使用一种颜色的纸张剪出图像亮区，贴在表示图像暗区的另一种颜色的纸张上。两种纸张都带有颗粒状纹理，纸张颜色由前景色和背景色共同确定。参数设置及滤镜效果如图 5.85 所示。

- 【图像平衡】：控制图像中明暗区域的平衡。数值越大，亮区面积越小。
- 【粒度】：控制颗粒纹理的强度。数值越大，颗粒效果越明显。
- 【凸现】：设置画面中浮雕效果的起伏程度。数值越大，起伏越大。

图 5.85 【便条纸】参数设置及滤镜效果

3. 粉笔和炭笔

使用粉笔(背景色)和炭笔(前景色)重新绘制图像。参数设置及滤镜效果如图 5.86 所示。

- 【炭笔区】：控制炭笔区域的大小和颜色深浅。数值越大，炭笔区域越大，颜色越浓。
- 【粉笔区】：控制粉笔区域的大小和颜色深浅。数值越大，粉笔区域越大，颜色越浓。
- 【描边压力】：控制笔触的压力大小。

图 5.86 【粉笔和炭笔】参数设置及滤镜效果

4. 铬黄渐变

模仿一种擦亮的金属表面的效果。金属表面的明暗区域与原图像的明暗区域基本上是对应的。滤镜效果为灰度图像或色调图像，与前景色和背景色无关。参数设置及滤镜效果如图 5.87 所示。

- 【细节】：控制画面的细致程度。数值越大，画面越细腻。
- 【平滑度】：控制画面的平滑程度。数值越大，画面越显得平滑。

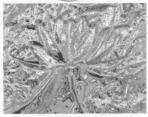

图 5.87　【铬黄渐变】参数设置及滤镜效果

5. 绘图笔

使用具有一定方向的细线重绘图像。其中绘图笔颜色使用前景色，纸张颜色使用背景色。参数设置及滤镜效果如图 5.88 所示。

- 【描边长度】：控制线条的长短。数值越大，线条越长。
- 【明/暗平衡】：控制画面的明暗平衡，取值范围为 0～100。
- 【描边方向】：选择线条的方向(包括"右对角线"、"水平"、"左对角线"和"垂直"4 种)。

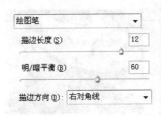

图 5.88　【绘图笔】参数设置及滤镜效果

6. 基底凸现

模仿在不同方向的光照下凸凹起伏的雕刻效果。参数设置及滤镜效果如图 5.89 所示。

- 【细节】：控制雕刻效果的细致程度。数值越大，画面越细腻。
- 【平滑度】：控制画面的平滑程度。数值越大，画面越柔和，越显得模糊。
- 【光照】：设置雕刻的受光方向。可供选择的光照方向有 8 种。

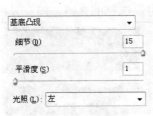

图 5.89　【基底凸现】参数设置及滤镜效果

7. 水彩画纸

模仿在潮湿的纤维纸上绘画的效果。由于颜色流动并混合，所绘对象的边缘出现细长的锯齿效果。画面颜色与前景色和背景色无关。参数设置及滤镜效果如图 5.90 所示。

- 【纤维长度】：控制纸张纤维的长度。数值越大，图画的边缘锯齿越细长。
- 【亮度】：控制画面的亮度。

● 【对比度】：控制画面的明暗对比度。

图 5.90 【水彩画纸】参数设置及滤镜效果

8. 撕边

使用前景色和背景色重绘图像，使之呈现出粗糙、撕破的纸片状。参数设置及滤镜效果如图 5.91 所示。

● 【图像平衡】：控制图像中前景色与背景色的平衡。

● 【平滑度】：控制图像的平滑程度。数值越大，画面越平滑，而撕边效果越不明显。

● 【对比度】：控制画面的对比度。

图 5.91 【撕边】参数设置及滤镜效果

9. 塑料效果

在图像中形成层次分明的浮雕效果，并使用前景色和背景色为结果图像着色。参数设置及滤镜效果如图 5.92 所示。

● 【图像平衡】：控制图像中前景色与背景色的平衡。

● 【平滑度】：控制画面的平滑程度。数值越大，画面越平滑。

● 【光照】：设置画面的受光方向。可供选择的光照方向有 8 种。

图 5.92 【塑料效果】参数设置及滤镜效果

10. 炭笔

模仿炭笔绘画的效果。主要边缘以粗线条绘制，中间色调区域用对角细线条绘制。炭笔颜色使用前景色，纸张颜色使用背景色。参数设置及滤镜效果如图 5.93 所示。

● 【炭笔粗细】：控制炭笔线条的粗细。数值越大，线条越粗。

- 【细节】：控制画面的细致程度。数值越大，画面越细腻。
- 【明/暗平衡】：控制画面的明暗平衡。取值范围为 0～100。

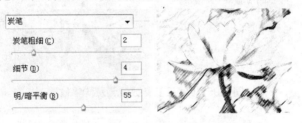

图 5.93　【炭笔】参数设置及滤镜效果

11. 炭精笔

在图像上模仿炭精笔绘画的效果。在画面的暗区使用前景色，在亮区使用背景色。参数设置及滤镜效果如图 5.94 所示。

图 5.94　【炭精笔】参数设置及滤镜效果

- 【前景色阶】：控制前景色的多少(图像中的暗区使用前景色)。
- 【背景色阶】：控制背景色的多少(图像中的亮区使用背景色)。
- 【纹理】：为画纸选择预设的纹理类型，或单击右侧的 ⏵ 按钮，载入自定义纹理。
- 【缩放】：设置纹理的缩放比例。数值越大，纹理比例越大。
- 【凸现】：设置纹理的起伏程度。数值越大，纹理越深。
- 【光照】：设置画面的受光方向。
- 【反相】：勾选该复选框，将画面的受光方向反转。

12. 图章

简化图像，表现出用橡皮或木制图章盖印的效果。图像由前景色和背景色共同组成。参数设置及滤镜效果如图 5.95 所示。

- 【明/暗平衡】：控制画面的明暗平衡。即确定前景色与背景色在画面上所占有的比例。
- 【平滑度】：控制图像中边缘的平滑程度。数值越大，画面越平滑，同时也越被简化。

图 5.95 【图章】参数设置及滤镜效果

13. 网状

模仿胶片乳胶的可控收缩和扭曲效果，使之在暗调区域呈结块状，在高光区域呈轻微颗粒状。参数设置及滤镜效果如图 5.96 所示。

- 【浓度】：控制网点的密集程度。
- 【前景色阶】：控制前景色的多少(图像中的暗区使用前景色)。
- 【背景色阶】：控制背景色的多少(图像中的亮区使用背景色)。

图 5.96 【网状】参数设置及滤镜效果

14. 影印

使用前景色和背景色模仿影印图像的效果。参数设置及滤镜效果如图 5.97 所示。

图 5.97 【影印】参数设置及滤镜效果

- 【细节】：控制画面的细致程度。数值越大，与原图像越接近。
- 【暗度】：控制画面的明暗程度。

5.2.9 纹理滤镜组

纹理滤镜组包括纹理化、龟裂缝、颗粒、马赛克拼贴、拼缀图和染色玻璃 6 种，可以为图像添加各种纹理效果，使图像表现出深度感或物质感。各滤镜都可以通过滤镜库使用。

以"素材 05\人物 5-04.jpg"(图 5.98)为例，纹理化滤镜的参数设置及滤镜效果如图 5.99 所示。

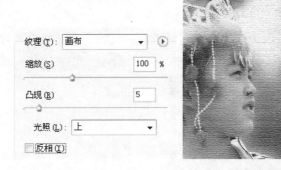

图 5.98　原图　　　　　　　　　　图 5.99　【纹理化】参数设置及滤镜效果

- 【纹理】：选择预设纹理或单击右侧的 ⊙ 按钮载入自定义纹理(*.psd 类型的图像文件)。
- 【缩放】：控制纹理的缩放比例。
- 【凸现】：设置纹理的凸显程度。数值越大，纹理起伏越大。
- 【光照】：设置画面的受光方向。从下拉列表中可以选择 8 种光源方向。
- 【反相】：勾选该复选框，将获得一个反向光照效果。

其他纹理滤镜的效果如图 5.100 所示。

(a) 龟裂缝　　　　　(b) 颗粒(喷洒)　　　　(c) 马赛克拼贴　　　　(d) 染色玻璃

图 5.100　其他纹理滤镜效果

5.2.10　像素化滤镜组

像素化滤镜组可以使图像单位区域内颜色值相近的像素结成块，形成点状、晶格等多种特效。下面以"素材 05 \ 樱花 5-01.jpg"(图 5.101)为例，介绍各滤镜的使用。

1. 彩色半调

将每个单色通道上的图像划分为矩形，并用圆形替换每个矩形。圆形的大小与矩形区域的亮度成比例。参数设置及滤镜效果如图 5.102 所示。

- 【最大半径】：控制半调网点的最大半径，取值范围为 4～127 像素。
- 【网角】：为图像的每个单色通道输入网角值(网点与实际水平线的夹角)。对于灰度图像，只使用通道 1。对于 RGB 图像，使用通道 1、2 和 3，分别对应于红色、绿色和蓝色通道。对于 CMYK 图像，使用所有 4 个通道，对应于青色、洋红、黄色和黑色通道。

- 【默认】：单击该按钮，可将所有网角恢复为默认值。

图 5.101　原图　　　　　　　　图 5.102　【彩色半调】参数设置及滤镜效果

2．彩块化

将图像单位区域内颜色相近的像素结成像素块(与原像素颜色接近)，使图像看上去像手绘作品或抽象派绘画作品，如图 5.103 所示。

3．点状化

将图像中的颜色分解为随机分布的小色块，并使用当前背景色填充各色块之间的图像区域，如图 5.104 所示(设置背景色为白色)。

4．晶格化

将图像中临近的像素结成块，形成一个个多边形纯色晶格，如图 5.105 所示。

　　图 5.103　彩块化　　　　　　　图 5.104　点状化　　　　　　　图 5.105　晶格化

5．马赛克

将图像中临近的像素结成纯色方块，形成马赛克效果，如图 5.106 所示。

6．碎片

将图像中的像素创建 4 个副本，相互偏移，形成朦胧重影效果，如图 5.107 所示。

7．铜版雕刻

将图像转换为由点或线条绘制的随机图案，如图 5.108 所示。

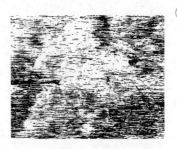

图 5.106　马赛克　　　　　　图 5.107　碎片　　　　　　图 5.108　铜版雕刻

5.2.11　渲染滤镜组

渲染滤镜组包括云彩、分层云彩、纤维、镜头光晕和光照效果等滤镜，可以在图像上产生云彩、纤维、镜头光晕和光照等效果。其中镜头光晕和光照效果滤镜仅对 RGB 图像有效。

1. 镜头光晕

模仿拍照时因亮光照射到相机镜头上而在相片中产生的折射效果。以"素材 05\人物 5-05.jpg"(图 5.109)为例，镜头光晕滤镜的参数设置及滤镜效果如图 5.110 所示。

- 【光晕中心】：单击预览图像的任意位置，可指定光晕中心的位置。
- 【亮度】：控制光晕的亮度。
- 【镜头类型】：指定摄像机的镜头类型，包括【50-300 毫米变焦】、【35 毫米聚焦】、【105 毫米聚焦】和【电影镜头】4 种。

图 5.109　原图　　　　　　图 5.110　【镜头光晕】参数设置及滤镜效果

2. 光照效果

在 RGB 图像上创建各种光照效果。仍以 "素材 05\人物 5-05.jpg"为例，光照效果滤镜的参数设置及滤镜效果如图 5.111 所示。

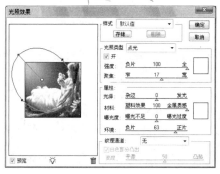

图 5.111 【光照效果】参数设置及滤镜效果

- 【样式】：选择光源的不同风格。可供选择的样式有 17 种。
- 【光照类型】：选择不同的光照类型，包括"平行光"、"全光源"和"点光源" 3 种类型。
- 【开】：控制光源的开关。
- 【强度】：控制光照的强度，取值范围为-100～100。数值越大，光线越强。取负 值时，光源不仅不发光，还吸收光。通过单击右侧颜色框可以选择光照颜色。
- 【聚焦】：控制光照范围内主光区与衰减光区的大小。数值越大，主光区面积越 大，而衰减光区越小。该项仅适用于点光源。
- 【光泽】：控制对象表面反射光的多少。数值越大，光照范围内的图像越明亮。
- 【材料】：设置反射率的高低。塑料反射光的颜色，金属反射对象的颜色。
- 【曝光度】：取值范围为-100～100。正值增加光照，负值减少光照。
- 【环境】：控制环境光的强弱。数值越大，环境光越强。通过单击右侧颜色框可 以选择环境光的颜色。
- 【纹理通道】：设置纹理填充的颜色通道。选择"无"不产生纹理效果。
- 【白色部分凸出】：勾选该复选框，将通道图像的亮区作为凸出纹理；否则，将 暗区作为凸出纹理。
- 【高度】：控制纹理的高度。数值越大，纹理越凸出。
- ♡ 按钮：将 ♡ 按钮拖放到光照效果预览区可增加新光照。最多可添加 16 种光照。 通过拖动光照的控制手柄，可调整光照的位置、方向和强度等特性。
- 🗑 按钮：将光照中央的小圆圈拖动到 🗑 按钮上可删除光照(最后一个光照无法删 除)。

3. 云彩

从前景色和背景色之间随机获取像素的颜色值，生成柔和的云彩图案。按住 Alt 键选择 云彩滤镜，可生成色彩分明的云彩图案。

4. 分层云彩

从前景色和背景色之间随机获取像素的颜色值，生成云彩图案，并将云彩图案和原图 像进行混合。最终效果相当于使用云彩滤镜产生的图案以差值混合模式叠加在原图像上。

5. 纤维

使用前景色和背景色创建编织纤维的外观效果，并将原图像取代。若选择合适的前景色和背景色，可制作木纹效果。纤维滤镜的参数设置及滤镜效果如图 5.112 所示。

- 【差异】：控制纤维条纹的长短。值越小，条纹越长；值越大，条纹越短，且颜色分布变化越多。
- 【强度】：控制每根纤维的外观。低设置产生展开的纤维，高设置产生短的丝状纤维。
- 【随机化】：单击该按钮可随机更改图案的外观。可多次单击直到获得满意的效果。

图 5.112　【纤维】参数设置及滤镜效果

5.2.12　艺术效果滤镜组

艺术效果滤镜组用于模仿在自然或传统介质上进行绘画的效果。该组滤镜包括 15 种滤镜，都可以通过滤镜库使用。

打开"素材 05\时装 5-01.jpg"(图 5.113)，选择【滤镜】|【艺术效果】菜单下的任何一个滤镜，弹出如图 5.114 所示的对话框。

图 5.113　原素材图像

图 5.114　通过滤镜库使用艺术效果滤镜组

1. 壁画

使用短而圆的小块颜料粗略轻涂，以一种粗糙的风格绘制图像，画面显得斑驳不平，产生古代壁画般的效果。参数设置及滤镜效果如图 5.115 所示。

图 5.115 【壁画】参数设置及滤镜效果

- 【画笔大小】：设置绘画笔刷的大小。数值越小，笔刷越细，绘画越精细。
- 【画笔细节】：设置画笔的精确程度。数值越大，落笔位置越准确，画面越逼真。
- 【纹理】：通过设置高光和阴影，在画面上产生某种纹理效果。

2. 彩色铅笔

用当前背景色模仿彩色铅笔绘画的效果。该滤镜在外观上保留原图像的重要边缘，画面上显示出使用定向的粗糙铅笔线条绘画的痕迹。参数设置及滤镜效果如图 5.116 所示。

图 5.116 【彩色铅笔】参数设置及滤镜效果

- 【铅笔宽度】：设置铅笔笔芯的宽度。数值越大，线条越粗。
- 【描边压力】：设置铅笔绘画的力度。数值越大，用力越大，线条越清晰。
- 【纸张亮度】：设置绘图颜色的亮度。数值越大，亮度越高。取最小值 0 时，线条颜色接近黑色；取最大值 50 时，线条颜色接近背景色。

3. 粗糙蜡笔

模仿使用彩色蜡笔在有纹理的画纸上沿一定方向绘画的效果。参数设置及滤镜效果如图 5.117 所示。

图 5.117 【粗糙蜡笔】参数设置及滤镜效果

- 【描边长度】：设置绘画线条长度。数值越大，线条越长，画面方向感越强。
- 【描边细节】：设置画面细节复杂程度。数值越大，线条越多，而画面越显粗糙。
- 【纹理】：用于选择画纸的纹理类型。包括"砖"、"粗麻布"、"画布"、"砂岩" 4 种。单击右侧三角按钮⊙，可以载入自定义纹理(*.psd 类型的图像文件)。
- 【缩放】：设置纹理的缩放比例。数值越大，比例越大，画面上纹理效果越明显。
- 【凸现】：设置纹理的凸显程度。数值越大，纹理越深。
- 【光照】：设置画面的受光方向。
- 【反相】：勾选该复选框，将画面的亮色与暗色反转，从而获得一个反向光照效果。

4. 底纹效果

模仿在有纹理背景的画纸上绘画的效果。参数设置及滤镜效果如图 5.118 所示。

图 5.118 【底纹效果】参数设置及滤镜效果

- 【画笔大小】：设置笔触的大小。数值越大，笔触越大。
- 【纹理覆盖】：设置纹理的覆盖范围。数值越大，范围越大，纹理效果越明显。

其他参数(纹理、缩放、凸现、光照和反相)的作用与粗糙蜡笔滤镜相同。

5. 调色刀

通过减少图像细节，显示背景纹理，生成淡淡的描绘效果。参数设置及滤镜效果如图 5.119 所示。

- 【描边大小】：设置绘画时笔触的大小。数值越大，笔触越粗。
- 【描边细节】：设置画面的精细程度。数值越大，画面细节越多。
- 【软化度】：设置画面的柔和程度。数值越大，画面越柔和。

图 5.119 【调色刀】参数设置及滤镜效果

6. 干画笔

模仿没蘸水的画笔用水彩颜料涂抹，形成介于油画和水彩画之间的绘画效果。参数设置及滤镜效果如图 5.120 所示(其中参数的作用与壁画滤镜类似)。

图 5.120 【干画笔】参数设置及滤镜效果

7. 海报边缘

通过减少图像的颜色数量，使画面产生分色效果，并用黑色线条勾勒图像的边缘轮廓。参数设置及滤镜效果如图 5.121 所示。

图 5.121 【海报边缘】参数设置及滤镜效果

- 【边缘厚度】：设置边缘轮廓线的粗细。数值越大，轮廓线越粗。
- 【边缘强度】：设置边缘轮廓线颜色的深浅。数值越大，颜色越深。
- 【海报化】：通过增减颜色数量，控制分色效果。数值越小，分色越明显。

8. 海绵

模仿使用海绵浸染绘画的效果。画面颜色对比强烈，纹理较重。参数设置及滤镜效果如图 5.122 所示。

图 5.122 【海绵】参数设置及滤镜效果

- 【画笔大小】：设置笔触大小。数值越大，笔触越大。
- 【清晰度】：设置绘画的清晰度。数值越大，颜色对比越强烈，纹理越重。
- 【平滑度】：设置画面的平滑程度。数值越大，画面越平滑，越显得柔和。

9. 绘画涂抹

模仿使用不同类型的画笔涂抹绘画的效果。画面通常比较模糊。参数设置及滤镜效果如图 5.123 所示。

- 【画笔大小】：设置笔刷大小。数值越大，笔刷越粗。
- 【锐化程度】：设置笔划的锐利程度。数值越大，笔触越锋利，画面越清晰。
- 【画笔类型】：设置不同的画笔类型，包括"简单"、"未处理光照"、"未处理深色"、"宽锐化"、"宽模糊"和"火花" 6 种。不同的画笔类型产生不同的绘画风格。

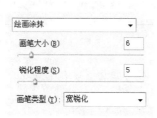

图 5.123　【绘画涂抹】参数设置及滤镜效果

10. 胶片颗粒

通过添加杂点，产生类似胶片颗粒的画面效果。参数设置及滤镜效果如图 5.124 所示。

图 5.124　【胶片颗粒】参数设置及滤镜效果

- 【颗粒】：设置杂点的多少。数值越大，杂点越多。
- 【高光区域】：设置高亮区域的大小。数值越大，高亮区域面积越大。
- 【强度】：设置杂点的强度。数值越大，图像亮区的杂点越少，暗区的杂点越多。

11. 木刻

模仿木刻版画的艺术效果。参数设置及滤镜效果如图 5.125 所示。

图 5.125 【木刻】参数设置及滤镜效果

- 【色阶数】：设置画面被分隔的色阶的多少。数值越大，色阶越多，与原图像越相近。
- 【边缘简化度】：设置边缘的简化程度。数值越大，简化度越高，颜色和线条越简单。
- 【边缘逼真度】：设置边缘的精确程度。数值越大，表现越细腻，与原图像越接近。

12. 霓虹灯光

模仿霓虹灯照射画面的效果。画面色彩通常受当前前景色与背景色的影响比较大。参数设置及滤镜效果如图 5.126 所示。

- 【发光大小】：设置灯光的照射范围。
- 【发光亮度】：设置灯光照射的强度。
- 【发光颜色】：通过单击颜色块按钮打开【拾色器】面板，选择发光颜色。

图 5.126 【霓虹灯光】参数设置及滤镜效果

13. 水彩

模仿水彩画的绘画风格。图像细节被简化，用色饱满，好像使用蘸了水和颜料的中号画笔绘制而成。参数设置及滤镜效果如图 5.127 所示。

- 【画笔细节】：设置画面的细腻程度。数值越大，笔画越细腻、准确。
- 【阴影强度】：设置阴影的强弱。数值越大，阴影越强。
- 【纹理】：设置画面的纹理效果。数值越大，纹理越明显。

图 5.127 【水彩】参数设置及滤镜效果

14. 塑料包装

模仿使用一层塑料薄膜包装图像的效果。这样,画面的表面细节得以强调。参数设置及滤镜效果如图 5.128 所示。

图 5.128 【塑料包装】参数设置及滤镜效果

- 【高光强度】:设置图像亮部区域的光泽程度。
- 【细节】:设置画面细节的复杂程度。
- 【平滑度】:设置塑料薄膜的平滑程度。数值越大,画面越平滑、柔和。

15. 涂抹棒

模仿短而粗的黑线沿一定方向涂抹绘画的效果。参数设置及滤镜效果如图 5.129 所示。

图 5.129 【涂抹棒】参数设置及滤镜效果

- 【描边长度】:设置黑色线条的长度。数值越大,线条越长,画面方向感越强。
- 【高光区域】:设置高亮区域的大小。数值越大,高亮区域的范围越大。
- 【强度】:设置高亮区域的光照强度。数值越大,光线越强,画面的明暗对比越强烈。

5.2.13 杂色滤镜组

杂色滤镜组可以为图像添加或移除杂色。

1. 添加杂色

将随机像素添加到图像上，生成均匀的杂点效果。以"素材 05\建筑 5-03.jpg"(图 5.130)为例，添加杂色滤镜的参数设置及滤镜效果如图 5.131 所示。

图 5.130　原图　　　　图 5.131　【添加杂色】参数设置及滤镜效果

- 【数量】：控制杂点数量。数值越大，杂点越多。
- 【平均分布】与【高斯分布】：杂点的两种分布方式，效果略有不同。
- 【单色】：勾选该复选框，可生成单色杂点；否则，生成彩色杂点。

2. 减少杂色

在保留边缘的情况下减少图像中的杂色。【减少杂色】滤镜对话框如图 5.132 所示。以"素材 05\人物 5-06.jpg"(图 5.133)为例，减少杂色滤镜效果如图 5.134 所示。

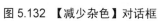

图 5.132　【减少杂色】对话框　　　　图 5.133　原图

- 【基本】：选择该单选按钮，可以对图像的整体效果进行调整。
- 【高级】：选择该单选按钮，可以从每个颜色通道对图像进行调整(图像中的杂点分为"亮度杂点"和"颜色杂点"两种。有时杂点在某个颜色通道比较明显，这时可从单个通道入手调整图像，结果可以保留更多的图像细节)。

- 【强度】：控制图像中亮度杂点的减少量。
- 【保留细节】：控制图像细节的保留程度。
- 【减少杂色】：控制移去杂点像素的多少。
- 【锐化细节】：对图像进行锐化。
- 【移去 JPEG 不自然感】：勾选该复选框，可移去因 JPEG 算法压缩而产生的不自然色块。

3. 蒙尘与划痕

通过在指定的范围内调整相异像素的颜色值，减少图像中的杂色。仍以"素材 05\人物 5-06.jpg"为例，蒙尘与划痕滤镜的参数设置及滤镜效果如图 5.135 所示。

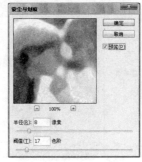

图 5.134　减少杂色滤镜效果　　　　图 5.135　【蒙尘与划痕】参数设置及滤镜效果

- 【半径】：确定在多大的范围内搜索像素间的差异。
- 【阈值】：确定当像素的值至少有多大差异时才将该像素消除。

通过尝试将半径与阈值设置为各种不同的组合，可以在锐化图像和去除图像中的瑕疵之间获得一个平衡点。

4. 去斑

检测图像中的颜色边缘，并将边缘外的其他区域进行模糊处理，以去除或减弱画面上的斑点、条纹等杂色，同时保留图像细节。

在图像上应用一次去斑滤镜效果不太明显，往往要应用多次滤镜后才能看到效果。

5. 中间值

通过混合图像的亮度减少杂色。该滤镜并不保留图像的细节。参数设置及滤镜效果如图 5.136 所示。

图 5.136　【中间值】参数设置及滤镜效果

【半径】：中间值滤镜在对每个像素进行分析时，以该像素为中心，取指定半径范围内所有像素亮度的平均值，取代中心像素的亮度值。通常半径越大，图像越平滑。

5.2.14　其他滤镜组

其他滤镜组用于快速调整图像的色彩反差和色值，在图像中移位选区，自定义滤镜等方面。

1. 高反差保留

在图像中有强烈颜色变化的地方保留边缘细节，并过滤掉颜色变化平缓的其余部分。其作用与高斯模糊滤镜恰好相反。以"素材 05\人物 5-07.jpg"(图 5.137)为例，高反差保留滤镜的参数设置及滤镜效果如图 5.138 所示。

 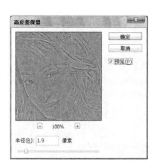 

图 5.137　原图　　　　　　　　图 5.138　【高反差保留】参数设置及滤镜效果

【半径】：指定边缘附近要保留细节的范围。数值越大，范围越大。

高反差保留滤镜在一定程度上突出了图像的边缘轮廓。如图 5.139 所示是对"人物 5-07.jpg"应用高反差保留滤镜(半径设为 1.9)后，再使用【阈值】命令(参阅本书第 3 章)调色得到的线描画效果。图 5.140 是直接使用【阈值】命令调色得到的效果。可见前者边缘细节更丰富。

图 5.139　线描画效果(一)　　　　　　　图 5.140　线描画效果(二)

2. 最大值

扩展图像的亮部区域，缩小暗部区域。其对话框如图 5.141 所示。

【半径】：针对图像中的单个像素，在指定半径范围内，用周围像素的最大亮度值替换当前像素的亮度值。

3. 最小值

与最大值滤镜相反，扩展图像的暗部区域，缩小亮部区域。其对话框如图 5.142 所示。

【半径】：针对图像中的单个像素，在指定半径范围内，用周围像素的最小亮度值替换当前像素的亮度值。

图 5.141　【最大值】对话框　　　　　　图 5.142　【最小值】对话框

最大值滤镜和最小值滤镜对于修改蒙版非常有用。以"素材 05\花瓣 5-01.psd"(图 5.143)为例，对"花瓣"层的图层蒙版应用最大值滤镜(半径设为 1)和最小值滤镜(半径设为 2)后的效果如图 5.144 和图 5.145 所示。

图 5.143　素材图像及其图层组成

图 5.144　最大值滤镜效果　　　　　　图 5.145　最小值滤镜效果

4. 自定

根据预定义的数学算法(即卷积运算)，通过更改图像中每个像素的亮度值创建用户自己的滤镜。

以"素材 05\花瓣 5-02.jpg"(图 5.146)为例，其对话框如图 5.147 所示。

图 5.146　原图　　　　　　　　　　　　图 5.147　【自定】对话框

在文本框矩阵区域，正中间的文本框代表要进行计算的每一个像素，其中输入的数值表示当前像素亮度增加的倍数(范围为-999～999)。在相邻的文本框中输入数值，表示与当前像素相邻的像素亮度增加的倍数。不必在所有文本框中都输入数值。

- 【缩放】：输入参与计算的所有像素亮度值总和的除数。
- 【位移】：输入要加到【缩放】运算结果上的数值。
- 【载入】：载入已经存储的自定义滤镜的参数设置。
- 【存储】：存储当前自定义滤镜的参数设置，以便将它们用于其他图像。

例如，中心矩阵像素输入正值，周围适当输入一系列负值，可增大相邻像素间的对比度，锐化图像，如图 5.148 所示。相反，中心矩阵像素输入负值，周围适当输入一系列正值，可降低相邻像素间的对比度，模糊图像，如图 5.149 所示。

图 5.148　锐化效果　　　　　　　　　　图 5.149　模糊效果

5. 位移

将图像按指定的水平量或垂直量进行移动，图像原位置出现的空白则根据指定的内容进行填充。以"素材 05\人物 5-08.jpg"(图 5.150)为例，位移滤镜的参数设置及滤镜效果如图 5.151 所示。

图 5.150　原图

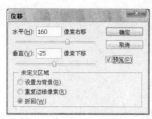

图 5.151　【位移】参数设置及滤镜效果

- 【水平】：控制图像在水平方向的位移量。正值右移，负值左移。
- 【垂直】：控制图像在竖直方向的位移量。正值下移，负值上移。
- 【未定义区域】：设置由图像移位形成的空白区域的处理方法，包括【设置为背景】、【重复边缘像素】和【折回】3 种方法。
  - ✓ 【设置为背景】：将空白区域用当前背景色填充。
  - ✓ 【重复边缘像素】：用图像的边缘填充空白区域。
  - ✓ 【折回】：将移出图像窗口的部分像素填充到空白区域。

5.2.15　digimarc 滤镜组

Digimarc 滤镜组包括读取水印和嵌入水印两个滤镜。前者可以判断数字图像中有没有嵌入水印或从已嵌入水印的图像中读取有关制作者的版权信息；后者则可以将数字水印嵌入到图像中，以保护制作者的版权。

水印是作为杂色添加到图像中的数字代码，人的肉眼几乎看不见。这种水印在数字和印刷形式下都是耐久的，经过通常的图像编辑和文件格式转换后仍然存在，甚至将打印出的图像重新扫描到计算机后，仍可以检测到水印。另外，在图像中嵌入数字水印也可使查看者获得有关图像创作者的信息，这对于将作品授权给他人的图像创作者特别有价值。

下面介绍【嵌入水印】对话框(图 5.152)中各参数的用法。

- 【图象信息】：输入图像的版权年份、图像 ID。
- 【图象属性】：选择图像属性的部分或全部，这些属性包括【限制的使用】、【请勿拷贝】和【成人内容】。
- 【目标输出】：选择图像的输出目标。
- 【水印耐久性】：设置水印耐久性的强度级别。
- 【个人注册】：单击该按钮，可以访问 Digimarc 的 Web 站点，获取用"数字水印"注册图像的一个注册号(输入到【图象信息】栏的文本框中)。

图 5.152　【嵌入水印】对话框

在图像中嵌入水印后，在图像窗口标题栏上将出现一个小小的版权符号。另外，使用嵌入水印滤镜时，应注意以下几点。

- 每个图像只允许嵌入一个数字水印。对已经嵌入水印的图像，嵌入水印滤镜无效。
- 对于分层图像，嵌入水印前应首先拼合图层，否则嵌入的水印将只影响当前层。
- 索引模式的图像不能直接嵌入和读取水印，可以先转换为 RGB 颜色模式，嵌入水印后，再将模式转换回去。但是，颜色模式的转换将削弱水印中的数字信息而导致水印无法读取。所以，在发布这类图像之前，应使用嵌入水印滤镜验证一下图像中是否还含有水印信息。

5.2.16 抽出滤镜

抽出滤镜适合选择毛发等边缘细微、复杂或无法确定的对象，无需花费太多的操作即可将待选对象从背景中分离出来。抽出滤镜是一种比较高级的对象选取方法，抽出后的对象放在新背景上不会产生色晕杂边，其边缘上源于周围背景颜色的像素在抽出时已被删除。

抽出滤镜抽取对象的过程如下：绘制标记对象边缘的高光→定义对象的内部→预览抽出效果→修补抽出结果。

打开"素材 05\人物 5-09.jpg"(图 5.153)。选择【滤镜】|【抽出】命令，打开【抽出】对话框(图 5.154)。

图 5.153　原图　　　　　　　　　　　　图 5.154　【抽出】对话框

1. 定义要抽出人物的边缘

在对话框左侧工具栏中选择边缘高光器工具 。在右侧参数栏中适当设置其参数。

● 【画笔大小】：指定边缘高光器工具、橡皮擦工具 、清除工具 或边缘修饰工具 的画笔大小。

● 【高光】：选择边缘高光器工具的涂抹颜色(默认色为绿色)。

● 【智能高光显示】：勾选该复选框，在待选对象的边缘描绘高光时，边缘高光器工具将自动调整笔触大小，用刚好覆盖住对象边缘的高光进行涂抹。

设置画笔大小为 20px，勾选【智能高光显示】复选框，沿人物边缘拖动鼠标，绘制边缘高光，使其刚好覆盖住人物边缘，如图 5.155 所示。

提示　在绘制高光边缘时，以下几点至关重要。

● 对于清晰的边缘(如衣服)，可使用较小的画笔涂抹。对于融入背景的细微的、模糊的边缘(如散乱的头发)，应使用大画笔进行全部覆盖。

● 将图像适当放大后进行高光涂抹，可定义比较精确的抽出边缘。

- 借助橡皮擦工具可以擦除多余的高光。
- 一般来说，绘制的高光线条应该闭合。若待选对象与图像边界相接，则相接部分不必高光覆盖。

2. 填充高光边缘的内部

选择填充工具 ，在右侧参数栏中通过【填充】下拉列表选择填充颜色(默认色为蓝色)，在高光边界内单击填充该颜色，如图 5.156 所示。

图 5.155　绘制高光边缘　　　　　　　　图 5.156　填充前景区域

被填充颜色覆盖的区域为要抽出的区域，其他区域将被删除。若高光边界外的区域也被填充色覆盖，说明高光边界没有完全封闭。应使用边缘高光器工具修补边界缺口，使其封闭后重新填充颜色。

3. 预览抽出效果

单击【预览】按钮预览抽出效果，如图 5.157 所示。

提示　在预览抽出结果前，可根据需要在右侧参数栏中适当设置【抽出】栏参数。

- 【带纹理的图像】：若前景或背景含有大量的纹理，勾选该复选框，抽出效果会更好。
- 【平滑】：指定抽出对象的平滑度。值越大，对象抽出后边缘的柔化程度越高。通常，为避免不必要的边缘模糊处理，最好取 0 或较小的平滑值。如果抽出结果中有明显的人工痕迹，可增加平滑值以去除或减弱人工痕迹。
- 【通道】：选择某个 Alpha 通道，可使边缘高光基于存储在该通道中的选区。
- 【强制前景】：勾选该复选框，并使用高光覆盖待抽出对象的全部。使用吸管工具 在待抽出对象上拾取颜色(或通过【颜色】对话框自定义颜色)，系统将基于该颜色对图像进行抽出。该选项适合抽取边缘复杂，颜色变化不大的图像。

提示　预览到抽出结果后，接着可在【预览】栏设置预览模式。

- 【显示】：用于选择在对话框的预览窗内是显示原图像还是显示抽出结果。
- 【显示】：选择某种颜色的杂边或蒙版。可在该颜色背景上或蒙版状态下预览抽出结果。要显示透明背景，应选择"无"。
- 【显示高光】：勾选该复选框，将在预览窗内显示高光边缘。
- 【显示填充】：勾选该复选框，将在预览窗内显示填充色。

4. 修补抽出结果

使用清除工具 擦除抽出结果中多余的背景痕迹；按住 Alt 键，使用该工具可以恢复被删除的图像。使用边缘修饰工具 可锐化抽出结果的边缘。

完成上述操作后，单击【抽出】对话框中的【确定】按钮，回到图像窗口，人物已从背景中分离出来。如图 5.158 所示是为人物添加了一个白色背景图层后的效果。

图 5.157　预览抽出效果　　　　　　　　图 5.158　更换背景后的抽出图像

5.2.17　液化滤镜

液化滤镜是 Photoshop 修饰图像和创建艺术效果的强大工具，可对图像进行推、拉、旋转、反射、折叠和膨胀等随意变形。

打开"素材 05\人物 5-10.jpg"。选择【滤镜】|【液化】命令，打开【液化】对话框，如图 5.159 所示。

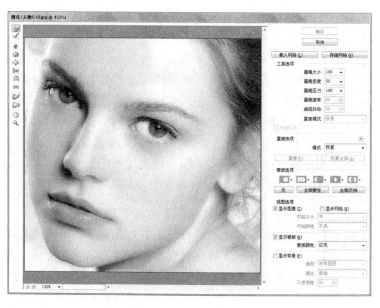

图 5.159　【液化】对话框

1. 工具箱

- 向前变形工具 ：拖动时向前推送像素。
- 重建工具 ：以涂抹的方式恢复变形，或者使用新的方法重新对图像进行变形。
- 顺时针旋转扭曲工具 ：单击或拖动鼠标时顺时针旋转像素。若按住 Alt 键操作，将使像素逆时针旋转。
- 褶皱工具 ：单击或拖动鼠标时像素向画笔中心收缩。
- 膨胀工具 ：单击或拖动鼠标时像素从画笔中心向外移动。
- 左推工具 ：使像素向垂直于鼠标拖动的方向移动挤压。按住 Alt 键拖动鼠标，像素移动方向相反。
- 镜像工具 ：将像素复制到画笔拖动区域。拖动鼠标时可以反射与拖动方向垂直区域的图像。通常情况下，冻结了要反射的区域后再进行操作，可产生更好的效果。
- 湍流工具 ：通过拖动鼠标使像素位移，产生平滑弯曲的变形，类似于波纹效果。可用于创建火焰、云彩、波浪等效果。
- 冻结蒙版工具 ：在需要保护的区域拖动鼠标，可冻结该区域图像(被蒙版遮盖)，这样可以免除或减弱对该区域图像的破坏。冻结程度取决于当前的画笔压力。压力越大，冻结程度越高。冻结程度的大小由蒙版的色调表示。当画笔压力取最大值 100 时，表示完全冻结。
- 解冻蒙版工具 ：在冻结区域拖动鼠标可以解除冻结。画笔压力对该工具的影响与冻结蒙版工具类似。

2. 【工具选项】栏

- 【画笔大小】：设置工具箱中对应工具的画笔大小。
- 【画笔密度】：设置变形工具的画笔密度。减小画笔密度更容易控制变形程度。
- 【画笔压力】：控制图像在画笔边界区域的变形程度。值越大，变形程度越明显。
- 【画笔速率】：控制图像变形的速度。值越大，变形速度越快。
- 【湍流抖动】：控制湍流工具混杂像素的复杂程度。
- 【重建模式】：控制重建工具以何种方式重建变形区域的图像。
- 【光笔压力】：勾选该复选框，使用数位板的压力值调整图像变形程度。

3. 【重建选项】栏

- 【模式】：选择重建模式，包括"恢复"、"刚性"、"生硬"、"平滑"和"松散"等多种。
- 【重建】：单击该按钮可减小图像的变形程度，或以所选重建模式重新构建图像。
- 【恢复全部】：撤销图像(包括未完全冻结的区域)的全部变形。

4. 【蒙版选项】栏

将原图像的选区、当前层的蒙版和透明区域载入到图像预览区，并与图像预览区中的蒙版选区进行替代、求并、求差、求交和反转等运算。

- 【无】：清除图像预览区的所有蒙版。
- 【全部蒙住】：在图像预览区全部区域添加蒙版。
- 【全部反相】：在图像预览区，将蒙版区域与未蒙版区域反转。

5. 【视图选项】栏

- 【显示图像】：用来显示和隐藏当前层预览图像。
- 【显示网格】：在图像预览区显示和隐藏网格。
- 【网格大小】：设置网格的大小。
- 【网格颜色】：设置网格的颜色。
- 【显示蒙版】：在图像预览区显示和隐藏蒙版。
- 【蒙版颜色】：设置蒙版的颜色。
- 【显示背景】：在图像预览区显示和隐藏背景幕布(即图像中的其他图层)。
- 【使用】：选择某个图层作为背景幕布。
- 【模式】：确定背景幕布与当前图层及变形网格的叠加方式。
- 【不透明度】：通过改变不透明度值调整背景幕布与当前图层及变形网格的叠加效果。

使用各变形工具，适当设置工具选项栏的参数，对当前图像进行变形。

- 使用顺时针旋转扭曲工具，适当设置画笔大小，对头发进行弯曲变形(不要忘了 Alt 键的作用)。
- 使用向前变形工具，适当设置画笔大小，向上拖移眉毛，使其更平滑。为了防止眼睛同时变形，可事先使用冻结蒙版工具将眼睛冻结。
- 类似地，鼻子左侧部位及嘴的变形同样归功于向前变形工具和冻结蒙版工具。
- 使用膨胀工具，适当设置画笔大小，在瞳孔中心单击，放大眼睛。或使用向前变形工具，适当向外拖移眼睛边框放大眼睛。切记在操作前一定要将眉毛等部位冻结保护起来。

上述操作完成后，单击对话框中的【确定】按钮，将变形效果应用到当前图像上，如图 5.160 所示。

(a)　　　　　　　　　　　　　　　　　(b)

图 5.160　图像液化变形前后对比

5.2.18　消失点滤镜

消失点滤镜可以帮助用户在编辑包含透视效果的图像时(比如在为三维效果图添加配景的后期处理中)，保持正确合理的透视方向。

1. 准备工作

打开"素材 05\油画 5-02.jpg"，按 Ctrl+A 组合键全选图像，按 Ctrl+C 组合键复制图像。

提示　在使用消失点滤镜前，通常需要做一些如下所述的准备工作。

- 将图像、文字等复制到剪贴板，打开滤镜对话框后，将这些素材粘贴到指定的透视平面。
- 在要编辑的图像中新建一个图层(并选择该层)。这样可以将消失点滤镜的处理结果放置在该图层中，避免破坏原始图像。
- 若事先创建一个选区，可将消失点滤镜的处理结果限制在选区内。

2. 消失点滤镜工具介绍

打开"素材 05\建筑 5-04.jpg"。选择【滤镜】|【消失点】命令，打开【消失点】对话框(图 5.161)。各工具的用法如下。

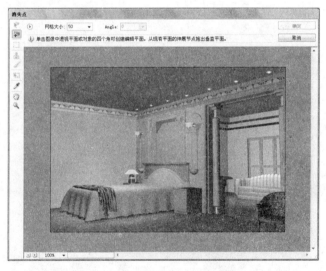

图 5.161　【消失点】对话框

- 创建平面工具：通过单击确定平面的 4 个点以创建平面。平面创建好后将自动切换到编辑平面工具。
- 编辑平面工具：用于选择、移动、缩放和编辑平面。按住 Ctrl 键拖动平面边的中点可创建与该平面相关的垂直平面。在相关的平面内编辑图像时可保持一致的比例和透视效果。
- 选框工具：用于创建矩形选区。按住 Alt 键拖动选区可复制选区内图像。按住 Ctrl 键拖动选区可使用原图像填充选区。与选框工具对应的参数(位于对话框顶部)除比较容易理解的【羽化】、【不透明度】之外，还有【修复】与【移动模式】，作用如下。

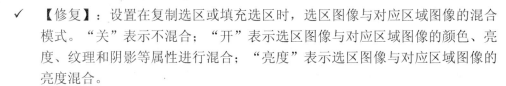

✓ 【修复】：设置在复制选区或填充选区时，选区图像与对应区域图像的混合模式。"关"表示不混合；"开"表示选区图像与对应区域图像的颜色、亮度、纹理和阴影等属性进行混合；"亮度"表示选区图像与对应区域图像的亮度混合。

✓ 【移动模式】：设置在按住 Alt 键复制选区时，选区图像与对应区域图像的彼此替代关系。包括"目标"和"源"两种模式。

● 图章工具 ：与 Photoshop 工具箱的仿制图章工具用法类似。首先按住 Alt 键单击取样，然后在目标区域拖移绘画。

● 变换工具 ：类似【自由变换】命令。用于移动、缩放和旋转浮动选区内的图像。

● 画笔工具 、吸管工具 、缩放工具 和抓手工具 的用法与 Photoshop 工具箱中的对应工具相同。

3. 使用消失点工具编辑当前图像

(1) 选择创建平面工具在左侧墙壁创建如图 5.162 所示的平面。如果平面显示为红色或黄色，说明平面 4 个角的节点位置有问题，应重新调整。

(2) 按 Ctrl+V 组合键粘贴前期准备工作中复制的图像，形成浮动选区。使用变换工具缩小图像，并将图像移动到上述平面范围内，使其呈现出透视效果。再适当调整图像的宽度与高度，如图 5.163 所示。

图 5.162　创建平面　　　　　　　　　　图 5.163　粘贴并调整外部图像

(3) 选择编辑平面工具，按住 Ctrl 键拖动平面顶边中点，创建如图 5.164 所示的相关垂直平面。调整其形状，如图 5.165 所示(注意，垂直平面应显示为蓝色)。

图 5.164　创建相关垂直平面　　　　　　图 5.165　调整相关平面

(4) 选择选框工具创建如图 5.166 所示的选区。按住 Alt 键依次拖动选区，复制选区内图像，如图 5.167 所示。最后按 Ctrl+D 组合键取消选区。

图 5.166　创建选区　　　　　　　　　　　图 5.167　复制选区图像

(5) 选择仿制图章工具修复图像中的不协调区域(个别筒灯颜色可能出现问题)，如图 5.168 所示。

4. 后期处理

上述操作完成后单击对话框中的【确定】按钮，将滤镜效果应用到当前图像上。多次使用镜头光晕滤镜，在每一处筒灯上添加亮光效果。最终滤镜效果如图 5.169 所示。

图 5.168　修补图像　　　　　　　　　　　图 5.169　最终滤镜效果

5.3　案　　例

5.3.1　精确定位光晕中心

1. 案例说明

本例使用镜头光晕滤镜，在图像的指定位置添加光照效果。案例中将滤镜效果作用在中性色图层上，主要是保护原始图像数据，以免遭到破坏。

2. 操作步骤

(1) 打开"素材 05\风景 5-01.jpg"。新建中性色图层 1，设置如图 5.170 所示。

图 5.170　设置中性色图层参数

（2）显示【信息】面板，从其面板菜单中选择【调板选项】命令，如图 5.171 所示，打开【信息调板选项】对话框。将鼠标坐标的标尺单位设为"像素"，如图 5.172 所示。单击【确定】按钮。

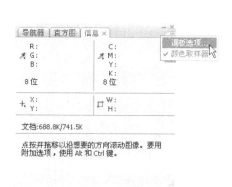

图 5.171　打开【信息】面板菜单

图 5.172　修改调板选项

（3）光标移到素材图像右上角如图 5.173(a)所示的位置。从【信息】面板中读取此时的鼠标位置坐标为(375，95)，如图 5.173(b)所示。记下该数值。

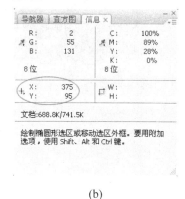

(a)

(b)

图 5.173　读取当前图像上指定位置的点的坐标

（4）选择【滤镜】|【渲染】|【镜头光晕】命令，打开【镜头光晕】对话框，参数设置如图 5.174 所示。按住 Alt 键在滤镜效果预览区单击，弹出【精确光晕中心】对话框，输入步骤(3)记下的坐标值(如图 5.175(a)所示)。单击【确定】按钮，返回【镜头光晕】对话框(如图 5.175(b)所示)。

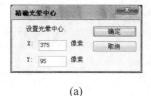

(a)　　　　　　　　　　　　　　　　(b)

图 5.174　设置镜头和亮度　　　　　　图 5.175　修改光晕中心位置

(5) 单击【确定】按钮，关闭滤镜对话框。滤镜效果及当前【图层】面板如图 5.176 所示。

图 5.176　添加滤镜后的图像及【图层】面板

5.3.2　打造爱心云彩

1．案例说明

绿色的草坪，蓝蓝的天空，一朵爱心云彩在微风的吹拂下飘移游荡，构成一幅温馨浪漫的生活画面。本例就利用 Photoshop CS 的液化滤镜制作这幅如梦如幻的画面。

2．操作步骤

(1) 打开"素材 03\草坪 5-01.jpg"和"白云 5-01.jpg"，如图 5.177 所示。

(2) 将白云图像复制到"草坪 5-01.jpg"中，形成图层 1。适当缩放并调整位置如图 5.178 所示。

(3) 选择【滤镜】|【液化】命令，打开【液化】对话框。选择向前变形工具，不断调整画笔大小，从云彩周围向中心拖动鼠标，形成如图 5.179(a)所示的心形效果。

(4) 单击【确定】按钮，滤镜效果应用到图像上。将图层 1 的图层模式更改为"变亮"。结果如图 5.179(b)所示。

图 5.177　打开素材

图 5.178　复制白云图像

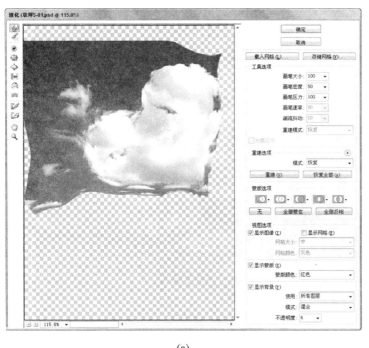

(a)

(b)

图 5.179　对云彩液化变形

(5) 选择【编辑】|【自由变换】命令适当缩放和旋转心形云彩，并调整其位置，如图 5.180 所示。

(6) 选择橡皮擦工具，使用适当大小的软边画笔，擦除心形云彩周围的硬边界以及左上角变形不自然的小云彩。结果如图 5.181 所示。

(7) 选择【图像】|【调整】|【色彩平衡】命令，打开【色彩平衡】对话框。参数设置如图 5.182 所示。使心形云彩的色调与草坪上方的云彩一致。

(8) 图像最终效果和【图层】面板如图 5.183 所示。

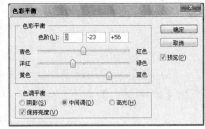

图 5.180 变换 图 5.181 修饰 图 5.182 调色

图 5.183 最终效果和【图层】面板

5.3.3 制作爆炸效果文字

1. 案例说明

本例主要使用高斯模糊、曝光过度、极坐标、风和径向模糊等滤镜，以及文字工具、图层操作(如链接层的对齐、更改图层混合模式和创建填充层等)，自动色阶和旋转画布等命令，编辑制作极具震撼力的文字爆炸效果。

2. 操作步骤

(1) 新建 800×500 像素、72 像素/英寸、RGB 颜色模式、白色背景的图像。

(2) 选择横排文字工具书写文本 china.com，设置字体为 Impact，大小为 130 点，颜色为黑色，如图 5.184 所示。

图 5.184 创建文字

(3) 将文字层与背景层同时选中，依次选择【图层】|【对齐】菜单下的【垂直居中】命令和【水平居中】命令，将文字对齐到图像窗口的中央，如图 5.185 所示。

图 5.185 将图层 1 与背景层对齐

(4) 在【图层】面板菜单中选择【合并图层】命令，将文字层合并到背景层。

(5) 添加【滤镜】|【模糊】|【高斯模糊】滤镜(半径设为 4)，将"文字"边缘模糊，以便使最终的爆炸效果更逼真。

(6) 添加【滤镜】|【风格化】|【曝光过度】滤镜，如图 5.186 所示。

图 5.186 曝光过度滤镜效果

(7) 选择【图像】|【调整】|【自动色阶】命令，使"文字"边缘的亮色更加醒目。

(8) 复制背景层，得到"背景 副本"层。以下对"背景 副本"层进行处理。

(9) 选择【滤镜】|【扭曲】|【极坐标】命令，在弹出的对话框中选择【极坐标到平面坐标】单选按钮，单击【确定】按钮，如图 5.187 所示。

(10) 选择【图像】|【旋转画布】|【90 度(顺时针)】命令。

(11) 选择【滤镜】|【风格化】|【风】命令，弹出【风】对话框。参数设置如图 5.188(a)所示，单击【确定】按钮。图像效果如图 5.188(b)所示。

(12) 按 Ctrl + F 组合键一次，再次添加风滤镜，以便使最终的爆炸效果更强烈。

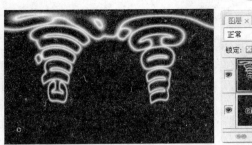

图 5.187　添加极坐标滤镜

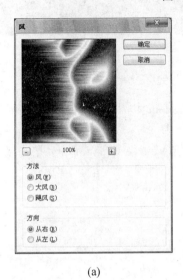

(a)

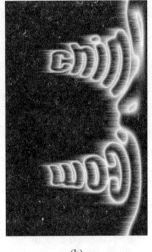

(b)

图 5.188　添加风滤镜

(13) 选择【图像】|【旋转画布】|【90 度(逆时针)】命令。

(14) 再次选择【滤镜】|【扭曲】|【极坐标】命令，在弹出的对话框中选择【平面坐标到极坐标】单选按钮，单击【确定】按钮，如图 5.189 所示。

(15) 选择【滤镜】|【模糊】|【径向模糊】命令。参数设置如图 5.190(a)所示，单击【确定】按钮。图像效果如图 5.190(b)所示。

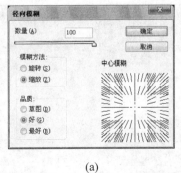

(a)　　　　　　　　　　　　　　　(b)

图 5.189　再次添加极坐标滤镜　　　　　图 5.190　添加径向模糊滤镜

(16) 将"背景 副本"层的混合模式设置为"滤色",如图 5.191(a)所示。图像效果如图 5.191(b)所示。

(a)　　　　　　　　　　　　　　　　(b)

图 5.191　设置图层混合模式

(17) 在【图层】面板上单击【新建填充或调整图层】按钮 ，从弹出菜单中选择【渐变】命令(或选择【图层】|【新建填充图层】|【渐变】命令)，打开【渐变填充】对话框。参数设置如图 5.192 所示(采用的渐变为"紫罗兰，橙色(Violet，Orange)")。单击【确定】按钮，生成填充层"渐变填充 1"，并将该图层的混合模式设置为"叠加"，如图 5.193 所示。图像最终效果如图 5.194 所示。

图 5.192　【渐变填充】参数设置　　　　　图 5.193　设置图层混合模式

图 5.194　图像最终效果

提示 本例步骤可做下述调整而最终结果不变。
- 在步骤(10)中对画布进行逆时针 90°旋转。
- 步骤(11)中风滤镜的"风向"更改为"从左"。
- 在步骤(13)中对画布进行顺时针 90°旋转。

提示 "填充层"是Photoshop CS非破坏性编辑的重要手段之一,在【图层】面板上双击填充层的缩览图,打开【渐变填充】对话框,可重新设置【渐变填充】的参数。关于填充层的概念及基本操作可参考本书第7章相关内容。

5.4 外挂滤镜简介

上述介绍的滤镜为 Photoshop 的自带滤镜,又称内置滤镜。还有一类滤镜,种类也非常多,不是由 Adobe 公司开发的,而是由第三方厂商生产的,称之为外挂滤镜。这类滤镜安装好之后,出现在 Photoshop 滤镜菜单的底部,和内置滤镜一样使用。关于外挂滤镜的安装应注意以下几点。
- 安装前一定要退出 Photoshop 程序窗口。
- 大多 Photoshop 外挂滤镜软件都带有安装程序。运行安装程序,按提示进行安装即可。
- 在安装过程中要求选择外挂滤镜的安装位置时,一定要选择 Photoshop 安装路径下的 Plug-Ins 文件夹,即外挂滤镜的安装路径为"…Adobe \ Photoshop CS3 \ Plug-Ins"。
- 有些外挂滤镜没有安装程序,而是一些扩展名为 8BF 的滤镜文件。对于这类外挂滤镜,直接将滤镜文件复制到"…Adobe \ Photoshop CS3 \ Plug-Ins"文件夹下即可。

5.5 小 结

本章主要讲述了以下内容。
- **滤镜概述**。滤镜是 Photoshop 用来处理图像的一种特效工具。Photoshop CS3 提供了 14 个滤镜组和多个滤镜插件。需要经过大量实践,不断积累经验,才能把这么多滤镜使用好。
- **滤镜介绍**。以素材图像为例,介绍了每个滤镜的使用方法,操作性较强。
- **本章案例**。介绍了一些典型滤镜的实际应用,并对滤镜的使用做了必要的引深。
- **外挂滤镜**。是与 Photoshop 的内置滤镜相对而言的,由 Adobe 公司之外的第三方厂商开发的滤镜。

超出本章范围的知识点有:
(1) 图层蒙版的实质及基本操作(先作了解,详细内容可参考本书第 7 章)。
(2) 填充层的概念及创建方法(先作了解,详细内容可参考本书第 7 章)。

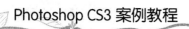

5.6 习　　题

一、选择题

1. 按快捷键_____，可以将上一次使用的滤镜快速应用到图像中，而无需再进行参数设置(滤镜参数与上一次相同)。

    A．Ctrl + F　　　　B．Alt + Ctrl + Z　　　C．Ctrl + Y　　　　D．Ctrl + Z

2. 滤镜命令执行完毕后，使用【编辑】菜单下的【_____】命令，可以调整滤镜效果的作用程度及混合模式。

    A．撤销　　　　　　B．重复　　　　　　　C．返回　　　　　D．消隐

3. 外挂滤镜务必安装或复制在 Photoshop 安装路径下的_____文件夹中才能生效。

    A．Required　　　　B．Presets　　　　　　C．Plug-Ins　　　D．Samples

4. 应用某些滤镜时需要占用大量的内存，特别是将这些滤镜应用到高分辨率的图像时。在这种情况下，为了提高计算机的性能，以下说法不正确的是_____。

    A．首先在一小部分图像上试验滤镜效果，记下参数设置，再将同样设置的滤镜应用到整个图像上

    B．可分别在每个图层上应用滤镜

    C．在运行滤镜之前可首先使用【编辑】|【清理】菜单中的命令释放内存

    D．应尽量退出其他应用程序，以便将更多的内存分配给 Photoshop 使用

5. 以下不属于【液化】对话框中的工具的是_____。

    A．冻结蒙版工具　　　　　　　　B．向前变形工具

    C．边缘高光器工具　　　　　　　D．镜像工具

6. 以下不属于【抽出】对话框中的工具的是_____。

    A．冻结蒙版工具　　　　　　　　B．边缘修饰工具

    C．边缘高光器工具　　　　　　　D．清除工具

7. 以下不属于滤镜作用对象的是_____。

    A．图层　　　　　B．路径　　　　　C．蒙版　　　　D．通道

二、填空题

1. 滤镜实际上是使图像中的_____产生位移或颜色值发生变化等，从而使图像中出现各种各样的特殊效果。

2. 在包含矢量元素的图层(如文本层、形状层等)上使用滤镜前，应首先对该层进行_____化。

3. 任何滤镜都不能应用于_____和_____颜色模式的图像。

4. _____滤镜组用于视频图像与普通图像的相互转换。

三、操作题

1. 使用"练习\童年.jpg"(图 5.195)制作如图 5.196 所示的艺术镜框效果。

图 5.195　原图　　　　　　　　　　　图 5.196　艺术镜框效果

操作提示：

(1) 打开素材图像，新建图层 1。

(2) 创建矩形选区。在图层 1 的选区内填充黑色。

(3) 反转选区，填充白色。

(4) 取消选区。将图层 1 的混合模式改为"滤色"，如图 5.197 所示。

(5) 对图层 1 使用玻璃滤镜(设置纹理为"小镜头")。

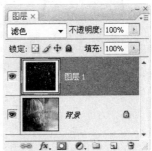

图 5.197　更改图层混合模式

2. 使用素材图像"练习\春天.jpg"、"天鹅 01.psd"和"天鹅 02.psd"(图 5.198)制作如图 5.199 所示的效果(效果参考"练习\戏水.jpg")。

操作提示：

(1) 在羽化的矩形选区内使用水波滤镜制作水面旋涡。可调用【消隐】命令调整滤镜效果。

(2) 天鹅倒影上添加高斯模糊滤镜与波纹滤镜，并适当调整倒影层的不透明度。

(3) 最后适当调整天鹅及倒影的【亮度/对比度】。调整水面的【色彩平衡】(增加绿色)。

图 5.198　素材图像　　　　　　　　　　　图 5.199　戏水画面

3．制作如图 5.200 所示的火焰字效果(彩色效果参考"练习\火焰字.jpg")。

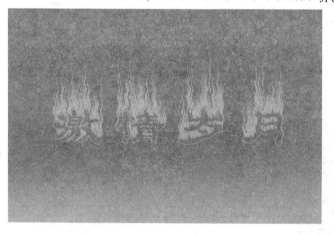

图 5.200　火焰字效果

操作提示：

(1) 新建图片(600×400 像素、灰度模式、黑色背景)。

(2) 书写横向文字"激情岁月"(隶书、白色、96 点)，放置到图像窗口中央。拼合图层。

(3) 顺时针旋转画布 90 度。

(4) 添加风(风，从左)滤镜 3 次。

(5) 添加波浪滤镜，参数设置如图 5.201 所示。

(6) 画布逆时针旋转 90 度。

(7) 将图像颜色模式改为"索引模式"。

(8) 选择【图像】|【模式】|【颜色表】命令。在【颜色表】下拉菜单中选"黑体"。单击【确定】按钮。

(9) 将图像的颜色模式转换为 RGB 颜色。

(10) 将背景层转为一般层。新建图层 1，填充为橙红色(颜色值为#ff6600)，放置到图层 0 的下面。

(11) 在图层 0 上添加图层蒙版。在蒙版上从下向上施加黑色到白色的线性渐变，如图 5.202 所示。

(12) 将图层 0 的混合模式改为"饱和度"。

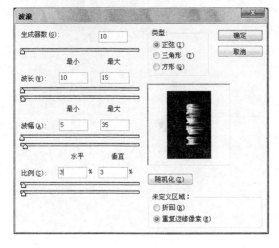

图 5.201　【波浪】参数设置

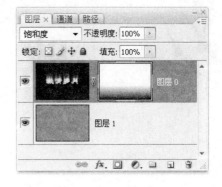

图 5.202　编辑蒙版

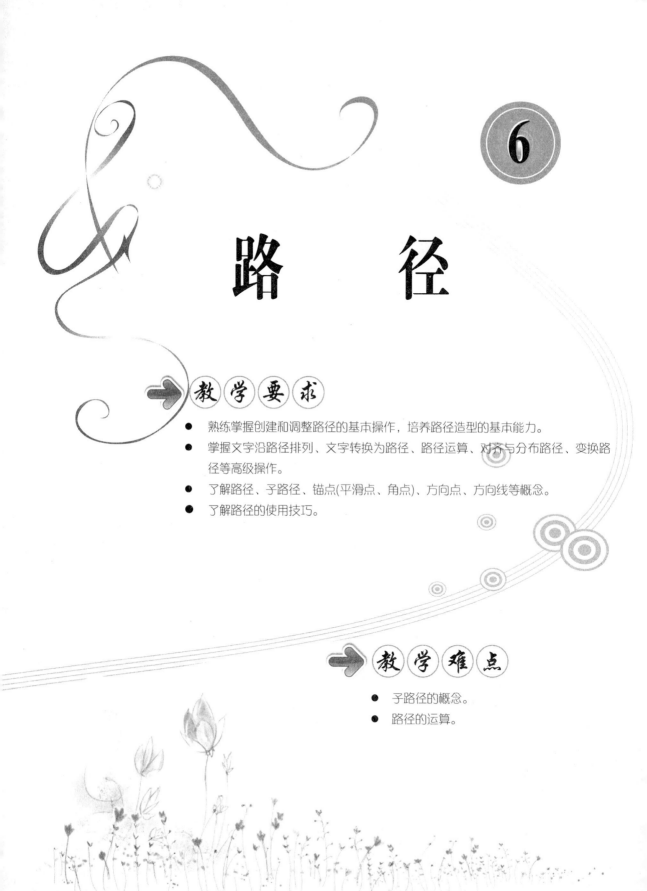

路　　径

教学要求

- 熟练掌握创建和调整路径的基本操作，培养路径造型的基本能力。
- 掌握文字沿路径排列、文字转换为路径、路径运算、对齐与分布路径、变换路径等高级操作。
- 了解路径、子路径、锚点(平滑点、角点)、方向点、方向线等概念。
- 了解路径的使用技巧。

教学难点

- 子路径的概念。
- 路径的运算。

6.1　路　径　概　述

6.1.1　路径概述

路径工具是 Photoshop 最精确的选取工具之一，适合选择边界弯曲而平滑的对象，如人物的脸部曲线、花瓣、心形等。同时，路径工具也常常用于创建边缘平滑的图形。

Photoshop 的路径工具包括钢笔工具组、路径选择工具和直接选择工具，如图 6.1 所示。其中，钢笔工具、自由钢笔工具可用于创建路径；其他工具(如路径选择工具、直接选择工具和转换点工具等)用于路径的编辑与调整。另外，使用形状工具(图 6.2)也能够创建路径。

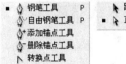

图 6.1　路径工具　　　　　图 6.2　形状工具

路径是矢量对象，不仅具有矢量图形的优点，在造型方面还具有良好的可控制性。Photoshop 是公认的位图编辑大师，但它在矢量造型方面的能力几乎可以和 CorelDRAW、3ds max 等顶级矢量软件相媲美。

Photoshop 的 PSD、JPG、DCS、EPS、PDF 和 TIFF 等文件格式都支持路径。路径几乎不增加上述图像文件的大小。

6.1.2　路径基本概念

连接路径上各线段的点叫做锚点。锚点分两类：平滑锚点，角点(或称拐点、尖突点)。角点又分含方向线的角点和不含方向线的角点两种。与其他相关软件(CorelDRAW、3ds max 等)类似，Photoshop 通过调整方向线的长度与方向改变路径曲线的形状，如图 6.3 所示。

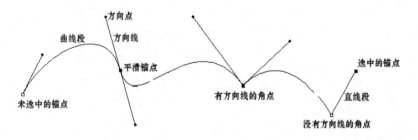

图 6.3　路径组成

● 平滑锚点：在改变锚点单侧方向线的长度与方向时，锚点另一侧的方向线相应调整，使锚点两侧的方向线始终保持在同一方向上。通过这类锚点的路径是光滑的。平滑锚点两侧的方向线的长度不一定相等，如图 6.4 所示。

图 6.4　通过平滑点的路径

● 不含方向线的角点：由于不含方向线，所以不能通过调整方向线改变通过该类锚点的路径的形状。如果与这类锚点相邻的锚点也是没有方向线的角点，则两者之间的连线为直线路径；否则，为曲线路径，如图 6.5 所示(左边两个锚点不含方向线)。

图 6.5　通过无方向线角点的路径

● 含方向线的角点：此类角点两侧的方向线一般不在同一方向上，有时仅含单侧方向线。两侧方向线可分别调整，互不影响。路径在该类锚点处形成尖突或拐角，如图 6.6 所示。

提示　方向点是实心小点，分布在方向线的两侧，它比连接路径的锚点要小。方向线用于调整路径的形状，它本身不是路径。

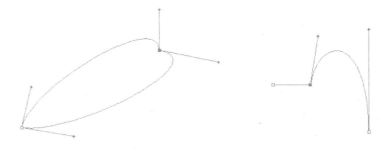

图 6.6　通过有方向线角点的路径

6.2　路径基本操作

6.2.1　创建路径

1. 使用钢笔工具 🖊 创建路径

选择钢笔工具，在选项栏上选择【路径】按钮 🔲，如图 6.7 所示。

图 6.7 钢笔工具的选项栏

1) 创建直线路径

在图像中单击生成第一个锚点，移动光标再次单击生成第二个锚点，同时前后两个锚点之间由直线路径连接起来。依次下去形成折线路径。

要结束路径可按住 Ctrl 键，在路径外单击，形成开放路径，如图 6.8 所示。要创建封闭路径，只要将光标定位在第一个锚点上(此时指针旁出现一个小圆圈)单击，如图 6.9 所示。

在创建直线路径时，按住 Shift 键可沿水平、竖直或 45°角倍数的方向绘制路径。

构成直线路径的锚点不含方向线，又称直线角点。

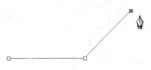

图 6.8 折线开放路径

图 6.9 折线闭合路径

2) 创建曲线路径

在确定路径的锚点时，若按住左键拖动鼠标，则前后两个锚点由曲线路径连接起来。若前后两个锚点的拖移方向相同，则形成 S 型路径，如图 6.10 所示。若拖移方向相反，则形成 U 型路径，如图 6.11 所示。

结束创建曲线路径的方法与直线路径相同。

图 6.10 S 型路径

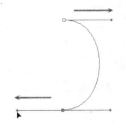

图 6.11 U 型路径

钢笔工具的选项栏参数如下。

● ▢按钮：创建形状图层。

● ▨按钮：创建路径。

● ▨按钮：使用自由钢笔工具创建路径或形状图层。

● 【橡皮带】复选框：单击选项栏上的【几何选项】按钮▼，打开【钢笔选项】面板(图 6.7)，勾选【橡皮带】复选框。这样，在使用钢笔工具创建路径时，在最后生成的锚点和光标所在位置之间会出现一条临时连线，用以协助确定下一个锚点。

● 【自动添加/删除】复选框：勾选该复选框，将钢笔工具移到路径上(此时钢笔工具临时转换为增加锚点工具)，单击可在路径上增加一个锚点。将钢笔工具移到路径的锚点上(此时钢笔工具临时转换为删除锚点工具)，单击可删除该锚点，如图 6.12 所示。

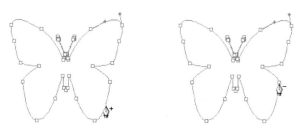

图 6.12　自动添加和删除锚点

● 按钮组：用于路径的运算。

2. 使用自由钢笔工具创建路径

使用自由钢笔工具可以用来以手绘的方式创建路径，操作比较随意。Photoshop 将根据所绘路径的形状在路径的适当位置自动添加锚点。

选择自由钢笔工具，在选项栏上选择【路径】按钮，在图像中按住左键拖动鼠标，路径尾随着指针自动生成。释放鼠标按键可结束路径的绘制。若要继续在现有路径上绘制路径，可将指针定位在路径的端点上并拖动鼠标。

要创建封闭的路径只要拖动鼠标回到路径的初始点(此时指针旁出现一个小圆圈)松开鼠标按键。

例如，使用钢笔工具(配合 Shift 键)绘制一条直线路径，如图 6.13 所示。

图 6.13　绘制直线路径

选择自由钢笔工具，光标移到直线路径的左端点上，如图 6.14 所示，按住左键开始绘制自由路径，如图 6.15 所示。

图 6.14　光标定位在现有路径的端点上

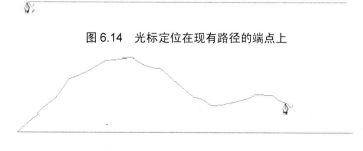

图 6.15　在现有路径上绘制路径

最后拖动指针到路径的右端点上，光标旁出现一个连接标志，松开左键，封闭路径创建完毕，如图 6.16 所示。

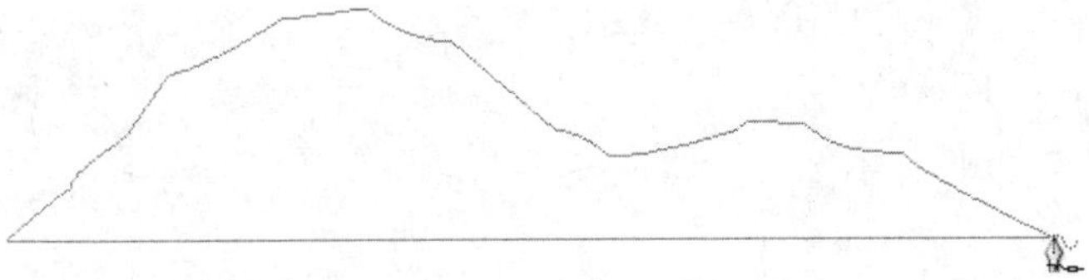

图 6.16　封闭路径

将前景色设为黑色，在【路径】面板上单击【用前景色填充路径】按钮 ，对路径填色，如图 6.17 所示。

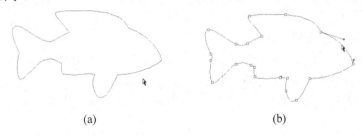

图 6.17　为路径填色

3. 使用形状工具创建路径

选择任一形状工具，在选项栏上选择【路径】按钮 ，可创建路径。

6.2.2　显示与隐藏锚点

当路径上的锚点被隐藏时，使用直接选择工具 在路径上单击，可显示路径上所有锚点，如图 6.18(b)所示。反之，使用直接选择工具在显示锚点的路径外单击，可隐藏路径上所有锚点，如图 6.18(a)所示。

(a)　　　　　　　　　　　　　　　(b)

图 6.18　隐藏锚点和显示锚点

6.2.3　转换锚点

使用转换点工具 可以转换锚点的类型，具体操作如下。

1. 将直线角点转换为平滑锚点和含方向线的角点

选择转换点工具，将光标定位于要转换的直线角点上，按住左键拖动，可将锚点转化为平滑锚点。将光标定位于平滑锚点的方向点上，按住左键拖动，平滑锚点可转换为有方向线的角点，如图 6.19 所示。继续拖动方向点，改变单侧方向线的长度和方向，进一步调整锚点单侧路径的形状。

图 6.19　将直线角点转换为平滑锚点和含方向线的角点

2. 将平滑锚点或含方向线的角点转换为直线角点

若锚点为平滑锚点或含方向线的角点，使用转换点工具在锚点上单击，可将锚点转换为直线角点，如图 6.20 和图 6.21 所示。

图 6.20　将平滑锚点转换为直线角点

图 6.21　将含方向线的角点转换为直线角点

在调整路径时，使用直接选择工具 ▶ 拖动锚点或方向点不会改变锚点的类型。

6.2.4　选择与移动锚点

使用直接选择工具 ▶ 即可以选择锚点，也可以改变锚点的位置。方法如下(假设路径已存在，且锚点是显示的)。

(1) 选择直接选择工具。

(2) 在锚点上单击，选中单个锚点(空心方块变成实心方块)。选中的锚点若含有方向线，方向线将显示出来，如图 6.22(a)所示。

(3) 在锚点上拖移鼠标改变单个锚点的位置，如图 6.22(b)所示。

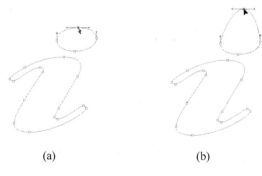

(a)　　　　　　　　　　　　　　(b)

图 6.22　选择和移动单个锚点

(4) 选中单个锚点后，按住 Shift 键在其他锚点上单击，可继续加选锚点。也可以通过框选的方式选择多个锚点。

(5) 选中多个锚点后，在其中一个锚点上拖动鼠标，可同时改变选中的所有锚点的位置。当然，通过这种方式也可以移动与所选锚点相关的部分路径。

6.2.5　添加与删除锚点

添加与删除锚点的常用方法如下。

(1) 选择钢笔工具，在选项栏上勾选【自动添加/删除】复选框。

(2) 将光标移到路径上要添加锚点的位置(光标变成 形状)，单击可添加锚点。当然，也可以直接使用添加锚点工具 在路径上添加锚点。添加锚点并不会改变路径的形状。

(3) 将光标移到要删除的锚点上(光标变成 形状)，单击可删除锚点。当然，也可以直接使用删除锚点工具 删除锚点。删除锚点后，路径的形状将重新调整，以适合其余的锚点，如图 6.23 所示。

图 6.23　删除锚点

6.2.6　选择与移动路径

选择与移动路径的常用方法如下。

(1) 选择路径选择工具 。

(2) 在路径上单击即可选择整个路径。在路径上拖动鼠标可改变路径的位置。

(3) 若路径由多个子路径(又称路径组件)组成，单击可选择一个子路径。按住 Shift 键在其他子路径上单击，可继续加选子路径。也可以通过框选的方式选择多个子路径，如图 6.24 所示。

(4) 选中多个子路径后，拖动其中一个子路径可同时改变选中的所有子路径的位置。

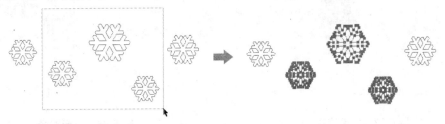

图 6.24　框选多个子路径

6.2.7　存储工作路径

使用钢笔工具等创建的路径，以临时工作路径的形式存放于【路径】面板，如图 6.25 所示。在工作路径未被选择的情况下，再次创建路径，新的工作路径将取代原有工作路径。有时为了防止重要信息的丢失，必须将工作路径存储起来，常用方法有以下两种。

- 将工作路径拖动到【路径】面板上的【创建新路径】按扭 上，松开鼠标按键。
- 在工作路径上双击，弹出【存储路径】对话框，如图 6.26 所示。输入路径名称(或采用默认设置)，单击【确定】按钮。

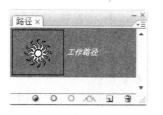

图 6.25 【路径】面板　　　　　　　　　　　图 6.26 【存储路径】对话框

6.2.8　删除路径

要想删除子路径，可在选择子路径后按 Delete 键。

要想删除整个路径，可打开【路径】面板，在要删除的路径上右击，从弹出菜单中选择【删除路径】命令。或将要删除的路径直接拖动到【删除当前路径】按钮 🗑 上。

6.2.9　显示与隐藏路径

在【路径】面板底部的灰色空白区域单击，取消路径的选择，可以在图像中隐藏路径，如图 6.27 所示。在【路径】面板上单击选择要显示的路径，可以在图像中显示该路径，如图 6.28 所示。一次只能选择和显示一条路径。

6.2.10　重命名已存储的路径

打开【路径】面板，双击已存储路径的名称，在【名称】编辑框内输入新的名称，按 Enter 键或在【名称】编辑框外单击。

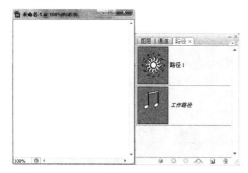　　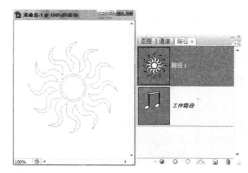

图 6.27　隐藏路径　　　　　　　　　　　图 6.28　显示路径

6.2.11　复制路径

1. 在图像内部复制路径

包括复制子路径和复制全路径两种情况。其中复制子路径的操作是在图像中进行的，方法如下。

(1) 选择路径选择工具 ▶。

(2) 按住 Alt 键，使用鼠标在图像中拖移要复制的路径，如图 6.29 所示。

复制全路径的操作是在【路径】面板上进行的，方法如下。

打开【路径】面板，将要复制的路径拖动到面板底部的【创建新路径】按钮🔲上，松开鼠标按键，即可复制出原路径的一个副本，如图 6.30 所示。

2. 在不同图像间复制路径

在不同图像间复制路径的常用方法如下。

● 使用路径选择工具🔺将要复制的路径从一个图像窗口拖动到另一个图像窗口。

● 将要复制的路径从当前图像的【路径】面板直接拖动到另一个图像窗口。

● 在当前图像窗口中选择要复制的路径或子路径，选择【编辑】|【拷贝】命令，切换到目标图像，选择【编辑】|【粘贴】命令。

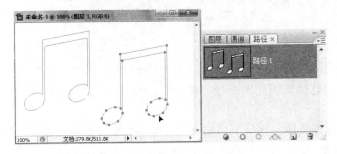

图 6.29   子路径的复制

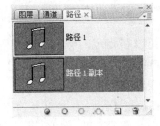

图 6.30   复制整个路径

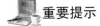

重要提示 留意路径工具的以下快速切换技巧，可以显著提高路径编辑的效率。

● 在使用钢笔工具✒时，按住 Ctrl 键不放，可切换到直接选择工具🔺；按住 Alt 键不放，可切换到转换点工具⌐。

● 在使用路径选择工具🔺时，按住 Ctrl 键不放，可切换到直接选择工具🔺。

● 在使用直接选择工具🔺时，按住 Ctrl 键不放，可切换到路径选择工具🔺。

● 在使用直接选择工具🔺时，将光标移到锚点上，按住 Ctrl+Alt 组合键不放，可切换到转换点工具⌐。

● 在使用转换点工具⌐时，将光标移到路径上，可切换到直接选择工具🔺。

● 在使用转换点工具⌐时，将光标移到锚点上，按住 Ctrl 键不放，可切换到直接选择工具🔺。

● 在使用转换点工具⌐时，将光标移到有双侧方向线的锚点上，按住 Alt 键单击，可去除锚点的单侧方向线。

6.2.12   描边路径

可以使用 Photoshop 基本工具的当前设置，沿任意路径创建绘画描边的效果。操作方法如下。

(1) 选择路径。在【路径】面板上选择要描边的路径，或使用路径选择工具🔺在图像中选择要描边的子路径。

(2) 选择并设置描边工具。在工具箱上选择描边工具，并对工具的颜色、模式、不透明度、画笔大小、画笔间距等属性进行必要的设置。

(3) 描边路径。在【路径】面板上单击【用画笔描边路径】按钮〇，可使用当前工具对路径或子路径进行描边。也可以从【路径】面板菜单中选择【描边路径】命令或【描边子路径】命令，弹出相应的对话框(图 6.31)，在对话框的下拉列表中选择描边工具(默认为当前工具)，单击【确定】按钮。

上述操作中，步骤(1)和步骤(2)可以颠倒。

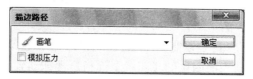

图 6.31 【描边路径】对话框

描边路径的目标图层是当前图层，操作前应注意选择合适的图层。

6.2.13　填充路径

可以将指定的颜色、图案等内容填充到指定的路径区域。操作方法如下。

(1) 选择路径。在【路径】面板上选择要填充的路径，或使用路径选择工具 在图像中选择要填充的子路径。

(2) 在【路径】面板上单击【用前景色填充路径】按钮 ，可使用当前前景色填充所选路径或子路径。也可以从【路径】面板菜单中选择【填充路径】命令或【填充子路径】命令，弹出相应的对话框(图 6.32)，根据需要设置好参数，单击【确定】按钮。

- 【使用】：选择填充内容。包括"前景色"、"背景色"、"自定义颜色"、"图案"等。
- 【模式】：选择填充的混合模式。
- 【不透明度】：指定填充的不透明度。
- 【保留透明区域】：勾选该复选框，在当前图层上禁止填充所选路径范围内的透明区域。
- 【羽化半径】：设置要填充路径区域的边缘羽化程度。
- 【消除锯齿】：在路径填充区域的边缘生成平滑的过渡效果。

填充路径是在当前图层上进行的，操作前应注意选择合适的图层。

6.2.14　路径和选区的相互转化

1. 路径转化为选区

在 Photoshop 中，创建路径的目的通常是要获得同样形状的选区，以便精确地选择对象。路径转化为选区的常用方法如下。

(1) 在【路径】面板上选择要转化为选区的路径，或使用路径选择工具 在图像中选择特定的子路径。

(2) 单击【路径】面板底部的【将路径作为选区载入】按钮 (载入的选区将取代图像中的原有选区)。也可以从【路径】面板菜单中选择【建立选区】命令，弹出如图 6.33 所示的对话框，根据需要设置好参数，单击【确定】按钮。

图 6.32 【填充子路径】对话框

图 6.33 【建立选区】对话框

- 【羽化半径】：指定选区的羽化值。
- 【消除锯齿】：在选区边缘生成平滑的过渡效果。
- 【操作】：指定由路径转化的选区和图像中原有选区的运算关系。

上述操作完成后，有时图像中会出现选区和路径同时显示的状态，这往往会影响选区的正常编辑。此时，应注意将路径隐藏起来。

2. 选区转换为路径

通过任何方式获得的选区都可以转换为路径。但是，边界平滑的选区往往不能按原来的形状转换为路径。如图 6.34 所示圆形选区转换为路径时出现偏差。

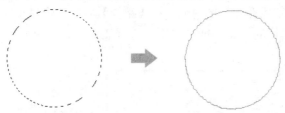

图 6.34 选区转换为路径时出现偏差

选区转换为路径的常用方法有下面两种(假设选区已存在)。

- 在【路径】面板上单击【从选区生成工作路径】按钮 。
- 在【路径】面板菜单中选择【建立工作路径】命令，弹出如图 6.35 所示的对话框。输入容差值，单击【确定】按钮。

图 6.35 【建立工作路径】对话框

提示 容差的取值范围为0.5～10像素，用于设置【建立工作路径】命令对选区形状微小变化的敏感程度。取值越高，转换后的路径上锚点越少，路径也越平滑。另外，不论采用哪一种方法，选区转换为工作路径时都无法保留原有选区上的羽化效果。

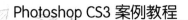

6.3　路径高级操作

6.3.1　文字沿路径排列

Photoshop CS 的一项强大的功能，可以产生一种优雅而活泼的视觉效果，常见于以儿童或女性消费为题材的广告作品中。之前只有 CorelDRAW 之类的矢量软件中才具有这项功能。然而，Photoshop 从 CS 8.0 之后也做到了这一点。具体操作如下。

(1) 根据需要创建路径。

(2) 选择横排文字工具或直排文字工具，光标定位在路径上，当显示↓指示符的时候单击，路径上出现插入点。输入文字内容，如图 6.36 所示。

(3) 选择路径选择工具或直接选择工具，将光标置于路径文字上，当出现指示符的时候单击并沿路径拖移文字，可改变文字在路径上的位置。若拖移时跨过路径，文字将翻转到路径的另一侧，如图 6.37 所示。

图 6.36　创建路径文字　　　　　　　　图 6.37　文字翻转到路径对侧

(4) 当选择路径文字所在图层的时候，在【路径】面板上将显示对应的文字路径。使用路径选择工具改变该路径的位置，或使用直接选择工具等调整其形状，文字也随着一起变化，如图 6.38 所示。

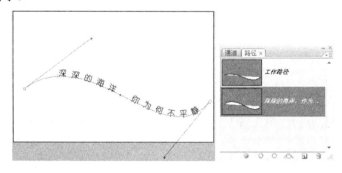

图 6.38　最终效果

路径文字内容和格式的编辑与普通文字完全相同。

打开"素材 06\雨季 6-01.jpg"，使用钢笔工具等创建如图 6.39 所示的 4 条路径。

使用横排文字工具在每条子路径上创建路径文字。结果如图 6.40 所示。

对于闭合路径，文字除了能够沿路径曲线书写外，还可以排列在路径内。操作如下。

(1) 创建封闭的路径。

(2) 选择横排文字工具或直排文字工具，在封闭路径内单击，确定插入点，输入文字内容，如图 6.41(a)所示。完成后的效果如图 6.41(b)所示。

图 6.39　绘制路径

图 6.40　路径文字效果

(a)

(b)

图 6.41　在路径内排列文字

6.3.2　文字转换为路径

Photoshop CS 的这项功能为艺术工作者使用计算机进行字体设计带来了很大的方便。具体操作如下。

(1) 使用横排文字工具或直排文字工具创建文字。

(2) 选择文字图层，选择【图层】|【文字】|【创建工作路径】命令，Photoshop CS 便基于当前文字的轮廓创建了工作路径，如图 6.42 所示。

(3) 使用钢笔工具 🖊、直接选择工具 ▶ 和转换点工具 ▶ 等对文字路径进行调整，如图 6.43 所示。

图 6.42　将文字转为路径

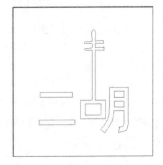

图 6.43　调整文字路径

如图 6.44 所示是常见的字体设计的案例，可使用上述文字路径实现。

图 6.44　常见的字体设计

6.3.3　路径运算

路径运算指的是子路径之间的运算，不同路径之间不能直接进行运算。

1. 路径创建时的运算

在使用钢笔工具、形状工具等创建路径时，可以根据实际需要，利用选项栏上的 按钮对先后创建的路径进行计算。各按钮作用如下。

- ：添加到路径区域。将新创建的路径区域添加到已有的路径区域中。
- ：从路径区域减去。从已有路径区域中减去与新建路径区域重叠的区域。
- ：交叉路径区域。将新建路径区域与已有路径区域进行交集运算。
- ：排除重叠路径区域。从新建路径区域和已有路径区域的并集中排除重叠的区域。

打开"素材 06\紫砂壶 6-01.jpg"(图 6.45)，选择图像中紫砂壶的过程如下。

(1) 选择钢笔工具，在选项栏上选择【添加到路径区域】按钮 。创建紫砂壶的外轮廓路径，如图 6.46 所示。

图 6.45　原图　　　　　　　　　　　　图 6.46　创建外围路径

(2) 在选项栏上选择【从路径区域减去】按钮 。在壶盖和把手的空隙处分别创建路径，如图 6.47 所示。注意，在【路径】面板上所显示的工作路径中，白色区域可以载入选区。

注意，图 6.47 中的路径在仅显示部分子路径的锚点，或仅选择部分子路径时将不能载入正确的选区。

图 6.47　路径运算结果

2. 路径创建后的运算

路径在创建时不管采用何种运算关系，创建好之后仍可以对其中两个或两个以上的子路径选择新的运算方法，并重新进行运算。举例如下。

(1) 使用形状工具，在选项栏上选择【添加到路径区域】按钮 。创建如图 6.48 所示的路径(包含"人物"和"圆"两个子路径)。

图 6.48　创建时的并集运算关系

(2) 使用路径选择工具框选两个子路径，分别单击选项栏上的 、 和 按钮，得到不同于原来并集运算的其他结果，如图 6.49 所示。

(a)　　　　　　　　　　　　　　(b)　　　　　　　　　　　　　　(c)

图 6.49　重新选择运算方法

(3) 若单击选项栏上的【组合】按钮，Photoshop CS 将根据所选运算关系，将参与运算的多个子路径合并为一个子路径。

6.3.4　子路径的对齐与分布

子路径的对齐与分布和图层的对齐与分布类似。操作步骤如下。

(1) 选择路径选择工具 ▶，选择要参与对齐或分布操作的子路径。

(2) 单击选项栏上的对齐或分布按钮，如图 6.50 所示。

对齐按钮　　　　分布按钮

图 6.50　对齐和分布按钮组

6.3.5　变换路径

路径的变换与图层或选区的变换类似。操作方法如下。

(1) 选择路径选择工具 ▶，选择要进行变换的路径或子路径。

(2) 选择【编辑】|【自由变换路径】命令或【编辑】|【变换路径】菜单下的一组命令进行变换(注意选项栏参数)。

6.4　案　　　例

6.4.1　路径描边制作邮票

1. 案例说明

本书 2.2.7 节的"案例一"已经介绍了邮票的制作方法。这里再介绍一种使用路径描边制作邮票的方法。读者可以比较两种方法的优劣。

2. 操作步骤

(1) 打开"素材 06\邮票素材.psd"，如图 6.51 所示。"邮票素材.psd"可由"素材 06\睡莲 6-01.jpg"编辑完成，可参考本书第 2 章 2.2.7 节"案例一"的步骤(1)～步骤(4)。

图 6.51　打开素材图像

(2) 在图层 1 上方新建图层 2。按住 Ctrl 键单击图层 0 的缩览图，载入选区，如图 6.52 所示。

图 6.52　新建图层并载入选区

（3）选择【选择】|【变换选区】命令，配合 Alt 键，分别在水平和竖直方向对称扩展选区。然后在图层 2 的选区内填充白色，如图 6.53 所示。

图 6.53　变换选区并填色

（4）再次选择【选择】|【变换选区】命令，配合 Alt 键，适当在水平和竖直方向对称缩小选区。结果如图 6.54 所示。

（5）打开【路径】面板，单击【从选区生成工作路径】按钮　，将选区转换为路径，如图 6.55 所示。

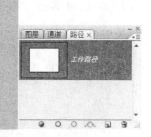

图 6.54　适当缩小选区　　　　　　　　　图 6.55　将选区转换为路径

（6）选择橡皮擦工具。设置画笔大小为 6px、硬度为 100%，间距为 132%。

（7）确保选择图层 2。在【路径】面板上单击【用画笔描边路径】按钮　。

（8）隐藏工作路径。对图层 2 添加外发光样式，适当调整参数，如图 6.56 所示。

（9）在邮票上书写"中国人民邮政"和"8 分"的字样。最终效果如图 6.57 所示。

图 6.56　添加图层样式

图 6.57　最终效果

6.4.2　移花接木

1．案例说明

本例主要练习如何使用钢笔工具、直接选择工具、转换点工具和【路径】面板等进行精确抠图。路径适合选择边缘平滑而清晰的图像。

2．操作步骤

(1) 打开"素材 06\白兰花 6-01.jpg"，如图 6.58 所示。

(2) 使用钢笔工具沿花朵的边界创建一个封闭的多边形路径，并使用直接选择工具单击路径以显示所有锚点，如图 6.59 所示。

图 6.58　素材图像-白兰花　　　　　　　图 6.59　确定关键锚点

提示　上述封闭路径中每两个锚点之间的对象边缘线条应是一条直线段、抛物线或者S
　　　　形曲线(即双弧曲线)。若两个锚点间的边缘线条是比S形曲线更复杂的多弧曲线，

或者是由直线段与曲线段连接而成的复合线条，就不能通过调整两端的锚点使路径与该段对象边缘准确地吻合。锚点的确立是否适当，是能否准确选择对象的关键所在。另外一点，并不是说锚点越多越好。锚点过多的话，不但增加了路径调整的难度，而且也很难准确选择对象。

(3) 通过放大图像局部，观察每一个锚点是否在花朵边缘上，位置是否合适。若不合适，通过直接选择工具拖移调整其位置，如图 6.60 所示。

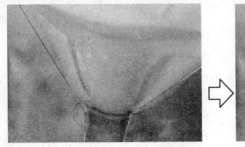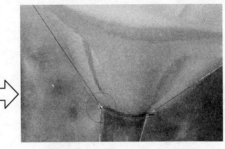

图 6.60　调整锚点位置

(4) 放大图像观察时，如果发现两个锚点之间的对象边缘线条比预想的要复杂(复杂程度超过 S 形曲线)时，可在路径的适当位置添加新的锚点，如图 6.61 所示。当然，对于路径上多余的锚点要进行删除。

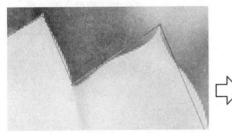

图 6.61　增加锚点

(5) 使用转换点工具依次将所有直线锚点转化为平滑锚点(即首先把各个锚点的方向线拖出来)。接着使用该工具或直接选择工具，通过改变各锚点方向线的长度与方向使各段路径与对象边缘吻合，如图 6.62 所示。

提示　若通过锚点的对象边缘是平滑的，则调整该锚点的方向线时最好使用直接选择工具，这样不会改变锚点的性质。若使用转换点工具进行调整，应尽量使该锚点两侧的方向线保持在同一方向上，而不宜偏离太远。

(6) 确认【路径】面板上已选择了刚才调整的路径。单击面板底部的【将路径作为选区载入】按钮 ○，将路径转化为选区。按 Ctrl + C 组合键复制选区内图像。

(7) 打开"素材 06\树枝 6-01.jpg"(图 6.63)，按 Ctrl + V 组合键，将刚才复制的图像粘贴到"树枝"图像中。适当缩小、旋转"花朵"，并调整它的位置。结果如图 6.64 所示。

(8) 再粘贴一个"花朵"，缩小、旋转并移动它的位置。使用橡皮擦工具(或其他方式)对"花朵"底部与背景图像的接口处做适当处理。最终效果如图 6.65 所示。

图 6.62　调整路径

图 6.63　素材图像-树枝

图 6.64　将"花朵"粘贴到目标图像

图 6.65　图像最终效果

提示　对"花朵"底部与背景图像的接口处进行处理时，最好的办法就是使用图层蒙版
(可查阅本书第7章)。

6.4.3　制作翻页贺卡

1. 案例说明

本例主要使用 Photoshop 的矩形工具、直接选择工具、转换点工具和路径基本操作、图层基本操作等制作一个精美的翻页卡片效果。

2. 操作步骤

(1) 新建一个 640×480 像素、72 像素/英寸、RGB 颜色模式、黑色背景的图像文件。

(2) 选择矩形工具，在选项栏上选择【路径】按钮██。在如图 6.66 所示的位置创建矩形路径。

(3) 新建图层 1。将前景色设为蓝灰色(颜色值为# 63818e)。

(4) 单击【路径】面板的●按钮，在图层 1 上使用前景色填充矩形路径。

(5) 在【路径】面板上双击工作路径，以"左封面"为名存储路径。

(6) 将"左封面"路径拖动到【路径】面板的██按钮上，得到"左封面　副本"路径，并将其更名为"右封面"。

(7) 在图像窗口中，使用路径选择工具█将"右封面"路径拖动到如图 6.67 所示的位置。

(8) 新建图层 2。将前景色设为蓝灰色(颜色值为# 7092a1)。单击【路径】面板的●按钮，在图层 2 上使用前景色填充矩形路径。隐藏路径。

图 6.66　创建路径

图 6.67　复制并移动路径

(9) 将图层 2 与图层 1 合并，并将合并后的图层命名为"卡片封面"。

(10) 将"卡片封面"层与"背景"层同时选中，选择【图层】|【对齐】|【水平居中】命令。结果如图 6.68 所示。此时的【图层】面板与【路径】面板如图 6.69 所示。

图 6.68　对齐图层

图 6.69　当前图层与路径

(11) 使用矩形工具创建如图 6.70 所示的路径，并将工作路径存储为"翻页 1"。

(12) 使用直接选择工具在图像窗口中单击"翻页 1"路径，显示锚点。使用转换点工具分别拖动左下角和右上角的锚点，将方向线拖移出来。

(13) 按住 Alt 键，使用转换点工具分别单击上述两个锚点删除单侧方向线。

(14) 按住 Shift 键，使用直接选择工具分别单击左下角和右上角的锚点以显示方向线。拖动方向点，通过改变方向线的长度和方向，将路径调整为翻页的形状，如图 6.71 所示。

(15) 使用直接选择工具按图 6.71 所示适当调整左侧两个锚点的位置，使翻页效果更逼真。

图 6.70　创建矩形路径

图 6.71　调整矩形路径

(16) 新建图层，并改名为"页面1"。将前景色设为白色。单击【路径】面板的 ● 按钮，在"页面1"层上填充"翻页1"路径。

(17) 将"页面1"层的不透明度设置为80%。隐藏路径，结果如图6.72所示。

(18) 在【路径】面板上，将"翻页1"路径拖动到 ⬚ 按钮上，得到"翻页1副本"路径，并将其更名为"翻页2"。

(19) 使用(12)~(15)类似的方法调整"翻页2"路径，得到如图6.73所示的效果。

图6.72 "页面1"效果

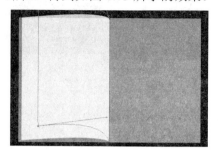

图6.73 调整"翻页2"路径

(20) 新建图层，改名为"页面2"。在"页面2"层上用白色填充"翻页2"路径。将"页面2"层的不透明度设置为70%。隐藏路径，结果如图6.74所示。

(21) 使用矩形工具创建如图6.75所示的路径，并将工作路径存储为"翻页3"。

图6.74 "页面2"效果

图6.75 创建矩形路径

(22) 新建图层，改名为"页面3"。在"页面3"层上用白色填充"翻页3"路径。将"页面3"层的不透明度设置为85%。隐藏路径，结果如图6.76所示。此时的【图层】面板与【路径】面板如图6.77所示。

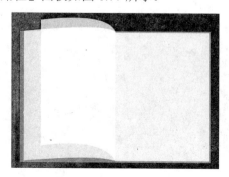

图6.76 "页面3"效果

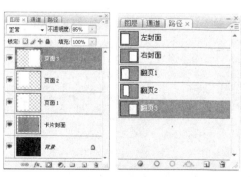

图6.77 当前图层与路径

(23) 打开"素材 06\国画梅花 6-01.jpg",按 Ctrl+A 组合键全选图像。切换到"翻页卡片"图像,按 Ctrl+V 组合键粘贴。

(24) 按 Ctrl+T 组合键,适当缩小素材图像的大小,并摆放在如图 6.78 所示的位置。

(25) 将"梅花"所在图层的混合模式设置为"正片叠底",将不透明度设置为 80%,如图 6.79 所示。"翻页卡片"最终效果如图 6.80 所示。

图 6.78　添加梅花素材

图 6.79　修改图层属性

图 6.80　"卡片"最终效果

6.5　小　　结

本章主要讲述了以下内容。

- **路径基本概念**。路径是由钢笔工具、自由钢笔工具或形状工具创建的直线段或曲线段。路径是矢量图形,它不依附于任何图层。

- **路径基本操作**。包括创建路径、显示与隐藏锚点、转换锚点、选择与移动锚点、添加与删除锚点、选择与移动路径、存储路径、删除路径、显示与隐藏路径、重命名已存储的路径、复制路径、描边路径、填充路径、路径与选区的相互转化等。

- **路径高级操作**。包括文字沿路径排列、文字转换为路径、路径运算、子路径的对齐与分布和变换路径等操作。

本章理论部分未提及或超出本章理论范围的知识点有：

路径的大规模有规律复制：按 Ctrl+Alt+T 组合键显示自由变换和复制路径控制框→移动或变换(缩放、旋转等)控制框及其中路径，并按 Enter 键确认→按 Ctrl+Alt+Shift+T 组合键大批复制(要求掌握)。

6.6 习　　题

一、选择题

1．在 Photoshop CS 中，可以对_____个或_____个以上的子路径进行对齐操作。

  A．1、1   B．2、2   C．3、3   D．4、4

2．在 Photoshop CS 中，可以对_____个或_____个以上的子路径进行分布操作。

  A．1、1   B．2、2   C．3、3   D．4、4

3．以下哪一项是路径选择工具所特有的功能？_____

  A．选择路径   B．移动路径

  C．对齐和分布路径   D．进行路径运算

4．以下哪一项不是直接选择工具的功能？_____

  A．显示和隐藏锚点   B．选择和移动锚点

  C．调整方向线   D．转换锚点的类型

5．下列有关路径工具使用技巧的说法中不正确的是_____。

  A．在使用钢笔工具时，按住 Ctrl 键不放，可切换到直接选择工具，按住 Alt 键不放，可切换到转换点工具

  B．在使用直接选择工具时，按住 Ctrl+Alt 组合键不放，将光标移到锚点上，可切换到转换点工具

  C．在使用路径选择工具时，按住 Ctrl+Shift 组合键可切换到直接选择工具

  D．在使用转换点工具时，将光标移到路径上，可切换到直接选择工具；当光标在锚点上时，按住 Ctrl 键可切换到直接选择工具

二、填空题

1．在 Photoshop CS 中，由钢笔工具和自由钢笔工具等创建的一个或多个直线段或曲线段称为_____，它是_____(填"位图"或"矢量图")。

2．连接路径上各线段的点叫做_____。它分为两类：_____和_____(或称拐点、尖突点)。

3．在使用钢笔工具绘制路径时，要结束开放路径，可按住_____键在路径外单击。要创建封闭的路径，只要将钢笔工具定位在第一个锚点上单击。

4．要使用钢笔工具在已绘制的路径上添加或删除锚点，可以选择其选项栏上的_____选项。

5．在使用转换点工具时，将光标移到有双侧方向线的锚点上，按住_____键单击，可去除锚点的单侧方向线。

三、操作题

1. 打开素材图像"练习\紫砂壶.jpg"，如图 6.81(a)所示。利用路径工具选择图中的紫砂壶，将背景替换为白色，如图 6.81(b)所示。

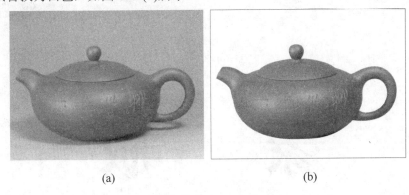

　　　　　　(a)　　　　　　　　　　　　　　　　(b)

图 6.81　选择紫砂壶

2. 利用路径工具和素材图像"练习\企业标志建筑.jpg"设计制作如图 6.82 所示的企业信封效果。

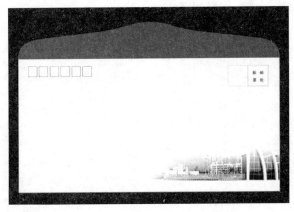

图 6.82　企业信封

操作提示：

(1) "贴邮票处"左边的虚线框可利用路径描边完成。

(2) 6 个小方框可利用子路径的复制和路径描边完成。

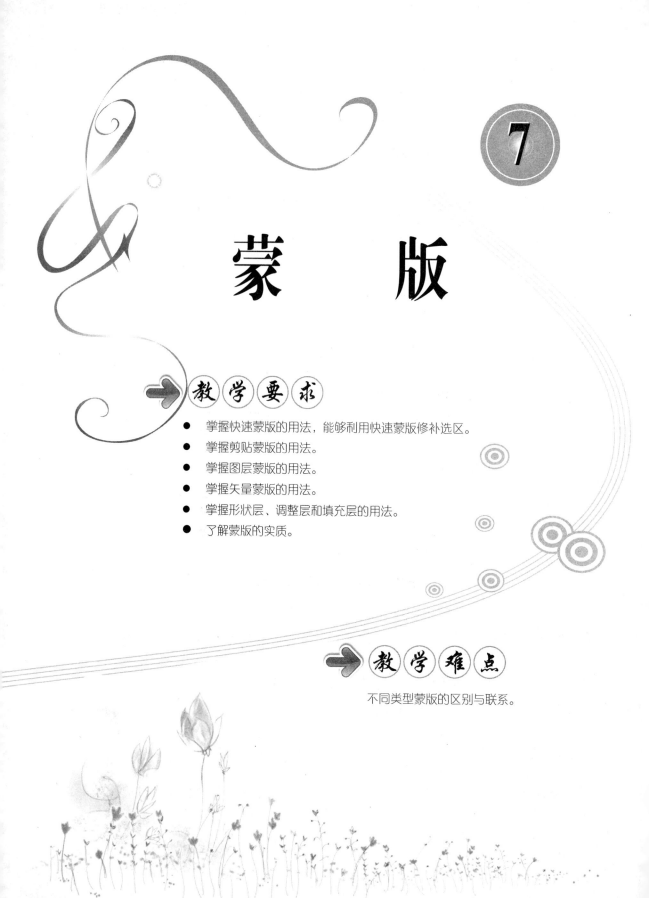

蒙版

7

➤ 教学要求

- 掌握快速蒙版的用法，能够利用快速蒙版修补选区。
- 掌握剪贴蒙版的用法。
- 掌握图层蒙版的用法。
- 掌握矢量蒙版的用法。
- 掌握形状层、调整层和填充层的用法。
- 了解蒙版的实质。

➤ 教学难点

不同类型蒙版的区别与联系。

7.1 蒙版概述

"蒙版"一词来源于传统的绘画和摄影领域。为了控制画面的编辑区域，画家往往根据需要将硬纸片或塑料板的部分区域挖空，做成一个称为"蒙版"的工具，覆盖在画面上；这样，可以描绘和修改显示的画面，同时保护被"蒙版"遮罩的其他区域。同样，摄影师在冲洗底片前，常常将部分挖空的蒙版置于底片与感光纸之间，对底片进行局部曝光。

在 Photoshop 中，蒙版主要用于创建选区或控制图像在不同区域的显隐情况。根据用途和存在形式的不同，可将蒙版分为快速蒙版、剪贴蒙版、图层蒙版和矢量蒙版等多种。

蒙版有时也被称做遮罩。和路径一样，蒙版不是 Photoshop 特有的工具，诸如 CorelDRAW、Flash、Fireworks、Premiere 等相关软件中都有蒙版的使用。由此可见，蒙版是一个相当重要的工具。

7.2 快速蒙版

7.2.1 使用快速蒙版编辑选区

快速蒙版主要用于编辑或修补选区，其使用方法举例如下。

(1) 打开"素材 07\白鹭 7-01.jpg"。选择磁性套索工具，选项栏的参数设置如图 7.1 所示。

图 7.1 设置磁性套索工具的参数

(2) 在白鹭的边缘上单击并沿着边缘移动鼠标，创建如图 7.2 所示的选区。

(3) 修改磁性套索工具的参数，将【宽度】设为 3，【边对比度】设为 5。将图像放大到 300%，使用磁性套索工具将白鹭的嘴部添加到选区，如图 7.3 所示。

图 7.2 建立选区

图 7.3 加选嘴部

(4) 单击工具箱上的【以快速蒙版模式编辑】按钮  (位于选色按钮下面)，进入快速蒙版编辑状态(默认设置下，50%透明度的红色区域表示蒙版，代表选区外部)，如图 7.4 所示。

(5) 适当放大图像，观察白鹭的边缘，发现许多地方的选区不够精确(图 7.5)。

图 7.4　进入快速蒙版编辑模式　　　　图 7.5　寻找选择不准确的边缘

(6) 选择大小合适的硬边画笔，不透明度设为 100%。用黑色涂抹白鹭边缘外没有被红色覆盖的部分，将其纳入蒙版区域。若白鹭边缘内存在被红色蒙版覆盖的部分，应改用白色涂抹，将蒙版擦除。对于比较模糊的边缘(如腿部)可使用软边画笔涂抹。

(7) 白鹭尾部下面的选区边界比较粗糙，需要进一步修整。使用套索工具建立如图 7.6 所示的选区。

(8) 选择【滤镜】|【杂色】|【中间值】命令，打开【中间值】对话框，设置半径为 18，单击【确定】按钮。该滤镜通过混合像素的亮度，使边缘变得更平滑。取消选区，如图 7.7 所示。

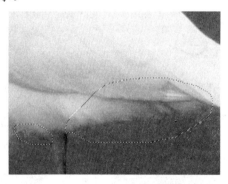
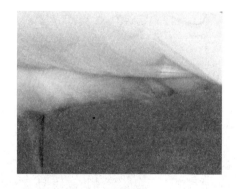

图 7.6　在粗糙边缘创建选区　　　　　　图 7.7　使用滤镜

(9) 选择软边画笔，适当降低工具的不透明度，用黑色涂抹上述滤镜处理后的平滑边缘。这样可以在边缘创建透明的选区，如图 7.8 所示。打开【通道】面板，隐藏 RGB 复合通道，观察临时的快速蒙版通道，如图 7.9 所示。

(10) 显示 RGB 复合通道。单击【以标准模式编辑】按钮 ，返回标准编辑状态，如图 7.10 所示。

(11) 选择【图层】|【新建】|【通过拷贝的图层】命令，将白鹭复制到新建图层上。隐藏背景层，查看所选图像在透明背景上的效果，如图 7.11 所示。

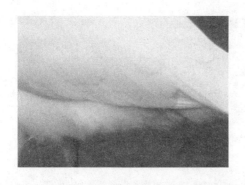

图 7.8 用透明画笔涂抹边缘　　　　　　图 7.9 快速蒙版通道效果

图 7.10 返回标准编辑模式　　　　　　图 7.11 图像选择效果

(12) 打开"素材 07\雨季 7-01.jpg"，如图 7.12 所示。按 Ctrl+A 组合键全选图像，按 Ctrl+C 组合键复制图像。

(13) 切换到"白鹭 7-01.jpg"窗口，选择背景层，按 Ctrl+V 组合键粘贴图像。

(14) 选择【滤镜】|【模糊】|【高斯模糊】命令，打开【高斯模糊】对话框，设置半径为 7，单击【确定】按钮。图像最终效果如图 7.13 所示。

图 7.12 素材图像　　　　　　图 7.13 最终选择效果

7.2.2 修改快速蒙版参数

双击工具箱底部的【以快速蒙版模式编辑】按钮 或【以标准模式编辑】按钮 ，打开【快速蒙版选项】对话框，如图 7.14 所示。各项参数的作用如下。

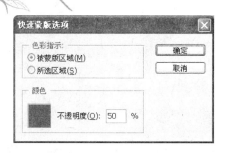

图 7.14 【快速蒙版选项】对话框

- 【被蒙版区域】：选择该单选按钮，工具箱上的【以标准模式编辑】按钮显示为 。同时，在图像中用黑色绘画可扩大蒙版区域(选区外部)，用白色绘画可扩大选区。

- 【所选区域】：选择该单选按钮，工具箱上的【以标准模式编辑】按钮显示为 。同时，在图像中用黑色绘画可扩大选区，用白色绘画可扩大蒙版区域(选区外部)。

- 【颜色】框■：单击打开 Photoshop【拾色器】面板，选择快速蒙版在图像中的指示颜色(默认色为红色)。

- 【不透明度】：设置图像中快速蒙版指示颜色的不透明度，默认值为 50%。

上述颜色和不透明度的设置仅仅影响快速蒙版的外观，对其作用不产生任何影响。设置的目的是为了使快速蒙版与图像的颜色对比更加分明，以便对快速蒙版进行编辑。

7.3 剪 贴 蒙 版

剪贴蒙版是一种比较灵活的蒙版，可以通过一个基底图层控制多个内容图层的显示区域。剪贴蒙版不仅是 Photoshop 合成图像的主要技术之一，还常用于遮罩动画的制作。

7.3.1 创建剪贴蒙版

打开"素材 07\荷花 7-01.psd"，如图 7.15 所示。采用下述方法之一为"荷花"层创建剪贴蒙版。

图 7.15 素材图像

- 按住 Alt 键，将光标移至【图层】面板上"荷花"层与"笔刷"层的分隔线上(此时光标显示为 形状)单击。

● 选择"荷花"层，选择【图层】|【创建剪贴蒙版】命令。

剪贴蒙版创建完成后，带有┗图标并向右缩进的图层（"荷花"层）称为内容图层。内容图层可以有多个（但必须是连续的）。所有内容图层下面的一个图层（"笔刷"层）称为基底图层（图层名称上带有下划线）。基底图层充当了内容图层的蒙版，其中包含像素的区域决定了内容图层的显示范围，如图 7.16 所示。

图 7.16　创建了剪贴蒙版后的图像

基底图层中像素的颜色对剪贴蒙版的效果无任何影响，而像素的不透明度却控制着内容图层的显示程度。不透明度越高，显示程度越高。

选择"笔刷"层，选择油漆桶工具，选项栏的设置如图 7.17 所示。在图像窗口中的白色区域单击为"笔刷"层的透明区域填充颜色。结果如图 7.18 所示。

图 7.17　设置油漆桶工具的参数

图 7.18　在"笔刷"层填充透明色

打开"素材 07\小鱼 7-01.psd"，按 Ctrl+A 组合键全选图像，按 Ctrl+C 组合键复制图像。切换到"荷花 7-01.psd"，选择"荷花"层，按 Ctrl+V 组合键粘贴图像。调整"小鱼"的位置，如图 7.19 所示。

用橡皮擦工具擦除中间的两条小鱼，并将图层 1 的不透明度设置为 60%。

按住 Alt 键，在【图层】面板上"荷花"层与图层 1 的分隔线上单击。将图层 1 转换为内容图层。最终效果如图 7.20 所示。

图 7.19　添加"小鱼"素材

图 7.20　含有多个内容图层的剪贴蒙版

7.3.2　释放剪贴蒙版

释放剪贴蒙版的常用方法有以下几种。

- 选择剪贴蒙版中的某一内容图层，选择【图层】|【释放剪贴蒙版】命令可释放该内容图层。如果该图层上面还有其他内容图层，这些图层也同时被释放。
- 选择剪贴蒙版中的基底图层，选择【图层】|【释放剪贴蒙版】命令可释放该基底图层的所有内容图层。

当然，按住 Alt 键在内容图层与其下面图层的分隔线上单击也可释放内容图层。

7.4　图　层　蒙　版

图层蒙版附着在图层上，能够在不破坏图层的情况下控制图层上不同区域像素的显隐程度。图层蒙版是以 8 位灰度图像的形式存储的，其中黑色表示所附着图层的对应区域完全透明，白色表示完全不透明，介于黑白之间的灰色表示半透明，透明的程度由灰色的深浅决定。

借助图层蒙版可以制作一些复杂的图像特效，如图像的无缝对接、将滤镜效果逐渐应用于图像等。仅仅使用普通工具和菜单命令很难实现这些效果。

Photoshop 允许使用所有的绘画与填充工具、图像修整工具以及相关的菜单命令对图层蒙版进行编辑和修改。

7.4.1　图层蒙版基本操作

1. 添加图层蒙版

选择要添加蒙版的图层，采用下述方法之一添加图层蒙版。

- 单击【图层】面板上的【添加图层蒙版】按钮，或选择【图层】|【图层蒙版】|【显示全部】命令可以创建一个白色的蒙版(图层缩览图右边的附加缩览图表示图层蒙版)，如图 7.21 所示。白色蒙版对图层的内容显示无任何影响。
- 按住 Alt 键单击【图层】面板上的【添加图层蒙版】按钮，或选择【图层】|【图层蒙版】|【隐藏全部】命令，可以创建一个黑色的蒙版，如图 7.22 所示。黑色蒙版隐藏了对应图层的所有内容。

图 7.21　显示全部的蒙版

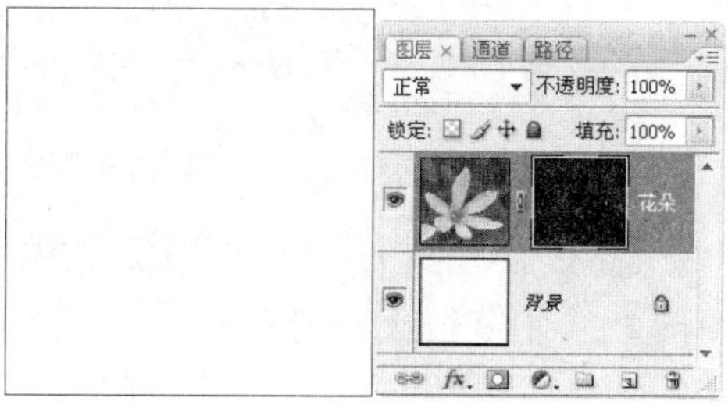

图 7.22　隐藏全部的蒙版

- 在存在选区的情况下(图 7.23)，单击【图层】面板上的【添加图层蒙版】按钮，或选择【图层】|【图层蒙版】|【显示选区】命令，将基于选区创建蒙版，如图 7.24 所示。此时，选区内的蒙版填充白色，选区外的蒙版填充黑色。按住 Alt 键单击【图层】面板上的【添加图层蒙版】按钮，或选择【图层】|【图层蒙版】|【隐藏选区】命令，所产生的蒙版恰恰相反。

图 7.23　存在选区的图像

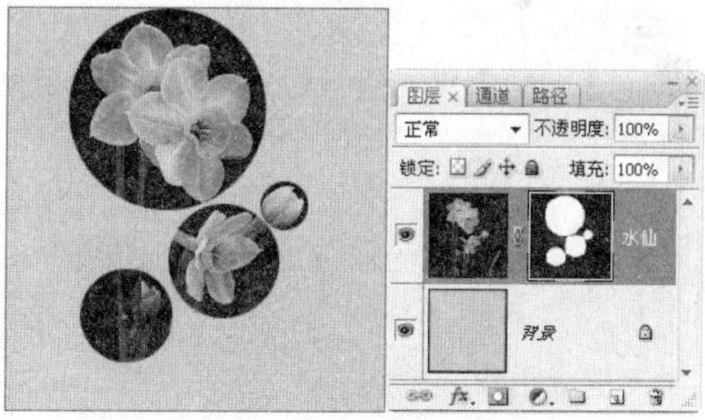

图 7.24　显示选区的蒙版

背景层和全部锁定的图层不能直接添加图层蒙版。只有将背景层转换为普通层或取消图层的全部锁定后，才能添加图层蒙版。

2. 启用和停用图层蒙版

按住 Shift 键，在【图层】面板上单击图层蒙版的缩览图可停用图层蒙版。此时，图层蒙版的缩览图上出现红色“×”号标志，图层蒙版对图层不再有任何作用，就像根本不存在一样，如图 7.25 所示。

按住 Shift 键，在已停用的图层蒙版的缩览图上单击，红色"×"号标志消失，图层蒙版重新被启用，如图 7.26 所示。

也可在选择图层蒙版后通过选择【图层】|【图层蒙版】菜单下的【停用】命令和【启用】命令达到相同的目的。

图 7.25　停用图层蒙版　　　　　　　　图 7.26　启用图层蒙版

3. 删除图层蒙版

在【图层】面板上选择图层蒙版的缩览图，单击面板上的🗑按钮，或选择【图层】|【图层蒙版】|【删除】命令，弹出如图 7.27 所示的提示框。单击【应用】按钮，将删除图层蒙版，同时蒙版效果被永久地应用在图层上(图层遭到破坏)。单击【删除】按钮，则在删除图层蒙版后蒙版效果不会应用到图层上。

图 7.27　删除蒙版提示框

4. 在蒙版与图层之间切换

在【图层】面板上选择添加了图层蒙版的图层后，若图层蒙版缩览图的周围显示有白色边框(图 7.28)，表示当前层处于蒙版编辑状态，所有的编辑操作都是作用在图层蒙版上，当前图层在蒙版的保护下可免遭破坏。此时，若单击图层缩览图可切换到图层编辑状态。

若图层缩览图的周围显示有白色边框(图 7.29)，表示当前层处于图层编辑状态，所有的编辑操作针对的都是当前图层，对蒙版没有任何影响。此时，若单击图层蒙版缩览图可切换到蒙版编辑状态。

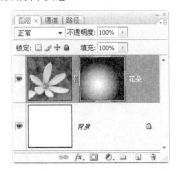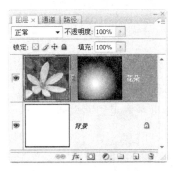

图 7.28　图层蒙版编辑状态　　　　　　　图 7.29　图层编辑状态

另一种辨别的方法是，在默认设置下，当图层处于蒙版编辑状态时，工具箱上的【前景色/背景色】按钮仅显示颜色的灰度值。

5. 蒙版与图层的链接

默认设置下图层蒙版与对应的图层是链接的，如图 7.30 所示。移动或变换其中的一方，另一方必然一起跟着变动。

在【图层】面板上单击图层缩览图和图层蒙版缩览图之间的链接图标 🔗，取消链接关系 (🔗图标消失)。此时移动或变换其中的任何一方，另一方不会受到影响，如图 7.31 所示。再次在图层缩览图和图层蒙版缩览图之间单击可恢复链接关系。

图 7.30　图层与蒙版的链接　　　　　图 7.31　取消链接后调整图层位置

6. 在图像窗口查看图层蒙版

为了确切地了解图层蒙版中遮罩区域的颜色分布及边缘的羽化程度，可按住 Alt 键单击图层蒙版的缩览图。这时在图像窗口中就可以查看图层蒙版的灰度图像，如图 7.32 和图 7.33 所示。要在图像窗口中恢复显示图像，可按住 Alt 键再次单击图层蒙版的缩览图。

图 7.32　原图像　　　　　　　　　图 7.33　查看蒙版灰度图

7. 将图层蒙版转换为选区

按住 Ctrl 键，在【图层】面板上单击图层蒙版缩览图，可在图像窗口中载入蒙版选区，该选区将取代图像中的原有选区。

按住 Ctrl+Shift 组合键，单击图层蒙版的缩览图；或从图层蒙版的右键菜单中选择【添加图层蒙版到选区】命令，可将载入的蒙版选区与图像中的原有选区进行并集运算。

按住 Ctrl+Alt 组合键，单击图层蒙版缩览图；或从图层蒙版的右键菜单中选择【从选区中减去图层蒙版】命令，可从图像的原有选区中减去载入的蒙版选区。

按住 Ctrl+Shift+Alt 组合键，单击图层蒙版的缩览图；或从图层蒙版的右键菜单中选择【使图层蒙版与选区交叉】命令，可将载入的蒙版选区与图像中的原有选区进行交集运算。

若图层蒙版的黑白像素间具有柔化的边缘，将蒙版转换为选区后，选区边界线恰好位于蒙版中渐变的黑白像素之间。在选区边框线上，像素的选中程度恰好从边框外的不足 50%增加到边框内的多于 50%，如图 7.34 所示。

图 7.34　载入羽化边缘的蒙版选区

8. 解除图层蒙版对图层样式的影响

虽然图层蒙版仅仅是从外观上影响图层内容的显示，但在带有图层蒙版的图层上添加图层样式时，所产生的效果也受到了蒙版的影响，就像图层上被遮罩的内容根本不存在一样，如图 7.35 所示。有时这种影响是负面的，如本书第 4.4.3 节中在处理奥运五环的交叉区域时。要解除图层蒙版对图层样式的影响，只要打开【图层样式】——【混合选项】对话框，在【高级混合】选项区中勾选【图层蒙版隐藏效果】复选框即可，如图 7.36 所示。

图 7.35　投影样式效果　　　　　　　图 7.36　解除蒙版的影响

7.4.2　图层蒙版使用案例

案例一：使用【贴入】命令合成图像

1. 案例说明

【编辑】|【贴入】命令实质上是与图层蒙版密切相关的。通过本案例的学习一方面了解该命令的实际应用，另一方面练习图层蒙版的基本操作。

2. 操作步骤

(1) 打开"素材 07\天坛.jpg"，如图 7.37 所示。按 Ctrl+A 组合键全选图像，按 Ctrl+C

组合键复制图像。

(2) 打开"素材 07\马路.jpg",使用多边形套索工具创建如图 7.38 所示的选区(羽化值为 5)。

图 7.37 素材图像"天坛"　　　　　　　　图 7.38 在"马路"中建选区

(3) 选择【编辑】|【贴入】命令,结果在"马路.jpg"图像中生成图层 1。图层 1 上带有一个显示选区的蒙版,如图 7.39 所示。

图 7.39 执行【贴入】命令

(4) 按住 Alt 键单击图层蒙版的缩览图,在图像窗口查看图层蒙版,如图 7.40 所示。将前景色设为白色,使用画笔工具涂抹掉白色区域顶部的灰色边界。结果如图 7.41 所示。

图 7.40 在图像窗口查看蒙版　　　　　　图 7.41 用白色覆盖顶部灰边

(5) 单击图层 1 的缩览图,进入图层编辑状态。确保图层与蒙版之间不存在链接关系。使用移动工具将"天坛"的位置适当向右调整,并将图层不透明度设置为 70%左右。结果如图 7.42 所示。

思考并动手操作。若本例不使用【贴入】命令,如何利用素材图像及图层蒙版得到同样的合成效果?(提示:复制图像→创建选区→添加蒙版→编辑图层与蒙版)

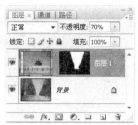

图 7.42　最终合成效果

案例二：制作"雾"的效果

1. 案例说明

本例通过在图层蒙版上添加云彩滤镜，并调整云彩图案的【色阶】，制作浓雾或薄雾效果。本案例的学习，目的在于揭示图层蒙版的实质：蒙版上像素的灰度越高，图层对应区域越透明。

2. 操作步骤

(1) 打开"素材 07 \ 竹林.jpg"。将背景层转换为普通层，命名为"竹林"。

(2) 新建图层，填充白色。选择【图层】|【新建】|【图层背景】命令，将新图层转换为背景层，置于【图层】面板的底部，如图 7.43 所示。

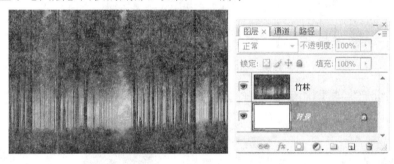

图 7.43　将新图层转化为背景层

(3) 选择"竹林"层，在【图层】面板上单击 按钮添加显示全部的图层蒙版。

(4) 将前景色和背景色分别设为黑色与白色。确保"竹林"层处于蒙版编辑状态，选择【滤镜】|【渲染】|【云彩】命令，如图 7.44 所示。

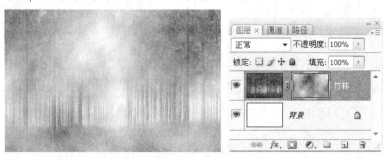

图 7.44　在蒙版上添加云彩滤镜

（5）确保"竹林"层处于蒙版编辑状态。选择【图像】|【调整】|【色阶】命令。参数设置如图7.45(a)所示，使图像窗口中呈现出薄雾效果，单击【确定】按钮。

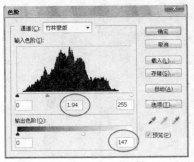 

(a)

图 7.45　薄雾效果

（6）类似地，可以调整出浓雾的效果，如图7.46所示。

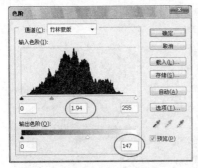 

图 7.46　浓雾效果

案例三：图像的无缝对接

1．案例说明

本例主要通过图层蒙版和色彩调整命令将两幅图像进行合成，制作无缝对接效果。通过实际操作进一步理解图层蒙版的实质：黑色表示完全透明，白色表示完全不透明，灰色表示半透明，透明的程度由灰色的深浅决定。

2．操作步骤

（1）打开"素材07\建筑7-01.jpg"，如图7.47所示。

图 7.47　素材图像"建筑 7-01"

(2) 选择【图像】|【画布大小】命令。参数设置如图 7.48 所示(宽度不变，高度增加为 320 像素，向上扩充)。扩充后的图像如图 7.49 所示。

图 7.48 【画布大小】参数设置

图 7.49 扩充后的图像

(3) 打开"素材 07\建筑 7-02.jpg"，如图 7.50 所示。

图 7.50 素材图像"建筑 7-02"

(4) 选择【图像】|【图像大小】命令。参数设置如图 7.51 所示(成比例放大为 800×299 像素，其中宽度与素材图像"建筑 7-01"相同)。

(5) 按 Ctrl+A 组合键全选图像"建筑 7-02"，按 Ctrl+C 组合键复制图像。切换到"建筑 7-01"，按 Ctrl+V 组合键粘贴图像，如图 7.52 所示。

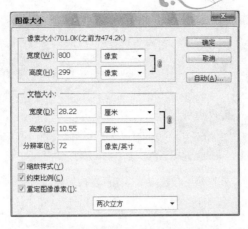

图 7.51　【图像大小】参数设置

图 7.52　复制图像

(6) 将图层 1 的不透明度设为 40%左右，以便能朦胧看到背景层图像。使用移动工具竖直向上移动图层 1 的图像至如图 7.53 所示的位置。

图 7.53　向上移动图层 1 图像

(7) 在【图层】面板上单击 按钮，为图层 1 添加显示全部的蒙版，并确保图层 1 处于蒙版编辑状态。

(8) 将前景色设为白色，背景色设为黑色。选择渐变工具，按住 Shift 键在图像窗口中从 A 点垂直到 B 点(图 7.54)做一个由白色到黑色的线性渐变。注意，A 点在海岸线之下，B 点不能超出图像"建筑 7-02"的下边界。

(9) 将图层 1 的不透明度恢复为 100%。结果如图 7.55 所示。

图 7.54　在蒙版的指定区域内做线性渐变

图 7.55　图像初步合成效果

(10) 在【图层】面板上单击图层 1 的缩览图，切换到图层编辑状态。选择【图像】|【调整】|【色彩平衡】命令。参数设置如图 7.56(a)所示，单击【确定】按钮。

(11) 再次选择【图像】|【调整】|【色彩平衡】命令。参数设置如图 7.56(b)所示，单击【确定】按钮。图像效果如图 7.57 所示。

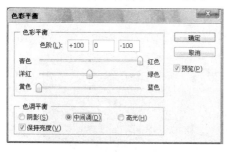

(a)

(b)

图 7.56　【色彩平衡】参数设置

图 7.57　色彩调整后的效果

(12) 隐藏图层 1，使用路径工具选择桥的两处局部，如图 7.58 所示。将路径转换选区。

图 7.58　用路径选择桥的局部

(13) 显示图层 1，并在图层 1 的蒙版上单击，切换到蒙版编辑状态。将前景色设为黑色，按 Alt + Delete 组合键在蒙版的选区内填充黑色。按 Ctrl+D 组合键取消选区。

(14) 选择【滤镜】|【模糊】|【进一步模糊】命令。按住 Alt 键，在图层 1 的蒙版上单击，查看蒙版灰度图，如图 7.59 所示(局部)。

图 7.59　蒙版局部

(15) 按住 Alt 键，在图层 1 蒙版上再次单击，恢复图像显示状态。最终效果如图 7.60 所示。

图 7.60　图像最终合成效果

7.5　矢 量 蒙 版

矢量蒙版用于在图层上创建边界清晰的图形。这种图形易于修改，特别是缩放后依然能够保持清晰平滑的边界。

7.5.1　矢量蒙版的基本操作

1. 添加矢量蒙版

选择要添加矢量蒙版的图层，采用下述方法之一添加矢量蒙版。

- 按住 Ctrl 键，单击【图层】面板上的■按钮，或选择【图层】|【矢量蒙版】|【显示全部】命令，可以创建显示图层全部内容的白色矢量蒙版，如图 7.61 所示。
- 按住 Ctrl+Alt 组合键，单击【图层】面板上的■按钮，或选择【图层】|【矢量蒙版】|【隐藏全部】命令，可以创建隐藏图层全部内容的灰色矢量蒙版，如图 7.62 所示。

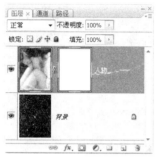 

图 7.61　显示全部的矢量蒙版　　　　图 7.62　隐藏全部的矢量蒙版

- 在【路径】面板上选择某个路径，按住 Ctrl 键单击【图层】面板上的■按钮，或选择【图层】|【矢量蒙版】|【当前路径】命令，将基于路径在图层上创建矢量蒙版，如图 7.63 所示。

与图层蒙版类似，背景层和全部锁定的图层不能直接添加矢量蒙版。只有将背景层转换为普通层或取消图层的全部锁定后，才能添加矢量蒙版。

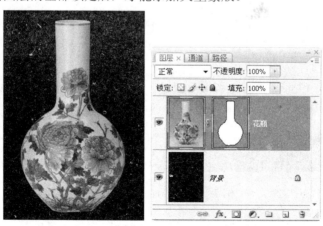

图 7.63　基于路径的矢量蒙版

2. 编辑矢量蒙版

对矢量蒙版的编辑实际上就是对矢量蒙版中路径的编辑。在【图层】面板上选择带有矢量蒙版的图层后，即可在图像窗口中对矢量蒙版中的路径进行编辑(如移动或变换路径、

添加子路径、调整路径形状等)。

3. 删除矢量蒙版

与删除图层蒙版类似。可参阅"7.4.1 图层蒙版基本操作"中的对应内容。

4. 停用或启用矢量蒙版

与停用或启用图层蒙版类似。可参阅"7.4.1 图层蒙版基本操作"中的对应内容。

5. 将矢量蒙版转化为图层蒙版

选择包含矢量蒙版的图层，选择【图层】|【栅格化】|【矢量蒙版】命令即可将矢量蒙版转化为图层蒙版。

7.5.2 矢量蒙版的应用

下面是矢量蒙版的一个小应用。

(1) 打开"素材 07\菊花 7-01.psd"，选择图层 1，如图 7.64 所示。

图 7.64 素材图像

(2) 在【路径】面板上选择"花朵"路径，切换到【图层】面板，按住 Ctrl 键单击面板上的 ▣ 按钮，建立基于当前路径的矢量蒙版，如图 7.65 所示。

图 7.65 添加矢量蒙版

(3) 在图层 1 上添加阴影样式，适当调整参数。结果如图 7.66 所示。

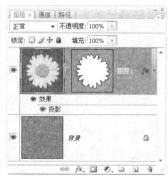

图 7.66　添加图层样式

7.6　几种与蒙版相关的图层

7.6.1　调整层

调整层是一种带有图层蒙版或矢量蒙版的特殊图层，可以在不破坏图像原始数据的情况下对其下面的图层进行颜色调整，属于典型的非破坏性图像编辑方式。使用调整层的另一个好处是，在任何时候都可以修改颜色调整参数。

调整层是一个独立的图层，它本身不包含任何像素，却承载着对其下层图像的颜色调整参数。通过调整层上的蒙版还可以控制颜色调整的作用范围和强度。

调整层的使用范围很广。不过遗憾的是，并不是所有的颜色调整命令都能够借助调整层来实现。

下面以"色彩平衡"为例介绍调整层的基本用法。

(1) 打开"素材 07\书 7-01.psd"，选择"插画"层，如图 7.67 所示。

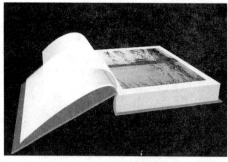

图 7.67　素材图像

(2) 选择【图层】|【新建调整图层】|【色彩平衡】命令打开【新建图层】对话框。参数设置如图 7.68 所示。

- 【使用前一图层创建剪贴蒙版】：以下一图层作为基底图层创建剪贴蒙版，使得颜色调整命令仅作用于下一图层的像素。否则，颜色调整效果将应用于调整层下面的所有图层。

- 【模式】：为调整层选择不同的混合模式，以改善颜色调整结果或制作特殊效果。

也可以直接在【图层】面板上为调整层选择混合模式。

- 【不透明度】：改变调整层的不透明度，以控制颜色调整的强度。也可以直接在【图层】面板上设置。

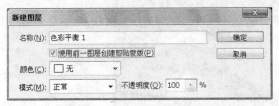

图 7.68 【新建图层】对话框

(3) 单击【确定】按钮，打开【色彩平衡】对话框。参数设置如图 7.69 所示。也可以直接在【图层】面板上单击【新建填充或调整图层】按钮●，从弹出菜单中选择【色彩平衡】命令，打开【色彩平衡】对话框。

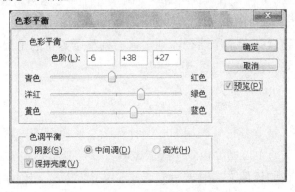

图 7.69 【色彩平衡】参数设置

(4) 单击【确定】按钮，即可创建一个带有图层蒙版的调整层，如图 7.70 所示。

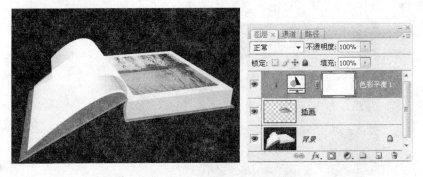

图 7.70 添加调整层后的图像效果

(5) 按住 Ctrl 键，在【图层】面板上单击"插画"层的缩览图，载入选区。

(6) 确保调整层处于蒙版编辑状态。将前景色设为白色，背景色设为黑色。选择渐变工具，在图像窗口中从选区右下角到选区左上角创建一个由白色到黑色的线性渐变，使得下层图像的颜色调整效果从右下角到左上角逐渐减弱。取消选区。结果如图 7.71 所示。

在调整层的图层蒙版上，黑色表示调整层对下层图像无调整效果，白色表示调整效果最强，灰色区域的调整程度由灰色的深浅决定，灰度越深，调整强度越大。所以，图层蒙版不仅能够像剪贴蒙版那样控制调整层的作用范围，还可以形成淡入淡出的调整效果(而改变调整层的不透明度只能平均改变调整强度)。

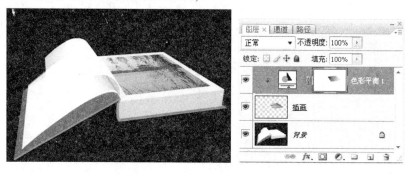

图 7.71　编辑调整层的图层蒙版

(7) 在【图层】面板上，双击调整层的缩览图，可打开【色彩调整】对话框，重新设置调整参数(【反相】命令除外)。

若在创建调整层前选择了某个路径，则创建的调整层携带的是矢量蒙版。调整层对下层图像的调色效果被限制在路径的封闭区域内。

7.6.2　填充层

默认设置下填充层是一种带有图层蒙版的特殊图层，填充的内容包括纯色、渐变色和图案 3 种。通过填充层的不透明度设置和图层蒙版可以控制填充效果的强弱和填充范围。

与调整层类似，在创建填充层时若事先选择了某个路径，则创建的填充层携带的是矢量蒙版，填充内容被限制在封闭的路径内。

下面以"渐变填充"为例介绍填充层的基本用法。

(1) 打开"素材 07 \ 菊花 7-02.psd"，选择"花朵"层，如图 7.72 所示。

图 7.72　素材图像

(2) 在【图层】面板上单击【新建填充或调整图层】按钮，从弹出菜单中选择【渐变】命令(或调用【图层】|【新建填充图层】|【渐变】命令)，打开【渐变填充】对话框。参数设置如图 7.73 所示(采用的渐变为"透明彩虹")。单击【确定】按钮。

(3) 将填充层的不透明度设置为 65%，如图 7.74 所示。

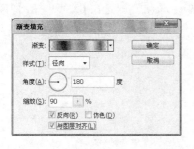

图 7.73 【渐变填充】对话框

图 7.74 调整不透明度

(4) 选择填充层，选择【图层】|【创建剪贴蒙版】命令，将填充效果限制在下层的像素范围内，如图 7.75 所示。

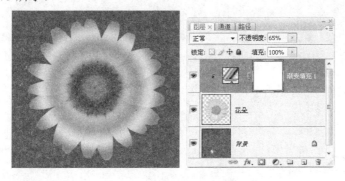

图 7.75 限制填充范围

(5) 将前景色设为黑色，背景色设为白色。选择渐变工具，在图像窗口中从花心向花瓣的尖部拖动鼠标，创建一个由黑色到白色的线性渐变，以控制花朵范围内渐变填充的强度，如图 7.76 所示。

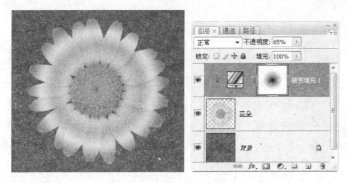

图 7.76 控制填充强度

(6) 选择填充层，选择【图层】|【更改图层内容】菜单下的【纯色】或【图案】命令可以更改填充层的类型。选择【纯色】、【渐变】和【图案】外的其他命令，可将填充层转换为调整层(使用类似的方法也可以将调整层转换为填充层)。对于本例来说，选择【渐变】命令可以重新设置渐变填充的参数。

7.6.3　形状层

在使用形状工具、钢笔工具或自由钢笔工具时，若在选项栏上选中【形状图层】按钮，可以创建形状层。形状层实际上是一种带有矢量蒙版的填充层。形状层中的矢量蒙版中存放的是用来定义形状的路径，而形状的填充色存放在图层中，如图 7.77 所示。

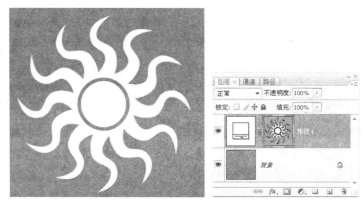

图 7.77　形状图层

7.7　小　　结

本章主要讲述了以下内容。

- **蒙版概述**。蒙版的引入，蒙版的分类，蒙版的作用与重要性。蒙版是实现非破坏性编辑的重要工具。
- **快速蒙版**。快速蒙版的使用方法。快速蒙版主要用于创建和编辑选区。
- **剪贴蒙版**。剪贴蒙版的使用方法。剪贴蒙版主要用于控制图层的显示范围，或控制调整层的作用范围。
- **图层蒙版**。图层蒙版的使用方法。图层蒙版用于控制图层显示范围和显隐程度，并保护相应的图层免遭破坏。在图层蒙版上黑色表示透明，白色表示不透明，灰色表示半透明，透明的程度由灰色的深浅决定。
- **矢量蒙版**。矢量蒙版用于在图层上创建边界清晰的图形。
- **几种与蒙版有关的图层**。包括调整层、填充层和形状层等。
  - ✓ 调整层是一种带有图层蒙版或矢量蒙版的特殊图层。使用调整层可以在不破坏图像原始数据的情况下进行颜色调整，而且在任何时候都可以修改颜色调整参数。通过调整层上的蒙版可以控制调整层的作用范围和强度。
  - ✓ 填充层是一种带有图层蒙版或矢量蒙版的特殊图层，填充的内容包括纯色、渐变色和图案 3 种。
  - ✓ 形状层实际上是一种带有矢量蒙版的填充层。

7.8 习　　题

一、选择题

1. 以下关于蒙版的说法，不正确的是_____。
   - A．剪贴蒙版用于控制图层的显示范围，或控制调整层的作用范围
   - B．快速蒙版主要用来创建和编辑选区
   - C．图层蒙版用来控制图层中不同区域的图像的显隐状况
   - D．要想使图层蒙版不起作用，唯一的办法就是将其删除

2. 以下关于蒙版的说法，不正确的是_____。
   - A．在 Photoshop 中，图层蒙版是以 8 位(256 阶)彩色图像形式存储的
   - B．在 Photoshop 中，可以使用所有的绘画与填充工具、图像修整工具以及相关的菜单命令对图层蒙版进行编辑和修改
   - C．可使用相关的菜单命令将选区作为蒙版存储在 Alpha 通道中
   - D．选区实际上就是一个临时性的蒙版

3. 将蒙版与图层建立链接的作用是_____。
   - A．可将蒙版与图层进行对齐
   - B．可将蒙版与图层同时进行编辑
   - C．可将蒙版与图层一起移动和变换
   - D．可将蒙版与图层一起删除

4. 以下关于矢量蒙版的说法，不正确的是_____。
   - A．使用矢量蒙版可以在图层上创建边界清晰的图形
   - B．图层蒙版不能转换为矢量蒙版，同样，矢量蒙版也不能转换为图层蒙版
   - C．对矢量蒙版的编辑实际上是对矢量蒙版中路径的编辑
   - D．使用矢量蒙版创建的图形易于修改，特别是缩放后图形的边界依然保持清晰平滑

二、填空题

1. 根据用途和存在形式的不同，蒙版可分为_____、_____、_____和矢量蒙版等几种。

2. 在图层蒙版上，_____表示透明，_____表示不透明，灰色表示_____，透明的程度由灰色的深浅决定。

3. 在编辑带有图层蒙版的图层时，存在_____编辑状态和_____编辑状态两种情况。

4. 调整层是一种特殊的图层，通过它可以对图像进行_____调整，但不会破坏原始图像数据。

5. 默认设置下填充层也是一种带有蒙版的图层。填充层上的内容可以是_____、_____或_____。

6. 形状层实际上是带有_____的_____层。

三、操作题

1. 利用磁性套索工具、快速蒙版、高斯模糊滤镜等和素材图像"练习\白兰花.jpg"(图 7.78)制作如图 7.79 所示的效果(即对背景进行模糊处理)。

图 7.78　素材图像　　　　　　　　　　　　　图 7.79　处理结果

参考步骤:

(1) 复制"背景"层得到"背景 副本"层。

(2) 使用磁性套索工具选择副本层上的白兰花及枝干。

(3) 使用快速蒙版修补选区。

(4) 添加显示选区的图层蒙版。

(5) 在"背景"层上应用高斯模糊滤镜。

2. 利用图层蒙版和素材图像"练习\云雾.jpg"及"瀑布.jpg"(图 7.80)制作如图 7.81 所示的无缝对接效果。

图 7.80　素材图像　　　　　　　　　　　　　图 7.81　蒙版合成效果

提示　可参考"7.4图层蒙版"中的案例三(步骤(1)～(9))。

通　道

8

➤ 教学要求

- 掌握颜色通道和 Alpha 通道的基本操作。
- 掌握使用通道保存选区、使用通道抠图的方法。
- 理解通道基本概念，了解通道的分类。
- 理解通道、蒙版与选区的关系。
- 了解专色通道的创建方法。
- 了解【应用图像】命令和【计算】命令的使用方法。

➤ 教学难点

- 通道基本概念。
- 【应用图像】命令和【计算】命令。

8.1 通道原理与工作方式

通道是 Photoshop 最重要、最核心的功能之一，也是 Photoshop 最难理解和掌握的内容。对于初学者而言，虽然通道比较抽象，不能在短期内迅速掌握，但仍要给予充分重视。只有攻克了通道这道难关，才算真正掌握了 Photoshop 技术的精髓。

8.1.1 通道概述

通道是存储图像颜色信息或选区信息的一种载体。用户可以将使用选择工具等创建的选区转换为灰度图像，存放在通道中，然后对这种灰度图像做进一步处理，以获得符合实际需要的更加复杂的选区。

Photoshop 包含 3 种类型的通道：颜色通道、Alpha 通道和专色通道。其中使用频率最高的是 Alpha 通道，其次分别为颜色通道和专色通道。

打开图像时，Photoshop 分析图像的颜色信息，自动创建颜色通道。在 RGB、CMYK 或 Lab 颜色模式的图像中，不同的颜色分量分别存放于不同的颜色通道中。在【通道】面板顶部列出的是复合通道，由各颜色分量通道混合组成，其中的彩色图像就是在图像窗口中显示的图像。图 8.1 所示的是一幅 RGB 图像的颜色通道。

图 8.1 RGB 图像的颜色通道组成

图像的颜色模式决定了其颜色通道的数量。例如，RGB 图像包含红(R)、绿(G)、蓝(B)3 个颜色通道和一个用于编辑图像的复合通道。CMYK 图像包含青(C)、洋红(M)、黄(Y)、黑(K)4 个颜色通道和一个复合通道。Lab 图像包含明度通道、a 颜色通道、b 颜色通道和一个复合通道。灰度、位图、双色调和索引颜色模式的图像都只有一个颜色通道。

除了 Photoshop 自动生成的颜色通道外，用户还可以根据实际需要，在图像中另外添加 Alpha 通道和专色通道。其中 Alpha 通道用于存放和编辑选区，专色通道则用于存放印刷中的专色。例如，在 RGB 图像中最多可添加 53 个 Alpha 通道或专色通道。但有一种情况例外，位图模式的图像不能额外添加通道。

8.1.2 颜色通道

颜色通道用于存储图像中的颜色信息——颜色的含量与分布。下面以 RGB 图像为例进行说明。

打开"素材 08\樱桃 8-01.JPG",如图 8.2 所示。在【通道】面板上单击选择红色通道,如图 8.3 所示。

图 8.2 素材图像　　　　　图 8.3 红色通道灰度图

从图像窗口中查看红色通道的灰度图像。亮度越高,表示彩色图像对应区域的红色含量越高,亮度越低的区域表示红色含量越低。黑色区域表示不含红色,白色区域表示红色含量达到最大值。

根据上述分析可知,修改颜色通道将影响图像的颜色。仍以"樱桃 8-01.JPG" 为例加以说明。

在【通道】面板上单击选择绿色通道,同时单击复合通道(RGB 通道)缩览图左侧的灰色方框□,显示眼睛图标●,如图 8.4 所示。这样可以在编辑绿色通道的同时,从图像窗口中查看彩色图像的变化情况。

选择【图像】|【调整】|【亮度/对比度】命令,参数设置如图 8.5 所示,单击【确定】按钮。

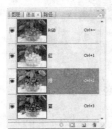 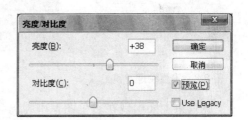

图 8.4 选择绿色通道　　　　　图 8.5 【亮度/对比度】参数设置

提高绿色通道的亮度等于在彩色图像中增加了绿色的混入量。结果如图 8.6 所示。

图 8.6 增加图像中的绿色含量

将前景色设为黑色。在【通道】面板上单击选择蓝色通道，按 Alt+Delete 组合键，在蓝色通道上填充黑色。这样相当于将彩色图像中的蓝色成分全部清除，整幅图像仅由红色和绿色混合而成，如图 8.7 所示。

图 8.7 清除图像中的蓝色成分

由此可见，通过改变颜色通道的亮度可校正色偏，或制作具有特殊色调效果的图像。

选择绿色通道，选择【滤镜】|【纹理】|【纹理化】命令，参数设置如图 8.8 所示，单击【确定】按钮。结果如图 8.9 所示。

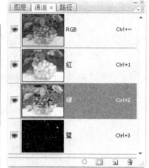

图 8.8 设置纹理滤镜   图 8.9 在绿色通道上添加滤镜

滤镜效果主要出现在彩色图像中绿色含量较高的区域，红色樱桃上的滤镜效果十分微弱。如果将滤镜效果添加在红色通道上，情况正好相反。添加在蓝色通道上，图像没有任何变化，因为图像中已经不包含任何蓝色成分。

在【通道】面板上单击选择复合通道，返回图像的正常编辑状态。

上述对颜色通道的分析是针对 RGB 图像而言的。对于其他颜色模式的图像，情况就不同了。打开 CMYK 颜色模式的图像"素材 08\桃花 8-01.JPG"，如图 8.10 所示。在【通道】面板上单击选择洋红通道。

选择【图像】|【调整】|【色阶】命令，参数设置如图 8.11 所示，单击【确定】按钮。结果如图 8.12 所示。

图 8.10　素材图像

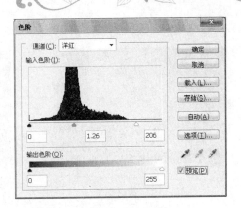

图 8.11　【色阶】参数设置

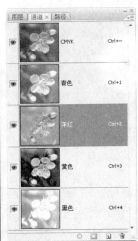

图 8.12　提高洋红通道的亮度

上述操作中，提高洋红通道的亮度等于在彩色图像中降低洋红的混入量。CMYK 图像的其他颜色通道也是如此。这与 RGB 图像恰恰相反。

总之，对于颜色通道可以得出以下结论。

● 颜色通道是存储图像颜色信息的载体。

● 调整颜色通道的亮度，可以改变图像中各原色成分的含量，使图像发生变化。

● 在原色通道上添加滤镜，仅影响图像中包含该原色成分的区域。

8.1.3　Alpha 通道

Alpha 通道用于保存选区信息，也是编辑选区的重要场所。在 Alpha 通道中，白色代表选区，黑色表示未被选择的区域，灰色表示部分被选择的区域，即羽化的选区。

打开"素材 08\天空 8-01.PSD"，如图 8.13 所示。在【通道】面板上单击选择 Alpha1 通道，如图 8.14 所示。在图像窗口中查看 Alpha1 通道的灰度图。

按住 Ctrl 键，在【通道】面板上单击 Alpha1 通道的缩览图，载入 Alpha1 通道中的选区。单击选择复合通道，并切换到【图层】面板，如图 8.15 所示。按 Ctrl+C 组合键复制背景层选区内的图像。

  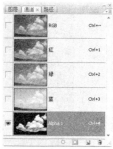

图 8.13　素材图像　　　　　　　　　　图 8.14　查看 Alpha 通道

新建一个 580×350 像素，72 像素/英寸，RGB 颜色模式的空白文档。将背景层填充为蓝色(颜色值为# 3449a2)。

图 8.15　载入 Alpha 通道选区

按 Ctrl+V 组合键粘贴图像。结果如图 8.16 所示。由于从 Alpha 通道的灰色区域载入的是羽化的选区，因而从该选区复制出来的云彩图像是半透明的。

图 8.16　粘贴云彩图像

用白色涂抹 Alpha 通道，或增加 Alpha 通道的亮度，可扩展选区的范围；用黑色涂抹或降低亮度，则缩小选区的范围。

Alpha 通道在图像处理中有着广泛的应用。建议读者以 Alpha 通道为重点，遵循"初步了解→深入了解→有意识地应用→真正理解，完全掌握"的学习过程，循序渐进地掌握好 Alpha 通道这个重要的工具。

8.1.4　专色通道

专色是印刷中特殊的预混油墨，用于替代或补充印刷色(CMYK)油墨。常见的专色包括金色、银色和荧光色等。仅使用青、洋红、黄和黑四色油墨打印不出这些特殊的颜色，要印刷带有专色的图像，需要在图像中创建存放专色的通道，即专色通道。

打开要添加专色的图像"素材 08\野花 8-01.PSD",如图 8.17 所示。

按住 Ctrl 键,在【通道】面板上单击 Alpha1 通道的缩览图,载入 Alpha1 通道中的选区。选择【选择】|【反向】命令,确定图像中要添加专色的区域,如图 8.18 所示。

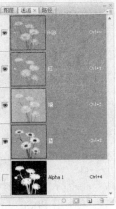

图 8.17　素材图像　　　　　　　　　　　　　图 8.18　确定添加专色的区域

选择【通道】面板菜单中的【新建专色通道】命令,打开【新建专色通道】对话框,如图 8.19 所示。各参数作用如下。

- 【名称】:输入专色通道的名称。选择自定义颜色时,Photoshop 将自动采用所选专色的名称,以便其他应用程序能够识别。
- 【颜色】:单击█,打开 Photoshop【拾色器】面板。单击【颜色库】按钮,打开【颜色库】对话框,从中可选择 PANTONE 或 TOYO 等颜色系统中的颜色,如图 8.20 所示。

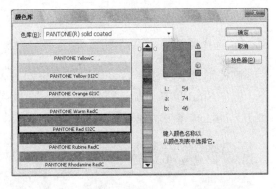

图 8.19　【新建专色通道】对话框　　　　　　图 8.20　【颜色库】对话框

- 【密度】:该选项用于在屏幕上模拟印刷后专色的密度,并不影响实际的打印输出,取值范围为 0%~100%。数值越大表示颜色越不透明。输入 100%时,模拟完全覆盖下层油墨的油墨(如金属质感油墨);输入 0%则模拟完全显示下层油墨的透明油墨(如透明光油)。另外,也可以使用该选项查看其他透明专色(如光油)的显示位置。

本例选择专色 PANTONE 444C,单击【确定】按钮。所创建的专色通道如图 8.21 所示。

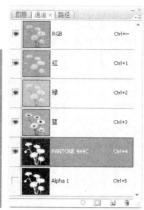

图 8.21　创建专色通道

专色通道中存放的也是灰度图像，其中黑色表示不透明度为 100%的专色，灰度的深浅表示专色的浓淡。可以像编辑 Alpha 通道那样使用 Photoshop 的有关工具和命令对其进行修改。但与【新建专色通道】对话框的【密度】选项不同的是，对专色通道进行修改时，绘画工具或菜单选项中的【不透明度】选项表示用于打印输出的实际油墨浓度。

为了输出专色通道，应将图像存储为 DCS 2.0 格式或 PDF 格式。如果要使用其他应用程序打印含有专色通道的图像，并且将专色通道打印到专色印版，必须首先以 DCS 2.0 格式存储图像。DCS 2.0 格式不仅保留专色通道，而且被 Adobe InDesign、Adobe PageMaker 等应用程序支持。

8.2　通道基本操作

8.2.1　选择通道

在【通道】面板上，采用鼠标单击的方式可选择任何一个通道。在选择背景层的情况下，按住 Shift 单击可加选任意多个通道，如图 8.22 所示。若选择的不是背景层，按住 Shift 单击只能选择多个颜色通道或颜色通道外的多个其他通道，如图 8.23 所示。

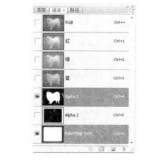

图 8.22　选择多个通道　　　　　　　　　　　图 8.23　选择多个同类通道

按 Ctrl+数字键可快速选择通道。以 RGB 图像为例，按 Ctrl+1 组合键选择红色通道，按 Ctrl+2 组合键选择绿色通道，按 Ctrl+3 组合键选择蓝色通道，按 Ctrl+4 组合键选择蓝色

通道下面第一个 Alpha 通道或专色通道，按 Ctrl+5 组合键选择第二个 Alpha 通道或专色通道，依次类推。按 Ctrl+～组合键则选择复合通道。这样一来，不必切换到【通道】面板即可选择所需的通道。如果忘记了当前选择的是哪一个通道，可通过文档的标题栏查看(文档标题栏上显示有当前通道的名称)。

8.2.2　通道的显示与隐藏

通道的显示与隐藏和图层类似，通过单击通道缩览图左侧的眼睛图标 👁 实现。

- 在 Alpha 通道中编辑选区时，常常需要参考整个图像的内容。这时可在选择 Alpha 通道的同时显示复合通道，如图 8.24 所示。
- 要想查看单个通道，只须显示该通道并隐藏其他通道即可。
- 在查看多个颜色通道时，图像窗口显示这些通道的彩色混合效果，如图 8.25 所示。
- 在显示复合通道时，所有单色通道自动显示。另一方面，只要显示了所有的单色通道，复合通道也将自动显示。

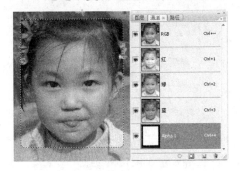

图 8.24　参考复合通道

图 8.25　查看多个颜色通道

8.2.3　将颜色通道显示为彩色

默认设置下单色通道是以灰度图像显示的。选择【编辑】|【首选项】|【Interface(界面)】命令，打开【首选项】对话框，勾选【通道用原色显示】复选框(图 8.26)，单击【确定】按钮。此时所有颜色通道都以原色显示，如图 8.27 所示。

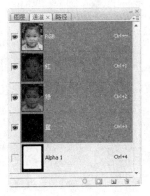

图 8.26　【首选项】对话框

图 8.27　显示彩色通道

8.2.4 创建 Alpha 通道

在图像处理中，根据不同的用途可以从多种渠道创建 Alpha 通道。

1. 创建空白 Alpha 通道

在【通道】面板上单击【新建通道】按钮，可使用默认设置创建一个 Alpha 通道，如图 8.28 所示。若选择【通道】面板菜单中的【新建通道】命令，或按住 Alt 键单击【新建通道】按钮，将打开【新建通道】对话框，如图 8.29 所示。

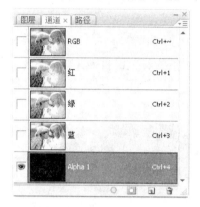

图 8.28　空白 Alpha 通道　　　　　图 8.29　【新建通道】对话框

输入通道名称，设置色彩指示区域、颜色和不透明度，单击【确定】按钮按指定参数创建 Alpha 通道。该对话框的参数设置仅影响通道的预览效果，对通道中的选区无任何影响。

2. 从颜色通道创建 Alpha 通道

将颜色通道拖移到【新建通道】按钮上，可以得到 Alpha 通道。该 Alpha 通道虽然是原颜色通道的副本，但两者之间除了灰度图像相同外，没有任何其他的联系。

该操作常用于通道抠图。一般做法是：寻找一个合适的颜色通道→复制颜色通道得到副本通道→对副本通道中的灰度图像做进一步修改，获得精确的选区。由于修改颜色通道将影响整个图像的颜色，因此不宜直接对颜色通道进行编辑修改。

3. 从选区创建 Alpha 通道

对于使用选择工具等创建的临时选区，可以通过【存储选区】命令将其转换为 Alpha 通道。具体操作可参阅本章 8.2.9 节。

4. 从蒙版创建 Alpha 通道

图像处于快速蒙版编辑模式时，其【通道】面板上将显示一个临时的快速蒙版通道，如图 8.30 所示。一旦退出快速蒙版编辑模式，快速蒙版通道也就消失了。将快速蒙版通道拖移到【新建通道】按钮上，可以得到一个名称为"快速蒙版 副本"的 Alpha 通道，并永久驻留在【通道】面板上，如图 8.31 所示。

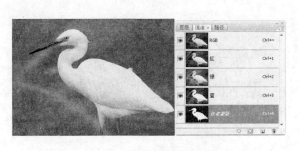

图 8.30　快速蒙版通道

图 8.31　复制快速蒙版通道

类似地，当选择带有图层蒙版的图层时，【通道】面板上将显示一个临时的图层蒙版通道，如图 8.32 所示。将临时的图层蒙版通道拖移到【新建通道】按钮 上，可以得到一个名称为 "××蒙版 副本" 的 Alpha 通道，并永久驻留在【通道】面板上，如图 8.33 所示。

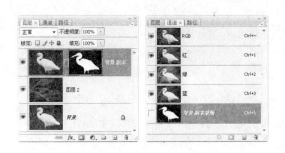

图 8.32　图层蒙版通道

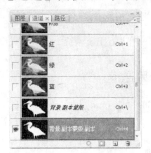

图 8.33　复制图层蒙版通道

8.2.5　重命名 Alpha 通道

在【通道】面板上可采用下述方法之一，重新命名 Alpha 通道。

- 双击 Alpha 通道的名称，输入新的名称，按 Enter 键或在【名称】编辑框外单击。
- 双击 Alpha 通道的缩览图，打开【通道选项】对话框(图 8.34)，输入新的名称，单击【确定】按钮。
- 选择要重新命名的 Alpha 通道，在【通道】面板菜单中选择【通道选项】命令，打开【通道选项】对话框，输入新的名称，单击【确定】按钮。

专色通道的重命名方式类似。Photoshop 禁止对颜色通道重新命名。

8.2.6　复制通道

1. 使用鼠标方式复制通道

在【通道】面板上将要复制的通道拖移到【新建通道】按钮 上，可得到该通道的一个副本通道。若将当前图像的某一通道拖移到其他图像的窗口中则可以实现通道在不同图像间的复制。这种方式下参与操作的两个图像的像素尺寸可以不相同。

2. 使用菜单命令复制通道

在【通道】面板上选择要复制的通道，从【通道】面板菜单中选择【复制通道】命令，打开【复制通道】对话框，如图 8.35 所示。

图 8.34 【通道选项】对话框　　　　　图 8.35 【复制通道】对话框

在【文档】下拉列表中选择当前文件(默认选项)，可将通道复制到当前图像内。若选择其他文件(这些都是已经打开并且与当前图像具有同样像素尺寸的图像文件)，可将通道复制到该文件中。如果选择"新建"选项，则将通道复制到新建文件(一个仅包含单个通道的多通道图像)中。

提示　Photoshop禁止将其他图像的通道复制到位图模式的图像中。

8.2.7　删除通道

在【通道】面板上，可采用下述方法之一删除通道。

图 8.36　删除通道警告框

- 将要删除的通道拖移到【删除通道】按钮 🗑 上。
- 选择要删除的通道，在【通道】面板菜单中选择【删除通道】命令。
- 选择要删除的通道，单击【删除通道】按钮 🗑，打开如图 8.36 所示的对话框，单击【是】按钮。

如果删除的是颜色通道，图像将自动转换为多通道模式。由于多通道模式不支持图层，图像中所有的可见图层将合并为一个图层(隐藏层被丢弃)。

8.2.8　替换通道

打开"素材 08\宠物 8-02.JPG"，在【通道】面板上选择红色通道。按 Ctrl+A 组合键将通道的内容全部选择，如图 8.37 所示。按 Ctrl+C 组合键进行复制。

打开"素材 08\野花 8-02.PSD"，在【通道】面板上选择绿色通道，如图 8.38 所示。按 Ctrl+V 组合键用"宠物"的红色通道覆盖"野花"的绿色通道。

图 8.37　复制"宠物"的红色通道　　　图 8.38　选择"野花"的绿色通道

由于"野花 8-02.PSD"的颜色通道被修改，所以整个图像发生了变化，如图 8.39 所示。

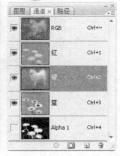

图 8.39 替换通道后的效果

替换通道操作也可以在一个图像内部进行。打开"素材 08\芍药 8-01.JPG"(图 8.40)，使用绿色通道替换蓝色通道。结果如图 8.41 所示。

图 8.40 素材图像

图 8.41 替换通道后的效果

当然也可以使用颜色通道替换 Alpha 通道，或用 Alpha 通道替换颜色通道。实际上可以从任意的图层、蒙版或通道复制出图像内容替换指定的颜色通道或 Alpha 通道。

8.2.9 存储选区

将临时选区存储于 Alpha 通道中，可以实现选区的多次重复使用，还可以通过编辑通道获得更加复杂的选区。

1. 使用默认设置存储选区

当图像中存在选区时，在【通道】面板上单击【存储选区】按钮 ，可将选区存储于新建 Alpha 通道中，如图 8.42 所示。

2. 使用【存储选区】命令

利用【存储选区】命令可将现有选区存储于新建 Alpha 通道，或图像的原有通道中。

当图像中存在选区时，选择【选择】|【存储选区】命令，打开【存储选区】对话框，如图 8.43 所示。按要求设置对话框的参数。

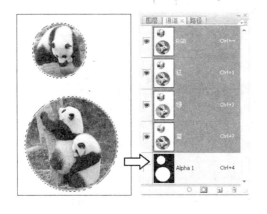 

图 8.42　按默认设置存储选区　　　　　　　图 8.43　【存储选区】对话框

- 【文档】：选择要存储选区的目标文档。其中列出的都是已经打开且与当前图像具有相同的像素尺寸的文档。若选择"新建"按钮，可将选区存储在新文档的 Alpha 通道中。新文档与当前图像也具有相同的像素尺寸。

- 【通道】：选择要存储选区的目标通道。默认选项为"新建"选项。可将选区存储在新建 Alpha 通道中，也可以选择图像的任意 Alpha 通道、专色通道或蒙版通道，将选区存储其中，并与其中的原有选区进行运算，如图 8.44 所示。

- 【名称】：在【通道】下拉列表中选择"新建"选项时输入新通道的名称。

- 【操作】：将选区存储于已有通道时确定现有选区与通道中原有选区的运算关系。包括【替换通道】、【添加到通道】、【从通道中减去】和【与通道交叉】4 种运算。
  - ✓　【替换通道】：用当前选区替换通道中的原有选区。
  - ✓　【添加到通道】：将当前选区添加到通道的原有选区。
  - ✓　【从通道中减去】：从通道的原有选区减去当前选区。
  - ✓　【与通道交叉】：将当前选区与通道的原有选区进行交叉运算。

参数设置完成后，单击【确定】按钮。

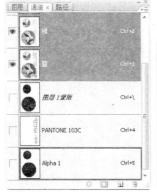 

图 8.44　将选区存储于原有通道

8.2.10 载入选区

可采用下述方法之一载入存储于通道中的选区。

- 在【通道】面板上，按住 Ctrl 键，单击要载入选区的通道的缩览图。
- 在【通道】面板上，选择要载入选区的通道，单击【载入选区】按钮○。
- 选择【选择】|【载入选区】命令也可以载入通道中的选区。如果当前图像中已存在选区，则载入的选区还可以与现有选区进行并、差、交集运算。

8.2.11 分离与合并通道

分离与合并通道操作有着重要的应用。例如，存储图像时许多文件格式不支持 Alpha 通道和专色通道。这时，可将 Alpha 通道和专色通道从图像中分离出来，单独存储为灰度图像。必要的时候再将它们合并到原有图像中。另外，将图像的各个通道分离出来单独保存可以有效地减少单个文件所占用的磁盘空间，便于移动存储。

1. 分离通道

利用【通道】面板菜单中的【分离通道】命令可将颜色通道、Alpha 通道和专色通道依次从文档中分离出来，形成各自独立的灰度图像。在每个灰度图像的标题栏上，显示有原图像通道的缩写。通道分离后，原图像文件自动关闭。

值得注意的是，对于 RGB、CMYK、Lab 等颜色模式的图像，当图像中只有一个图层并且是背景层的时候，才能进行通道分离。

2. 合并通道

利用【通道】面板菜单中的【合并通道】命令，可以将多个处于打开状态且具有相同的像素尺寸的灰度图像合并为一个图像。参与合并的灰度图像可以来自同一幅图像，也可以来自不同的图像。

(1) 打开"素材 08\长城.psd"与"幕布.jpg"，如图 8.45 所示。

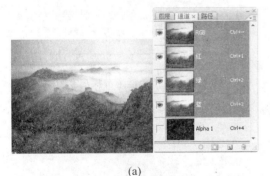

(a)   (b)

图 8.45 素材图像

(2) 选择"长城.psd"，在【通道】面板菜单中选择【分离通道】命令，将该图像的 4 个通道(包括一个 Alpha 通道)分离出来。

(3) 关闭从 Alpha 通道分离出来的灰度图像(标题栏上包含"_4"的图像)，不保存。其他 3 个灰度图像如图 8.46 所示(标题栏上分别包含"_R"、"_G"、"_B"字样)。

(4) 选择"幕布.jpg"，同样将其 3 个单色通道分离出来，如图 8.47 所示。

图 8.46 从"长城"分离出来的灰度图像

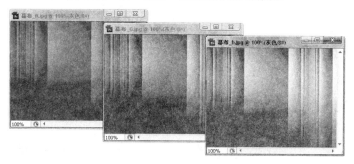

图 8.47 从"幕布"分离出来的通道

(5) 在【通道】面板菜单中选择【合并通道】命令，打开【合并通道】对话框。从【模式】下拉列表中选择要创建的图像的颜色模式(本例选择为"RGB 颜色")，在【通道】文本框中输入所需通道的数目(本例输入 3)，如图 8.48 所示。

(6) 单击【确定】按钮，接着弹出【合并 RGB 通道】对话框，要求为新图像的每个单色通道选择灰度图像。本例参数设置如图 8.49 所示。

图 8.48 【合并通道】对话框

图 8.49 为单色通道选择灰度图像

(7) 单击【确定】按钮，参与合并的灰度图像自动关闭。合并后的 RGB 图像如图 8.50 所示。

图 8.50 合成图像效果

(8) 将其余 3 个灰度图像也合并为 RGB 图像，设置每个单色通道所对应的灰度图像，如图 8.51(a)所示。合并后的 RGB 图像如图 8.51(b)所示。

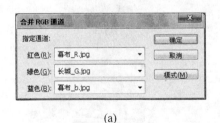

(a)	(b)

图 8.51　合成剩余的 3 个灰度图像

8.3　通道应用案例

8.3.1　通道抠图——抠选头发

1. 案例说明

本例素材图像中人物与背景的颜色有着明显的差异，但由于凌乱细微的发丝的存在，使得人物的选取变得非常困难。以下使用颜色调整命令和画笔工具对通道进行编辑处理，创建理想的选区，最终将人物抠选出来。

2. 操作步骤

(1) 打开"素材 08\人物 8-01.JPG"，如图 8.52 所示。

(2) 依次按 Ctrl+1、Ctrl+2 和 Ctrl+3 组合键，观察图像的红、绿、蓝 3 个颜色通道，发现蓝色通道中人物与背景的对比度较大，如图 8.53 所示。

图 8.52　素材图像

图 8.53　蓝色通道

(3) 切换到【通道】面板，复制蓝色通道，得到"蓝 副本"通道。

(4) 选择【图像】|【调整】|【色阶】命令，打开【色阶】对话框，对"蓝 副本"通道中的灰度图像进行调整。参数设置和调整效果如图 8.54 所示。单击【确定】按钮。

(5) 将前景色设为黑色。选择画笔工具，选用合适的画笔大小，将人物头发上的亮光区域、脸部与身体的白色和灰色部位全部涂抹成黑色，如图 8.55 所示。注意不要涂抹从发丝间透出的背景色区域。

图 8.54　调整"蓝 副本"通道的色阶　　　　图 8.55　画笔涂抹效果

(6) 选择【图像】|【调整】|【反相】命令，得到如图 8.56 所示的效果。

(7) 按住 Ctrl 键，在【通道】面板上单击"蓝 副本"通道，载入选区。

(8) 按 Ctrl+～组合键返回复合通道。切换到【图层】面板。双击背景层缩览图弹出【新建图层】对话框，单击【确定】按钮，将背景层转换为普通层，如图 8.57 所示。

图 8.56　反相效果　　　　　图 8.57　载入选区并将背景层转换为普通层

(9) 在【图层】面板上单击【添加图层蒙版】按钮　，为图层 0 添加显示选区的蒙版，如图 8.58 所示。

(10) 打开"素材 08\幕布 8-02.JPG"，如图 8.59 所示。按 Ctrl+A 组合键全选图像，按 Ctrl+C 组合键进行复制。

图 8.58　添加图层蒙版　　　　　　图 8.59　素材图像

(11) 切换到人物图像，按 Ctrl+V 组合键粘贴得到图层 1，将图层 1 拖移到图层 0 的下方，如图 8.60 所示。

(12) 选择图层 0。在【图层】面板上单击 ⊘ 按钮，从弹出菜单中选择【色彩平衡】命令，参数设置如图 8.61 所示。

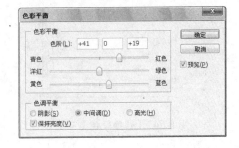

图 8.60 加入素材图像作为背景 　　　　　图 8.61 【色彩平衡】参数设置

(13) 单击【确定】按钮。在图层 0 上方创建调整层"色彩平衡 1"。选择【图层】|【创建剪贴蒙版】命令，使"色彩平衡 1"调整层仅影响图层 0，如图 8.62 所示。

(14) 下面处理头发上的白色边缘。选择图层 0，确保该层处于图层编辑状态。使用套索工具创建如图 8.63 所示的选区。

图 8.62 创建剪贴蒙版 　　　　　图 8.63 在头发边缘创建选区

(15) 选择【图像】|【调整】|【替换颜色】命令，打开【替换颜色】对话框。在图像窗口中吸取头发边缘的白色。对话框其他参数设置如图 8.64 所示。单击【确定】按钮。

提示 【替换颜色】对话框中的【结果】颜色，应根据吸管吸取的头发边缘的颜色而定。本例中可先选择红色，再微调其色相、饱和度和亮度，直至头发边缘融入背景色为止。

(16) 取消选区。图像最终效果如图 8.65 所示(可参考"素材 08\人物 8-01(抠图结果).PSD)。

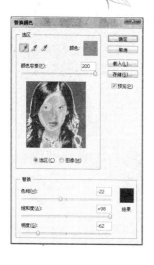

图 8.64 【替换颜色】参数设置　　　　　　　　图 8.65　最终抠图效果

8.3.2　通道抠图——抠选婚纱

1. 案例说明

本例素材图像中，婚纱和鲜花上的薄绢具有一定的透明度，不宜采用常规方法(选择工具、路径工具、抽出滤镜等)选取。下面介绍如何使用通道将透明对象恰到好处地抠选出来。

2. 操作步骤

(1) 打开"素材 08\人物 8-02.JPG"，如图 8.66 所示。

(2) 使用磁性套索工具选择除透明婚纱和鲜花上的薄绢之外的整个人物。若局部选区不精确，可使用套索工具等进行修补，如图 8.67 所示。

图 8.66　素材图像　　　　　　　　　　　图 8.67　选择人物

(3) 在【通道】面板上单击【存储选区】按钮，将选区存储于 Alpha1 通道，如图 8.68 所示。按 Ctrl+D 组合键取消选区。

(4) 用磁性套索工具选择透明婚纱和鲜花上的薄绢。其中与背景接触的边界应精确选取，与人物接触的边界可粗略选取(但要包括透明婚纱和薄绢的所有部分)，如图 8.69 所示。

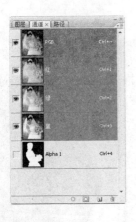

图 8.68　存储选区

图 8.69　选择婚纱和薄绢

(5) 选择【选择】|【载入选区】命令，参数设置如图 8.70 所示。单击【确定】按钮。结果如图 8.71 所示。

图 8.70　【载入选区】参数设置

图 8.71　婚纱和薄绢的精确选区

(6) 显示【图层】面板，按 Ctrl+J 组合键将背景层选区内的图像复制到图层 1，并将图层 1 的混合模式设置为"排除"，如图 8.72 所示。

图 8.72　设置图层混合模式

(7) 按住 Ctrl 键，单击图层 1 的缩览图，载入该层选区。按 Ctrl+Shift+C 组合键执行"合并拷贝"操作。切换到【通道】面板，单击【新建通道】按钮，新建 Alpha 2 通道，按

Ctrl+V 组合键执行粘贴操作，如图 8.73 所示。

(8) 选择【图像】|【调整】|【反相】命令，得到 Alpha 2 通道的负片效果。按 Ctrl+D 组合键取消选区，如图 8.74 所示。

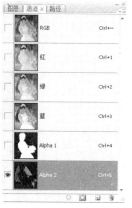

图 8.73　将合并拷贝的图像粘贴到 Alpha 2 通道　　　　　　图 8.74　反相

(9) 选择【图像】|【调整】|【色阶】命令，参数设置如图 8.75(a)所示。单击【确定】按钮，结果如图 8.75(b)所示。

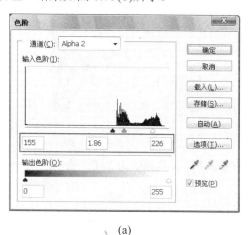

(a)　　　　　　　　　　　　　　　　　(b)

图 8.75　增加 Alpha 2 通道的对比度

(10) 按住 Ctrl 键单击 Alpha 2 通道的缩览图载入选区。再按住 Ctrl+Shift 组合键单击 Alpha 1 通道的缩览图，得到 Alpha 2 通道和 Alpha 1 通道的并集选区，如图 8.76 所示。

(11) 切换到【图层】面板，隐藏图层 1。并将背景层转换为普通层“图层 0”。单击【添加图层蒙版】按钮，为图层 0 添加显示选区的蒙版，如图 8.77 所示。

(12) 打开“素材 08\背景.JPG”，如图 8.78 所示。按 Ctrl+A 组合键全选图像，按 Ctrl+C 组合键复制。

(13) 切换到婚纱人物图像，按 Ctrl+V 组合键粘贴，得到图层 2。将图层 2 拖移到图层 0 的下方，如图 8.79 所示。至此完成有关抠图和更换背景的所有操作。

图 8.76 载入选区

图 8.77 添加图层蒙版

图 8.78 素材图像

图 8.79 添加背景图像

8.4 通道高级应用

8.4.1 【应用图像】命令的使用

使用【应用图像】命令可以将通道与图层、通道与通道进行混合，制作特殊的图像合成效果，或创建特定的选区。下面举例说明。

1. 准备工作

(1) 打开"素材 08\文字.jpg"，如图 8.80 所示。

(2) 在【通道】面板上复制红、绿、蓝任一颜色通道(3 个通道完全相同，复制任何一个都可以)，将复制出的副本通道更名为 Alpha 1，如图 8.81 所示。

(3) 选择 Alpha1 通道。选择【滤镜】|【模糊】|【高斯模糊】命令，打开【高斯模糊】对话框，设置半径参数为 1.4，单击【确定】按钮。

(4) 选择【滤镜】|【风格化】|【浮雕效果】命令，参数设置如图 8.82 所示。单击【确定】按钮(再次对 Alpha1 通道添加滤镜效果)。此时 Alpha1 通道的效果如图 8.83 所示。

图 8.80　素材图像　　　　　　　　　　　图 8.81　复制通道

图 8.82　【浮雕效果】参数设置　　　　　图 8.83　添加滤镜后的 Alpha1 通道

2. 使用【应用图像】命令合成图像

(1) 打开"素材 08\背景 02.jpg"(该图像与"文字.jpg"具有相同的像素尺寸)，如图 8.84 所示。

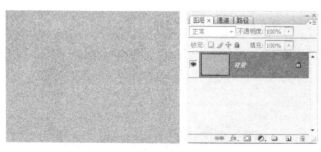

图 8.84　素材图像"背景 02"

(2) 选择【图像】|【应用图像】命令，打开【应用图像】对话框，如图 8.85 所示。

(3) 勾选【预览】复选框，以便参数更改后的效果能实时反馈到图像窗口。对话框中其他参数的作用如下。

- 【源】：选择参与混合的源图像。默认选项为当前图像(目标图像)。在该下拉列表中列出的都是已经打开且与当前图像具有相同的像素尺寸的文档。

- 【图层】：选择参与混合的源图像的某一图层(源图层)。当源图像中存在多个图层时，可选择某个图层与目标图像进行混合。若要使用源图像的所有图层进行混合，应在列表中选择"合并图层"选项。

- 【通道】：选择参与混合的源图层的某个颜色通道或 Alpha 通道(源通道)。若选择 Alpha 通道，则在上面的【图层】列表中选择哪个图层就无关紧要了。勾选右侧的【反相】复选框，可使用源通道的负片进行混合。

- 【混合】：设置源通道与目标图层(或通道)的混合方式。

- 【不透明度】：设置混合的强度。数值越大，混合效果越强。

- 【保留透明区域】：勾选该复选框，混合效果仅应用到目标图层(即当前图像的被选图层)的不透明区域。若目标对象为背景层或通道该选项无法使用。

本例中对话框的参数设置如图 8.86 所示。此时的图像效果如图 8.87 所示。

图 8.85 【应用图像】对话框

图 8.86 设置对话框参数

(4) 在【应用图像】对话框中勾选【蒙版】复选框，并设置蒙版参数如图 8.88 所示。扩展参数包括 3 个下拉列表和一个复选框，用于在当前的混合效果上添加一个蒙版，以控制混合效果的显隐区域。若勾选后面的 Invert(反相)复选框，则使用所选通道的负片作为蒙版。

图 8.87 初步合成效果

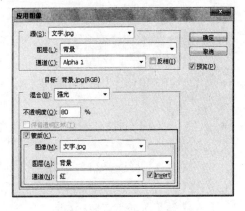

图 8.88 设置蒙版参数

使用蒙版后的图像混合效果如图 8.89 所示。

(5) 在对话框中勾选源通道 Alpha1 右侧的【反相】复选框，其他设置不变。图像混合效果如图 8.90 所示。

(6) 参数设置完成后，单击【确定】按钮得到混合后的图像。

图 8.89　凹陷效果　　　　　　　　　　　　图 8.90　凸出效果

8.4.2　【计算】命令的使用

使用【计算】命令可以将来自相同或不同源图像的两个通道进行混合，并将混合的结果存储到新文档、新通道或直接转换为当前图像的选区。参与计算的各源图像必须具有相同的像素尺寸。下面举例说明。

(1) 打开"素材 08\百合.jpg"与"人物 8-04.jpg"，如图 8.91 所示。

图 8.91　素材图像

(2) 选择【图像】|【计算】命令，打开【计算】对话框，如图 8.92 所示。

(3) 在【源 1】栏选择第一个源图像及其图层和通道。

● 要使用源图像的所有图层进行混合，可在【图层】下拉列表中选择"合并图层"选项。

● 在【通道】下拉列表中选择"灰色"选项，将使用所选图层的灰度图像作为要混合的通道。

(4) 在【源 2】栏选择第二个源图像及其图层和通道。

(5) 在【混合】栏指定混合模式、混合强度及蒙版。

(6) 在【结果】下拉列表中指定混合结果的存放途径(新图像、新通道还是直接在当前图像中生成选区)。

● "新建文档"：将计算结果存放到多通道颜色模式的新图像。

● "新建通道"：将计算结果存放到当前图像的一个新建 Alpha 通道中。

● "选区"：将计算结果直接转换为当前图像的选区。

本例中对话框的参数设置如图 8.92 所示，单击【确定】按钮，生成多通道颜色模式的新图像，如图 8.93 所示。

图 8.92 【计算】参数设置   图 8.93 最终结果

(7) 将多通道颜色模式的新图像先转换为灰度模式，再转换为双色调模式，可得到如图 8.94 所示的蓝色调和紫色调效果。

(8) 将色调图像转换为 RGB 颜色模式，并以 JPG 格式进行保存。

(a) 蓝色调效果   (b) 紫色调效果

图 8.94 进一步制作色调图像

8.5 小   结

本章主要讲述了以下内容。

● **通道的概念与分类**。通道是存储颜色信息或选区信息的 8 位灰度图像。它分为颜色通道、Alpha 通道和专色通道 3 种。

● **通道的基本操作**。主要包括选择通道、显示与隐藏通道、新建通道、重命名通道、复制通道、删除通道、替换通道、存储选区与载入选区、分离与合并通道等。熟练掌握这些基本操作是学会使用通道的先决条件。

● **通道的应用**。介绍使用通道抠选毛发等细微对象和婚纱、玻璃器皿等半透明对象的基本方法。比较实用，应掌握。

- **通道的高级应用。**介绍了【应用图像】命令和【计算】命令的使用方法。可先做了解，慢慢掌握。

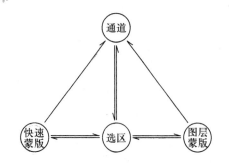

图 8.95　选区、蒙版与通道的转换关系

通过本章和前面相关章节的学习不难得出结论：选区、蒙版和 Alpha 通道三者的关系非常密切。其相互转换关系如图 8.95 所示。

- Alpha 通道是选区的载体，可以将其中的选区载入到图像中。
- 快速蒙版用于创建和编辑选区，图层蒙版用于控制图层的显示。按住 Ctrl 键单击图层蒙版的缩览图可载入其中的选区。另外，通过复制快速蒙版通道和图层蒙版通道可将快速蒙版和图层蒙版转换为 Alpha 通道。

- 选区可以看作是一种临时性的蒙版，用户只能修改选区内的像素，选区外的像素被保护起来，一旦取消选区，这种所谓的临时蒙版也就不存在了。要实现选区的多次重复使用，可以将选区存储在 Alpha 通道中。另外，可以基于选区创建图层蒙版。

本章理论部分未提及的知识点有：

(1) 合并拷贝操作(按 Ctrl+Shift+C 组合键)，作用是复制当前选区内所有可见层的合并图像(建议掌握)。

(2) 按住 Ctrl+Shift 组合键，单击通道的缩览图将载入的选区添加到图像的原有选区。当然，也可以通过【载入选区】命令达到同样的目的(掌握)。

8.6　习　　题

一、选择题

1．图像中颜色通道的多少由图像的＿＿＿＿＿＿决定。

　　A．图层个数　　　B．颜色模式　　　C．图像大小　　　D．色彩种类

2．在印刷中，有一种特殊的颜色(比如金色、银色和荧光色等)，不能由青、洋红、黄和黑四色油墨简单地混合而成，印刷上将这类特殊的颜色称为＿＿＿＿。

　　A．有彩色　　　　B．专色　　　　　C．无彩色　　　　D．灰色

3．对于 RGB、CMYK 和 Lab 等颜色模式的图像，当图像满足下列＿＿＿＿条件时才能进行通道分离。

　　A．没有 Alpha 通道　　　　　　　　B．有背景层

　　C．除背景层之外无其他图层　　　　D．仅有一个图层

4．以下对通道叙述错误的是＿＿＿＿。

　　A．通道用于存储颜色信息和选区信息

　　B．可以在【通道】面板上创建颜色通道、Alpha 通道和专色通道

　　C．Alpha 通道一般用于存储选区和编辑选区

　　D．Alpha 通道与蒙版和选区有着密切的关系

5．以下从 Alpha 通道载入选区的叙述错误的是_____。

A．按住 Ctrl+Shift 组合键，单击通道缩览图，可将载入的选区添加到图像的原有选区

B．按住 Ctrl+Alt 组合键，单击通道缩览图，可从图像的原有选区减去载入的通道选区

C．按住 Ctrl+Shift+Alt 组合键，单击通道缩览图，可将载入的选区与原有选区进行交集运算

D．按住 Ctrl 键单击通道缩览图，可将载入的选区添加到图像的原有选区

二、填空题

1．通道是存储不同类型信息的 8 位灰度图像。它分为_____通道、_____通道和专色通道等几种，分别用来存放图像中的_____信息、_____信息和专色信息。

2．RGB 图像的颜色通道包括_____通道、_____通道、_____通道和复合通道。

3．_____是指印刷中 C(青)、M(洋红)、Y(黄)、K(黑)四色之外的特殊的预混油墨，其作用是替代或补充印刷色(CMYK)油墨。

4．使用【图像】菜单下的【_____】命令可以将其他图像的图层和通道(源)与当前图像的图层和通道(目标)进行混合，制作特殊效果的图像。

5．使用【图像】菜单下的【_____】命令可以将来自相同或不同源图像的两个通道进行混合，并将混合的结果存储到新文档、新通道或直接转换为当前图像的选区。

6．通过【选择】菜单下的【_____】命令，可以将现有选区存储到 Alpha 通道中，从而实现选区的多次复用。

三、操作题

1．打开素材图像"练习\素材 8-01.jpg"(图 8.96)，查看颜色通道，分析红、绿、蓝各原色在图像中的含量与分布情况。

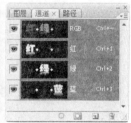

图 8.96　素材图像

2．利用素材图像"练习\幻境.jpg"、"练习\天坛.jpg"和【应用图像】命令制作如图 8.97(b)所示的效果(彩色效果图可参考"练习\幻境(合成).jpg")。

操作提示：

(1) 打开素材图像，将"天坛.jpg"的绿色通道复制到"幻境.jpg"中，形成 Alpha 1 通道。

(2) 移动 Alpha 1 通道中灰度图像的位置，适当放大，并使"天坛"恰好位于"球体"正中。

(3) 选择复合通道，切换到【图层】面板。使用椭圆选框工具框选图像中的"球体"。

(4) 按 Ctrl＋J 组合键，将"球体"从背景层复制到图层 1。

(a) 素材图像　　　　　　　　　　　　　　(b) 合成效果

图 8.97　利用【应用图像】命令合成图像

(5) 确保图层 1 为当前层。执行【应用图像】命令，将 Alpha 1 通道应用到图层 1。【应用图像】对话框的参数设置如图 8.98 所示。

(6) 在图层 1 上添加图层蒙版，并在图层蒙版上从上向下做黑白线性渐变，如图 8.99 所示。

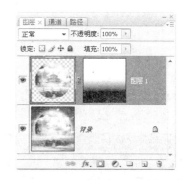

图 8.98　【应用图像】参数设置　　　　　　图 8.99　添加图层蒙版

3.　仿照本章透明婚纱的抠图方法，抠选"练习\酒杯.jpg"(图 8.100)中的玻璃杯。结果如图 8.101 所示(以"练习\芍药.jpg"为背景)。

图 8.100　素材图像　　　　　　　　　　图 8.101　抠图效果

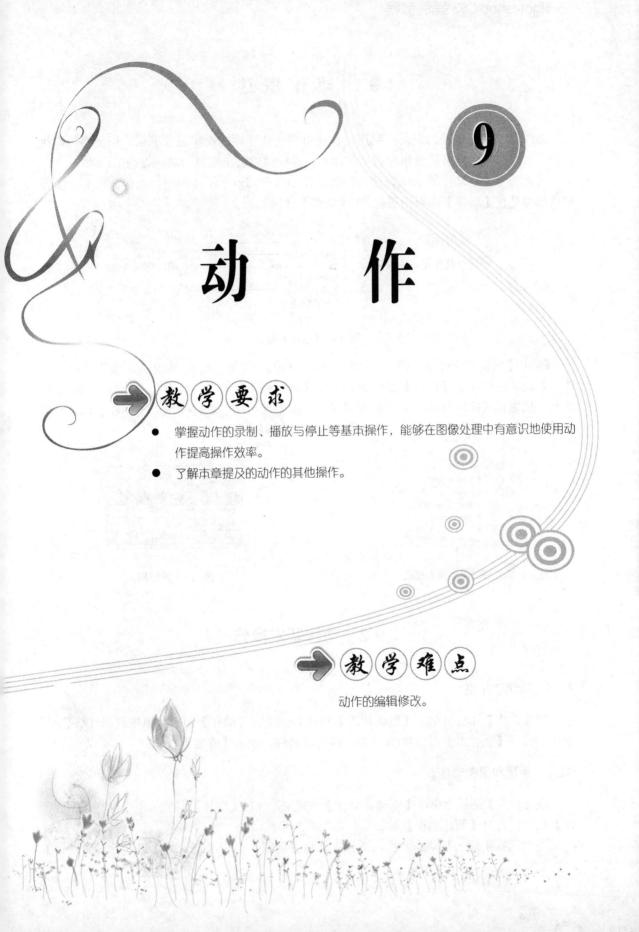

动 作

9

➤ 教 学 要 求

- 掌握动作的录制、播放与停止等基本操作，能够在图像处理中有意识地使用动作提高操作效率。
- 了解本章提及的动作的其他操作。

➤ 教 学 难 点

动作的编辑修改。

9.1 动 作 概 述

动作是一系列操作的集合。利用动作可以将一些连续的操作记录下来。当需要再次执行相同的操作时，只需播放相应的动作即可。这样可以避免重复劳动，提高工作效率。

通常为了便于动作的组织管理，同类动作应放在同一个动作组中。动作的录制、编辑和播放都是在【动作】面板中进行的。【动作】面板如图 9.1 所示。

图 9.1 【动作】面板

【动作】面板有两种显示模式：列表模式(默认模式)和按钮模式，如图 9.2 和图 9.3 所示。通过勾选和取消勾选【动作】面板菜单中的【按钮模式】命令，可以在上述两种模式之间切换。按钮模式比较直观，单击就可以播放，但不能对动作进行编辑。本章以下部分都是在【动作】面板的列表模式下介绍动作的基本操作和应用的。

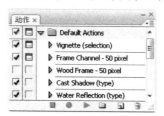

图 9.2 列表模式

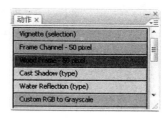

图 9.3 按钮模式

9.2 动作基本操作

9.2.1 新建动作组

在【动作】面板上单击【创建新组】按钮，或在【动作】面板菜单中选择【新建组】命令，打开【新建组】对话框(图 9.4)，输入组名称，单击【确定】按钮。

9.2.2 新建和录制动作

在【动作】面板上单击【创建新动作】按钮，或在【动作】面板菜单中选择【新建动作】命令，打开【新建动作】对话框，如图 9.5 所示。

在对话框中输入新动作名称，选择动作所在的组，单击【记录】按钮。此时【动作】

面板上的【开始记录】按钮⬤自动被选中且呈现红色，表示进入动作录制状态，此后执行的命令将依次记录在对应的动作中，直到单击【动作】面板上的■按钮，或在【动作】面板菜单中选择【停止记录】命令为止。

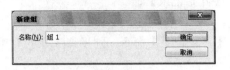

图 9.4 【新建组】对话框

图 9.5 【新建动作】对话框

9.2.3 播放动作

打开目标图像，在【动作】面板上选择要播放的动作，单击【播放】按钮▶，即可播放选定的动作。若选择的是动作中的单个命令(图 9.6)，单击【播放】按钮▶，仅播放动作中所选命令和其后的所有命令。

在播放动作之前最好在【历史记录】面板上建立当前图像的一个快照。这样，动作播放后，若想撤销动作，只需在【历史记录】面板上选择所创建的快照即可。否则，动作中包含的命令一般很多，撤销起来非常麻烦，甚至无法恢复到动作播放前的图像状态。

9.2.4 设置回放选项

当一个长的、复杂的动作不能够正确播放，又找不出问题所在时，可以通过【回放选项】命令设置动作的播放速度找出问题所在。操作方法如下。

选择要播放的动作，在【动作】面板菜单中选择【回放选项】命令，打开【回放选项】对话框(图 9.7)，对动作的播放速度进行设置。

图 9.6 选择动作中单个命令

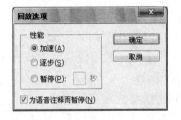

图 9.7 【回放选项】对话框

- 【加速】：以正常的速度进行播放，该选项为默认选项。
- 【逐步】：逐步执行动作中的单个命令，播放速度较慢。
- 【暂停】：可以设置动作中每个命令执行后的停顿时间。
- 【为语音注释而暂停】：勾选该复选框，播放到添加语音注释命令时暂停动作的执行。

参数设置完成后，单击【确定】按钮。

9.2.5　在动作中插入新的命令

在动作中插入新命令的方法如下。

(1) 选择动作中的某个命令。

(2) 单击●按钮或在【动作】面板菜单中选择【开始记录】命令。

(3) 执行要添加的命令或操作。

(4) 单击■按钮或在【动作】面板菜单中选择【停止记录】命令，则步骤(3)中执行的命令或操作将被记录在动作中所选命令的下面。

若插入命令前选择的是某个动作，则插入的命令或操作将被记录在该动作的最后。

9.2.6　复制动作

在【动作】面板上，可以采用下述方法之一复制动作。

● 　选择要复制的动作，在【动作】面板菜单中选择【复制】命令。

● 　将要复制的动作拖移到【创建新动作】按钮◙上。

9.2.7　删除动作

在【动作】面板上，可以采用下述方法之一删除动作。

● 　选择要删除的动作，在【动作】面板菜单中选择【删除】命令，弹出警告框，单击【确定】按钮。

● 　选择要删除的动作，单击【删除】按钮🗑，弹出警告框，单击【确定】按钮。

● 　将要删除的动作拖移到【删除】按钮🗑上。

也可以使用类似的方法删除动作组和动作中的单个命令。

9.2.8　在动作中插入菜单项目

在录制动作时有些菜单命令(如【视图】、【窗口】菜单中的绝大多数命令)是不能被记录的。但是，在动作录制完成后可以使用【插入菜单项目】命令将这些不能被记录的菜单命令插入到动作的相应位置。具体操作如下。

(1) 选择动作中的某个命令。

(2) 在【动作】面板菜单中选择【插入菜单项目】命令，打开【插入菜单项目】对话框，如图 9.8 所示。

(3) 选择要插入到动作中去的菜单命令。

(4) 在对话框中单击【确定】按钮。步骤(3)中执行的菜单命令被记录在所选命令的下面。

图 9.8　【插入菜单项目】对话框

插入菜单项目时所选择的菜单命令当时并不会被执行，命令的任何参数也不会被记录在动作中。只有当播放动作时，插入的命令才被执行。也就是说，如果插入的菜单命令包含对话框，插入菜单项目时对话框并不会打开，只有当动作被播放时，对话框才弹出来，同时动作暂停播放，直到设置好对话框的参数，并确认对话框时，才继续执行插入的命令和动作中后续的一些命令。

提示 也可以在动作录制过程中，使用【插入菜单项目】命令插入不能被记录的命令。

9.2.9 在动作中插入停止命令

在录制动作时除了一些菜单命令不能被记录之外，还有一些操作(如绘画与填充工具的使用等)同样不能被记录。在动作录制完成后，可以使用【插入停止】命令解决这个问题。操作如下。

(1) 选择动作中的某个命令。

(2) 在【动作】面板菜单中选择【插入停止】命令，打开【记录停止】对话框，如图 9.9 所示。在【信息】文本框内输入动作停止时的提示信息。

(3) 单击【确定】按钮，停止命令插入完毕。

播放动作时，当执行到插入的停止命令时将弹出【信息】对话框(图 9.10)，单击【停止】按钮，可暂停动作的执行，按提示以手动方式执行不能被记录的操作，然后单击【动作】面板的▶按钮，继续执行动作的后续的命令。如果在上述步骤(2)的【记录停止】对话框中勾选了【允许继续】复选框，则【信息】对话框中除了【停止】按钮外，还包含【继续】按钮，如图 9.10 所示。单击【继续】按钮，动作将继续执行。也就是说，动作在执行到插入的停止命令时用户可以不插入任何操作。

提示 也可以在动作录制过程中使用【插入停止】命令在动作的相应位置插入停止。

图 9.9 【记录停止】对话框

图 9.10 【信息】对话框

9.2.10 设置对话控制

如果在动作中的某条命令上启用了对话控制，则动作播放时执行到该命令时，动作暂停执行，并打开对话框，供用户重新设置对话框的参数，或者在图像中出现编辑区，供用户以不同的方式重新修改图像。如果不使用对话控制，则动作的每条命令只能以录制时的设置执行，无法进行修改。启用对话控制的方法如下。

(1) 在【动作】面板上展开要设置对话控制的动作。

(2) 在要设置对话控制的某条命令前单击【对话控制】标记▫，出现▫图标，表示启用对话控制(在▫图标上再次单击，可撤销对话控制)，如图 9.11 所示。

停用对话控制

启用对话控制

排除标记

图 9.11　启用对话控制

9.2.11　更改动作名称

在【动作】面板上，双击动作的名称，输入新的名称，按回车键或在【名称】编辑框外单击即可。使用同样的方式可以更改动作组的名称。

9.2.12　保存动作组

Photoshop CS 允许创建大量的动作，并将它们分类存储到各动作组中。一般情况下，只要不删除，它们将一直保留在【动作】面板上。但是，大量的动作为查看和选取动作带来了诸多不便，应该将不常使用的动作组保存到文件中，然后将它们从【动作】面板上删除，在需要时再将它们重新载入。保存动作组的方法如下。

(1) 在【动作】面板上单击选择要保存的动作组。

(2) 在【动作】面板菜单中选择【存储动作】命令，弹出【存储】对话框，如图 9.12 所示。

(3) 在对话框中选择保存路径，输入文件名，单击【保存】按钮即可将该动作组以 ATN 文件的格式保存在指定的位置。

一般可将动作的保存路径设为 "...Adobe\Photoshop CS\Presets(预设)\Actions(动作)\"。这样，重新启动 Photoshop CS 之后，被保存的动作组将显示在【动作】面板菜单的底部，必要时即可载入。

9.2.13　载入动作

使用【载入动作】命令可以将用户保存的动作以及 Photoshop CS 的预置动作载入到【动作】面板中，在必要时进行播放。载入动作的方法如下。

(1) 在【动作】面板菜单中选择【载入动作】命令，弹出【载入】对话框，如图 9.13 所示。

图 9.12　【存储】对话框

图 9.13　【载入】对话框

(2) 在对话框中选择动作组文件，单击【载入】按钮。

(3) 对于位于 "...Adobe\Photoshop CS\Presets(预设)\Actions(动作)\" 下的动作组文件，直接从【动作】面板菜单的底部选择即可。

9.3　动作应用案例

9.3.1　制作玻璃镜框

本例学习玻璃镜框的制作，涉及了动作的录制、修改、播放与保存等操作。通过本例的学习对于掌握动作的基本用法大有帮助。

1. 打开素材图像

打开 "素材 09\精品茶具 9-01.jpg"，如图 9.14 所示。

2. 录制动作

(1) 在【动作】面板上新建动作组 mySet。

(2) 在【动作】面板上单击【创建新动作】按钮 ，打开【新建动作】对话框，输入动作名称 "制作玻璃镜框"，选择该动作所属的动作组 mySet(图 9.15)，单击【记录】按钮，开始录制动作。

图 9.14　素材图像　　　　　　　　　图 9.15　【新建动作】对话框

(3) 将 "精品茶具 9-01" 的背景层转换为普通层，命名为 "画面"，如图 9.16 所示。

图 9.16　将背景层转为普通层

(4) 在【图层】面板菜单中选择【新建图层】命令，打开【新建图层】对话框，输入图层名称 "背景"，单击【确定】按钮。

(5) 选择【编辑】|【填充】命令将"背景"层填充成白色。

(6) 在【图层】面板上将"背景"层拖移到"画面"层的下面，并重新选择"画面"层。

(7) 在【图层】面板上单击【添加图层蒙版】按钮 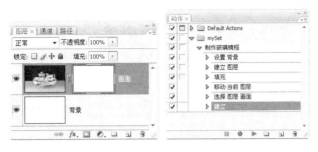，在"画面"层上添加图层蒙版，如图 9.17 所示。

图 9.17　添加图层蒙版

(8) 使用椭圆选框工具创建选区，并调整好选区位置，如图 9.18 所示。

(9) 选择【选择】|【反向】命令，使选区反转。

(10) 确保"画面"层处于蒙版编辑状态，选择【编辑】|【填充】命令在图层蒙版的选区内填充黑色，按 Ctrl+D 组合键取消选区，如图 9.19 所示。此时的【动作】面板如图 9.20 所示。

图 9.18　创建椭圆选区　　　　　　　　　图 9.19　填充蒙版

(11) 确保"画面"层处于蒙版编辑状态，选择【滤镜】|【扭曲】|【玻璃】命令，弹出【玻璃】滤镜对话框。参数设置如图 9.21(a)所示，单击【确定】按钮。图像效果如图 9.21(b)所示。

(a)　　　　　　　　　　　　　　(b)

图 9.20　取消选区后的【动作】面板　　　　　图 9.21　滤镜参数设置及图像效果

(12) 使用裁切工具裁剪图像，使椭圆镜框周围白色区域的大小对称，如图 9.22 所示。

(13) 在【动作】面板上单击■按钮停止动作的录制。在"制作玻璃镜框"动作中录制的所有命令如图 9.23 所示。

图 9.22　裁切图像

图 9.23　完成后的整个动作

3．编辑动作

(1) 在【动作】面板上，选择"制作玻璃镜框"动作的第一个命令"设置 背景"。

(2) 在【动作】面板菜单中选择【插入菜单项目】命令，打开【插入菜单项目】对话框。

(3) 选择【视图】|【按屏幕大小缩放】命令。单击【确定】按钮，关闭【插入菜单项目】对话框。此时就在"设置 背景"的后面插入"选择 按屏幕大小缩放 菜单项目"命令，如图 9.24 所示。

(4) 在【动作】面板上使用鼠标将"选择 按屏幕大小缩放 菜单项目"命令拖移到"设置 背景"命令的上面。

提示　在动作开始插入"按屏幕大小缩放"命令的目的是尽量放大显示图像，且图像窗口不出现滚动条，这使得后续的图像编辑变得更方便。

(5) 删除动作中有关创建和调整椭圆选区的命令"设置 选区"和"移动 选区"。

(6) 选择动作中的有关添加图层蒙版的命令"建立"。

(7) 在【动作】面板菜单中选择【插入停止】命令，打开【记录停止】对话框。参数设置如图 9.25 所示。单击【确定】按钮，关闭对话框。这样就在"建立"命令的下面插入了"停止"命令。

图 9.24　插入菜单项目

图 9.25　【记录停止】对话框

提示 由于不同图像的像素尺寸不同，因此不能采用同样大小和位置的椭圆选区。在动作中删除"设置 选区"和"移动 选区"命令，并插入"停止"命令，可以在动作回放时暂停动作的执行，根据图像的大小和画面内容，创建不同的镜框选区(形状也不一定是椭圆)。

(8) 在动作中有关应用玻璃滤镜和裁剪图像的命令"玻璃"和"裁剪"上启用对话控制。

提示 这里所启用的对话控制，目的是在动作播放时，能够重新设置玻璃滤镜的参数和裁剪控制框的大小与位置，以满足不同图像的需要。

至此，动作的编辑完成。修改后的"制作玻璃镜框"动作如图 9.26 所示。图中标出了所有改动的地方。

4. 播放动作

(1) "素材 09\精品茶具 9-02.jpg"，如图 9.27 所示。

(2) 在【动作】面板上，选择已修改过的动作"制作玻璃镜框"，单击【播放】按钮，开始播放动作。

(3) 当动作播放到【停止】命令时，弹出【信息】对话框，如图 9.28 所示。

图 9.26　修改后的动作

图 9.27　素材图像

(4) 单击【停止】按钮，关闭信息框。在图像中创建椭圆选区，并调整到合适的大小和位置，如图 9.29 所示。

图 9.28　动作停止，等待用户操作

(5) 单击【播放】按钮▶，继续播放动作。接着弹出【玻璃】对话框，适当设置滤镜参数(本例设置扭曲度为 2、平滑度为 2、纹理为"画布"、缩放为 80%、不勾选【反相】复选框)，单击【确定】按钮，关闭对话框。

(6) 动作继续执行。紧接着图像窗口中出现裁剪控制框，如图 9.30 所示。

图 9.29　创建镜框选区

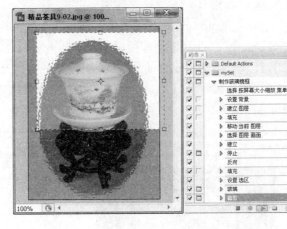

图 9.30　裁剪控制框

(7) 将裁切控制框调整到合适的大小和位置，如图 9.31 所示。按回车键执行裁切命令，同时动作播放完毕。图像最终效果如图 9.32 所示。

图 9.31　调整裁切控制框

图 9.32　玻璃镜框最终效果

5. 保存动作

将动作组 mySet 保存在"...Adobe\Photoshop CS\Presets(预设)\Actions(动作)\"下，文件名为"mySet.atn"。

9.3.2　操作的自动化

Photoshop CS 提供了一组自动化命令，如【批处理】、【PDF 演示文稿】、【创建快捷批处理】、【图片包】和【Web 照片画廊】等。这些命令可以调用动作批量处理图像，因此能够节省大量的时间。下面以【批处理】命令为例，介绍自动化命令的使用。

【批处理】命令能够在文件夹上播放动作，批量处理文件夹内的所有图像文件。或者导

入并处理由数码相机或扫描仪获取的大量图像文件。如果要将批处理后的文件存放到新的
位置，最好在操作前创建好对应的文件夹。

1. 录制动作

(1) 在 C 盘根目录下创建文件夹 myImages。

(2) 启动 Photoshop，在【动作】面板上单击 按钮，在弹出的对话框中输入动作名称
"处理图像大小"，选择该动作所属的动作组 mySet。单击【记录】按钮，开始录制动作。

(3) 打开"素材 09/srImages/flower06.JPG"，如图 9.33 所示。

(4) 选择【图像】|【图像大小】命令将图像的宽度与高度分别设置为 500 像素和 375
像素(其他参数不变)。

(5) 将改动后的图像以原文件名和格式存储在 C：\myImages 下，并关闭图像。

(6) 在【动作】面板上单击 按钮，停止录制。动作"处理图像大小"如图 9.34 所示。

图 9.33　素材图像

图 9.34　动作中的全部命令

2. 使用【批处理】命令批量处理图像

(1) 选择【文件】|【自动】|【批处理】命令，弹出如图 9.35 所示的对话框。各项参数
作用如下。

- 【组】：选择动作所在的组。本例选择 mySet。
- 【动作】：选择要使用的动作。本例选择"处理图像大小"。
- 【源】：选择批处理的来源文件。本例选择"文件夹"。单击【选取】按钮，选
  择要处理的源图像文件所在的位置。本例选择"素材 09\srImages"。
- 【覆盖动作中的"打开"命令】：若所选动作中有"打开"命令，勾选该复选框
  可确保能够逐个打开源图像文件进行处理，而不是局限于所选动作在录制时打开
  的单个文件。本例勾选该复选框。
- 【包含所有子文件夹】：如果在所选文件夹中存在子文件夹，勾选该复选框可对
  各级子文件夹中的图像文件进行相同的处理。
- 【禁止显示文件打开选项对话框】：勾选该复选框，将隐藏批处理中要打开的文
  件选项对话框，统一使用对话框的默认设置或上一次的设置。
- 【禁止颜色配置文件警告】：当要处理的图像的色彩与动作录制时所调用的图像
  文件不同时，勾选该复选框将不打开颜色警告对话框。
- 【目标】：选择批处理后的图像文件的存在方式。本例选择"文件夹"。
  - ✓　"无"：若动作中不包含【存储】命令，图像在处理后保持打开状态。

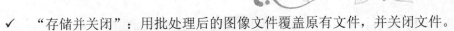

    ✓　"存储并关闭"：用批处理后的图像文件覆盖原有文件，并关闭文件。

    ✓　"文件夹"：将处理后的文件存储到指定文件夹。单击【选择】按钮，选择要存储的目标文件夹。本例选择"C：\myImages"。

- 【覆盖动作中的"存储为"命令】：若所选动作中包含【存储】命令，勾选该复选框，可确保批处理后的文件存储到目标文件夹中(【目标】选择"文件夹"时)或保存到原来位置(【目标】选"无"时)，覆盖掉原文件(【目标】选择"存储并关闭"时)。本例勾选该复选框。
- 【文件命名】：若【目标】选择"文件夹"，可指定文件保存时的命名规则。本例采用默认设置。
- 【兼容性】：指定文件名是否与 Windows、Mac OS 或 UNIX 操作系统兼容。本例采用默认设置。
- 【错误】：在批处理过程中若发生错误，选择错误的处理方式。本例采用默认设置。

(2) 设置好【批处理】对话框的参数(图 9.36)，单击【确定】按钮，批处理操作开始进行。如果在批处理过程中弹出【JPEG 选项】对话框，可根据需要选择图像品质，并单击【确定】按钮，关闭对话框，继续执行批处理操作。

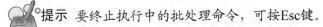

提示　要终止执行中的批处理命令，可按 Esc 键。

图 9.35　【批处理】对话框

图 9.36　参数设置

9.2.3　制作逐帧动画"下雨了"

本例适用于 Photoshop CS3 扩展版或更高版本。

1. 打开素材图像

打开"素材 09\雨荷 9-01.jpg"，如图 9.37 所示。

2. 录制和播放动作

(1) 在【动作】面板上单击🔲按钮，在弹出的对话框中输入动作名称"雨"，选择该动作所属的动作组 mySet。单击【记录】按钮，开始录制动作。

(2) 在【图层】面板上单击【创建新图层】按钮 ▣，新建图层 1。

(3) 选择【编辑】|【填充】命令，在图层 1 上填充黑色。

(4) 选择图层 1。选择【滤镜】|【杂色】|【添加杂色】命令。参数设置如图 9.38 所示。单击【确定】按钮。

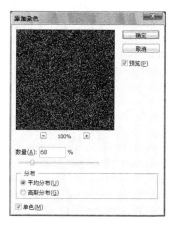

图 9.37　素材图像　　　　　　　　　　　图 9.38　【添加杂色】参数设置

(5) 选择图层 1。选择【滤镜】|【模糊】|【动感模糊】命令。参数设置如图 9.39 所示。单击【确定】按钮。

(6) 将图层 1 的混合模式设置为"滤色"，如图 9.40 所示。

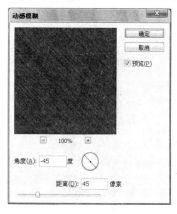

图 9.39　【动感模糊】参数设置　　　　　　图 9.40　设置图层混合模式

(7) 在【动作】面板上单击▣按钮，停止动作的录制。

(8) 在【添加杂色】命令上启用对话控制。整个动作"雨"如图 9.41 所示。

(9) 在【动作】面板上单击▶按钮，播放动作。当弹出【添加杂色】滤镜对话框时，将【数量】设置为 69，其他参数不变。单击【确定】按钮，继续播放动作，直至完成。

(10) 在【动作】面板上再次单击▶按钮，播放动作。当弹出【添加杂色】滤镜对话框时，将【数量】设置为 70，其他参数不变。单击【确定】按钮，继续播放动作，直至完成。此时的【图层】面板如图 9.42 所示。

图 9.41　动作"雨"

图 9.42　动画制作前的【图层】面板

3．制作动画

(1) 选择【窗口】|【动画】命令，显示【动画(帧)】面板。

提示　如果显示的是【动画(时间轴)】面板，可在该面板菜单中选择【转换为帧动画】命令，切换到【动画(帧)】面板。

(2) 连续两次单击【动画(帧)】面板上的 按钮，从第 1 帧复制出第 2 帧和第 3 帧，如图 9.43 所示。

图 9.43　复制帧

(3) 在【动画(帧)】面板上选择第 1 帧，在【图层】面板上显示"背景层"与"图层 1"，隐藏其他层，如图 9.44 所示。

(4) 在【动画(帧)】面板上选择第 2 帧，在【图层】面板上显示"背景层"与"图层 2"，隐藏其他层。

(5) 在【动画(帧)】面板上选择第 3 帧，在【图层】面板上显示"背景层"与"图层 3"，隐藏其他层。

(6) 在【动画(帧)】面板上单击第 1 帧的 0秒 按钮，在打开的菜单中选择延迟时间为 0.1 秒。同样设置第 2 帧和第 3 帧的延迟时间也是 0.1 秒。

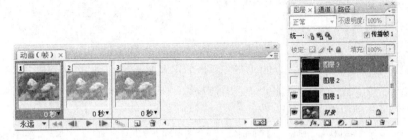

图 9.44　设置第 1 帧与图层的对应关系

(7) 选择【文件】|【存储为 Web 和设备所用格式】命令。设置如图 9.45 所示。

图 9.45　动画输出设置

(8) 单击【存储】按钮，弹出【将优化结果存储为】对话框，选择存储位置，输入动画文件名"雨荷动画"，设置保存类型为"仅限图像(*.gif)"。

(9) 单击【保存】按钮，若弹出【存储为 Web 和设备所用格式】提示框，单击【确定】按钮。至此 gif 动画输出完毕。

(10) 使用【文件】|【存储为】命令将动画源文件存储为"雨荷动画.psd"。

可使用 Internet Explorer、ACDSee、Windows 图片与传真查看器等工具打开"素材 09\雨荷动画.gif"观看动画效果。

9.4　小　　结

本章主要讲述了以下内容。

- **动作的基本操作**。主要包括动作的录制、播放、保存与载入等操作。
- **动作的编辑修改**。主要包括在动作中插入菜单项目、插入停止命令和设置对话控制等操作。
- **动作的应用案例**。针对动作的基本操作和编辑修改，本书精心安排了一些典型的案例，帮助读者更好地掌握本章的内容。

本章理论部分未提及的知识点有：

Photoshop CS3 扩展版逐帧动画的制作。在逐帧动画的制作过程中，动画的每个帧画面都由制作者手动完成，这些帧称为关键帧(了解)。

9.5　习　题

一、选择题

1．将动作组存储后所得到的文件的扩展名为_____。

　　A．ATN　　　　　　　　B．ATG　　　　　　　C．CAN　　　　　　　D．ACT

2．Photoshop CS 提供了一组自动化命令，可以帮助用户快速地处理图像，大大提高工作效率。下面列出的_____项不属于自动化命令。

　　A．Web 照片画廊　　　　　　　　B．批处理

　　C．存储为 Web 所用格式　　　　　D．图片包

3．以下_____项操作一定能被直接录制到动作中。

　　A．选择工具箱中的某个工具　　　　B．改变画笔工具的不透明度

　　C．设置橡皮擦工具的笔刷大小　　　D．使用钢笔工具绘制路径

二、填空题

1．在 Photoshop CS 中，可以将进行图像处理的一系列命令和操作记录下来，组成一个_____。

2．如果在动作的某个命令上启用了_____，则动作播放时执行到该命令时，动作将暂停执行，同时打开对话框，用户可以重新设置对话框参数。

3．对于动作录制时不能被记录的命令(如【视图】、【窗口】菜单中的绝大多数命令)，可以在动作录制完毕后，在动作的相应位置使用【插入_____】命令解决问题。

4．对于动作录制时不能被记录的操作(比如使用绘画工具等)，可以在动作录制完毕后，在动作的相应位置插入_____命令。

5．利用【文件】|【自动】菜单下的【_____】命令，Photoshop CS 可以自动对多个图像执行相同的动作，实现图像处理的自动化。

三、操作题

1．打开或新建图像，使用 Textures 动作组中的预置动作制作如图 9.46 所示的效果。

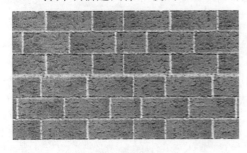
(a) Textures/Bricks

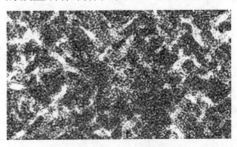
(b) Textures/Black Granite

图 9.46　预置动作效果 1

<table>
<tr><td>(c) Textures/Obsidian</td><td>(d) Textures/Rusted Metal</td></tr>
</table>

续图 9.46　预置动作效果 1

2．打开素材图像"练习\婚礼.jpg"（图 9.47），使用 Image Effects 动作组中的预置动作 Oil Pastel、Light Rain 和 Sepia Toning(Layer)，分别制作如图 9.48、图 9.49 和图 9.50 所示图像效果。

图 9.47　素材图像　　　　　　　　　　　　图 9.48　预置动作效果 2

图 9.49　预置动作效果 3　　　　　　　　　　图 9.50　预置动作效果 4

参 考 文 献

[1] 李金明，李金荣. 印象选择与抠图技法. 北京：人民邮电出版社. 2007.

[2] 雷波. 精通 Photoshop 十大核心技术. 北京：中国电力出版社. 2006.

[3] 雷波. PhotoshopCS2 广告设计艺术. 北京：中国电力出版社. 2006.

[4] 鉴君，王且力. 照相馆的故事. 北京：北京希望电子出版社. 2000.

[5] 李原. Photoshop 经典百例 II. 北京：中国青年出版社. 2003.

[6] 廖源隆，廖美惠. Photoshop 5.0 图例技法精粹. 青岛：青岛出版社. 1999.

[7] 李建芳，高爽. Photoshop CS 平面设计. 北京：清华大学出版社，北京交通大学出版社. 2006.

[8] 彭宗勤，张留常，李卫东. Photoshop CS3 入门与实践. 北京：电子工业出版社. 2007.

[9] 张磊研究室. Photoshop 5.5 入门与提高. 北京：人民邮电出版社. 2000.

[10] 李可. Photoshop 3.0 实用教程. 北京：清华大学出版社. 1997.

北京大学出版社本科计算机系列实用规划教材

序号	标准书号	书　名	主　编	定价
1	978-7-301-10511-5	离散数学	段禅伦	28.00
2	7-301-10457-X	线性代数	陈付贵	20.00
3	7-301-10510-X	概率论与数理统计	陈荣江	26.00
4	978-7-301-10503-0	Visual Basic 程序设计	闵联营	22.00
5	978-7-301-10456-9	多媒体技术及应用	张正兰	30.00
6	978-7-301-10466-8	C++程序设计	刘天印	33.00
7	978-7-301-10467-5	C++程序设计实验指导与习题解答	李　兰	20.00
8	978-7-301-10505-4	Visual C++程序设计教程与上机指导	高志伟	25.00
9	978-7-301-10462-0	XML 实用教程	丁跃潮	26.00
10	978-7-301-10463-7	计算机网络系统集成	斯桃枝	22.00
11	978-7-301-10465-1	单片机原理及应用教程	范立南	30.00
12	7-5038-4421-3	ASP .NET 网络编程实用教程(C#版)	崔良海	31.00
13	7-5038-4427-2	C 语言程序设计	赵建锋	25.00
14	7-5038-4420-5	Delphi 程序设计基础教程	张世明	37.00
15	7-5038-4417-5	SQL Server 数据库设计与管理	姜　力	31.00
16	978-7-5038-4424-9	大学计算机基础	贾丽娟	34.00
17	978-7-5038-4430-0	计算机科学与技术导论	王昆仑	30.00
18	7-5038-4418-3	计算机网络应用实例教程	魏　峥	25.00
19	7-5038-4415-9	面向对象程序设计	冷英男	28.00
20	978-7-5038-4429-4	软件工程	赵春刚	22.00
21	7-5038-4431-0	数据结构(C++版)	秦　锋	28.00
22	978-7-5038-4423-2	微机应用基础	吕晓燕	33.00
23	7-5038-4426-4	微型计算机原理与接口技术	刘彦文	26.00
24	7-5038-4425-6	办公自动化教程	钱　俊	30.00
25	7-5038-4419-1	Java 语言程序设计实用教程	董迎红	33.00
26	7-5038-4428-0	计算机图形技术	龚声蓉	28.00
27	978-7-301-11501-5	计算机软件技术基础	高　巍	25.00
28	978-7-301-11500-8	计算机组装与维护使用教程	崔明远	33.00
29	978-7-301-12174-0	Visual FoxPro 实用教程	马秀峰	29.00
30	978-7-301-11500-8	管理信息系统实用教程	杨月江	27.00
31	978-7-301-11445-2	Photoshop CS 实用教程	张　瑾	28.00
32	978-7-301-12378-2	ASP .NET 课程设计指导	潘志红	35.00(附 1CD)
33	978-7-301-12394-2	C# .NET 课程设计指导	龚自霞	32.00(附 1CD)
34	978-7-301-13259-3	VisualBasic .NET 课程设计指导	潘志红	30.00(附 1CD)
35	978-7-301-12371-3	网络工程实用教程	汪新民	34.00
36	978-7-301-14132-8	J2EE 课程设计指导	王立丰	32.00

序号	标准书号	书　名	主　编	定价
37	978-7-301-13585-3	计算机专业英语	张　勇	30.00
38	978-7-301-13684-3	单片机原理及应用	王新颖	25.00
39	978-7-301-14505-0	Visual C++程序设计案例教程	张荣梅	30.00
40	978-7-301-14259-2	多媒体技术应用案例教程	李　建	32.00(估)
41	978-7-301-14503-6	ASP .NET 动态网页设计案例教程 (Visual Basic .NET 版)	江　红	35.00
42	978-7-301-14504-3	C++面向对象与 Visual C++程序设计案例教程	黄贤英	34.00(估)
43	978-7-301-14506-7	Photoshop CS3 案例教程	李建芳	34.00
44	978-7-301-14510-4	C++程序设计基础案例教程	于永彦	34.00(估)

电子书(PDF 版)、电子课件和相关教学资源下载地址：http://www.pup6.com/ebook.htm，欢迎下载。